新 潮 文 庫

笑う怪獣　ミステリ劇場

西 澤 保 彦 著

目次

笑う怪獣　ミステリ劇場

怪獣は孤島に笑う

闇《やみ》を切り裂く悲鳴、という表現がある。おれなど常々、何てまあ陳腐極まりない言い回しだ、日本語はもっと豊富な語彙《ごい》を有しているんだから、もうちょっと頭をひねったらどうだ、などと苦々しく思っていたものだ。

しかし考えが変わった。陳腐な表現というものは、余りにも真実を衝《つ》いており、そして〝名作〟であるがゆえに、人口に膾炙《かいしゃ》し、そして陳腐になってゆくのだ、と。そのことが骨身に染《し》みて、よく判《わか》った。

その悲鳴は、まさしく暗闇を切り裂いた、としか表現のしようがなかった。昨日からずっと悩まされ続けている〝異臭〟と、そして〝騒音〟を我慢しながら浅い眠りに引きずり込まれかけていたおれは、くるまっていた毛布を蹴《け》り脱いだ。

「お、おい……」そう叫ぶ京介《きょうすけ》の声など、さっきの悲鳴に比べればイージーリスニングのように穏やかだった。「あれは」

「みこちゃんだ」

おれも叫び返しながら、京介と一緒にテントを飛び出した。途端に、〝異臭〟と

〝騒音〟が、まるで特大の拳骨《げんこつ》みたいに顔面を殴りつけてくる。だが今は、その臭《にお》いと音の元である〝壁〟の方に頓着《とんちゃく》している余裕はない。必死で眼を凝らしながら、女性陣のテントへと走った。

「お、おい、気をつけろ」やはり未《ま》だ〝異臭〟に慣れることができずに鼻でもつまんでいるらしく、ふやけた声で京介は懐中電灯を点《つ》けた。「誰かが……」

ふと京介は絶句した。「誰かが」の後どういうふうに続けるつもりだったのかは知らないが、まあだいたい想像はつく。これまで令子さん、正太郎《しょうたろう》、そしてクミちゃんを襲った犯人が、今また、みこちゃんをも襲おうとしている、いや、もう既に襲い終わって、どこかに潜んでいるかもしれない、だから注意しろと言いたかったのだろう。

しかし、この島には、そんな謎《なぞ》の第三者など存在してはいないのだ。それはおれも京介もよく判っている。だからこそ奴《やつ》は、途中で絶句するしかなかったのだ。

しかし、そんな謎の人物が潜んでいないのだとしたら犯人は……その先を考えると恐ろしい結論に辿《たど》り着かざるを得ない。その恐怖が京介を黙らせたのだ。

おれだって絶句するしかない。いや、今はそんなことを言っている場合ではない。みこちゃんだ。彼女はまだ無事かもしれない。もしそうなら彼女を救い出さなくては……その一点に意識を集中し、おれは最悪の想定を頭から無理矢理追い払った。

しかし先刻の、みこちゃんのものとおぼしき悲鳴は、既に消えている。嫌でも希望は薄れてゆく。

はたして、女性陣のテントは空っぽだ。

「ど、どこだ?」

「お、おい……アタル」京介は、おれのTシャツの裾《すそ》を引っ張った。「み、見ろ」

懐中電灯の丸い光の中に、何かえらく無秩序によじれたものが浮かび上がった。よく見てみると、それは、ずたずたに切り裂かれたTシャツだった。

しかも、ところどころ血を吸っている。まだ凝固していない、湯気が立ちのぼってきそうな鮮血を。

「これ……」思わずTシャツの残骸《ざんがい》に触れてしまったおれは、指の腹に付着した、ねっとりとした感触に、きゃー、と女みたいな悲鳴を洩《も》らしてしまった。「こ、これは」

「ま、まちがいない。みこちゃんのだ」

おれと京介は、暗闇の中で顔を見合わせた。懐中電灯の光が奴の顔面に、不気味な陰影を刻んでいる。

怨念《おんねん》にまみれた妖怪《ようかい》のような顔だった。いや、この瞬間から京介の存在は、おれにとって妖怪よりもタチの悪いものになってしまったのだ。

この島にはもう、おれと京介しか生きた人間は残っていない。あとの四人はみんな殺されてしまって……。

もちろん、おれは犯人ではない。それは判り切っている。だとすれば、犯人は京介だ。単純な消去法だ。もう誰が何と言おうとも、そういう結論になってしまう。

最悪の想定が、今や、最悪の現実と化してしまったのだ。

＊

いや、正確に言い直そう。この島に残っているのは、厳密に言えば、おれと京介以外に、もう〝ひとり〟いる。

それは、怪獣である。

この島には怪獣がいるのである。何じゃそら、と言われても困る。いたんだから仕方がないじゃないか。おれのせいじゃない。

そのことを説明する前に、そもそもおれたちがこの離れ小島でキャンプを張ることになった経緯を述べておこう。といっても別に複雑な事情は何もない。早い話が、女の子たちをナンパしようというのが当初の目的だったのだ。言い出しっぺは、婦人服の企画・製造・卸《おろし》を従業員十人ほどで引き受けるアパレルメーカーの仕事が大いに当たり、「よっ、青年実業家」などと持ち上げられた勢いに乗って、成金根性丸出しにクルーザーなんか購入してしまった京介の奴である。

「穴場を見つけたんだよ、アナバを」

京介によると、地元では有名な海水浴場の沖に群島があるのだが、その南の端っこに、直径にして約百メートルほどの小さな島が在るのを見つけたのだという。手筈《てはず》としては先《ま》ず、泳ぎにきている手頃な女の子たちに声をかけ、うまいこと言いくるめてクルーザーに乗せ、その離れ小島に連れ込んでしまおう、というわけだ。

「〝本土〟から離れているから、もう、どんなやらしいこともお望みのまま。やりたい放題、し放題ってなもんで。どうだ？　え、どうだどうだ？」

京介は、うひうひ眼《まなこ》を三日月の形にして、おれと正太郎に声をかけてきたものである。

京介と正太郎、そしておれの三人は、学生時代からの悪友同士だ。職場はそれぞれ違うのだが、三人とも未だ独身なのをいいことに、一緒にナンパに明け暮れている。だが正直な話、成功率は余り高くないんだな、これが。

そのせいもあって、クルーザーに離れ小島てえのは、なかなかいいアイデアだとおれは思ったのである。折しも世間は盆休みの最中。ビーチには刺戟《しげき》を求めて、若いぴちぴちの女の子たちがわんさか詰めかけてくるに違いない。水着の跡が白く残る小麦色の肌を想像するなりおれは、自分の分の夏休みに有休をリンクさせ、課長のしかめっ面《つら》にそっぽを向いて会社を飛び出た。

正太郎も強引に休みをぶん取って駈《か》けつけてきた。ま、強引にといっても、正太郎の場合は市役所勤めだから、普段から夏期休暇みたいなものだ。そう言うと奴は決まって、ぼくたちだってちゃんと働いてるよと怒るけど、昼食の後で昼寝をした上に四時半にはもう帰宅の用意ができるなんざ、おれたち由緒《ゆいしょ》正しい日本のサラリーマンに言わせりゃ、労働のうちには入らない。ま、そんなことはどうでもいいのだが。

そんなわけで、勇んで海に繰り出した。ところが、雲ひとつ無い晴天の下、海岸が大賑《おおにぎ》わいなのは大変けっこうなのだが、豈《あに》はからんや、肝心のぴっちぴちの女の子たちが、ほとんどいないのである。大半は子供連れの若い夫婦で、若者同士のグループの類《たぐ》いが、とんと見当たらない。

「話が違うじゃないか」当然、おれは京介に文句を言った。「どこに女の子がいるんだ」

「いるじゃないか。えーと。ほら。あそこの若奥さんなんか、けっこういける」

「ほーお。確かにな。いけてるとは思うよ。だけど、おまえ、だから何だってのよ。まさか、奥さん、ボクたちのクルーザーに乗って世間の眼から逃れていいことしませんか、とでも誘うのか。旦那《だんな》に殴られるぞ」

「それは困る」痛みに極端に弱い京介は、本気で怯《おび》えた顔になった。「えーと。それじゃ先行投資という意味で、その娘たちの方に声をかけておくとか」

「あほ。犯罪だぞ」浮輪を持って走り回る女の子たちは、どう見ても小学生くらいが主流である。「笑えない冗談を言うな」

「でも、よく考えたらさ」正太郎は、ボクはこのお馬鹿《ばか》なふたりとは関係ありませんからね、とでも言いたげな、妙に距離を置いた仕種《しぐさ》でメガネをなおした。「ナンパってのは結局、犯罪なんだよ」

「どうしてだよ」

「アタル。おまえ、女が好きなわけだろ。中学生とか高校生とか」

「おお、好きだとも。悪いかよ」

「別に悪かないけど、相手が十八歳未満だったら青少年保護育成条例に引っかかるんだよ。いくら合意の上であっても」

「役人みたいなことを言うな」

「一応、役人なんだけど、ぼく」

などと馬鹿話をしながら、せっかく強引に取った休暇を無駄にしてはならじとおれたちは、海岸の隅から隅まで探しまくった。その結果、とある三人連れの女性たちに巡り合ったのである。それはいい。それはいいのだが、少しばかり問題があった。大胆なカットのセパレーツに眼が眩《くら》んで声をかけた後で、その事実に気がついた。

「なな、何だよ、あれは」先ず正太郎が、食中毒になったみたいに顔を歪《ゆが》めた。「おばはんじゃん」

三人のうちのひとりは、若作りしてはいるものの、どう見ても四十歳は過ぎているとおぼしき熟女であった。それが思い切り喰い込みの激しい原色の水着をつけている。

「そんなの、まだいいだろうよ」次に吐き気をこらえているような声を出したのは、このおれだ。「オ、オカマだぜ、あれ」

三人のうちのもうひとりは、この糞《くそ》暑い炎天下、首にスカーフを巻いている。顔の方は整形でもしてあるんじゃないかと思うほどの美形だったが、喉仏《のどぼとけ》を隠しているのが見えみえだったし、局部の隆起を隠すためのトランクスも艶消《つやけ》しのもの。

「ひとりだけ、若い娘《こ》も混じっているが」京介も、げんなりした声を出す。「だめだ、ありゃ。ちょっと——過ぎる」

京介は〝器量の不自由なひと〟という意味の放送禁止用語を吐いて捨てた。確かに最後のひとりは、一応若い娘ではあったが、まことに遺憾ながら、おれも京介の見解には同意せざるを得ない。おまけに、プロポーションもよくない。しかし、それにしても——

「……な、何か異様な雰囲気の組み合わせだな、おい」

「あの三人って、お互いに、どういう関係なんだろう？」

「母親と、その娘ってとこじゃないの」

「じゃ、あのオカマは？」

「バイセクシュアルで、母親と娘の共通の愛人、だったりして」

「おまえね、そりゃ官能小説の読み過ぎ」

「それはともかく、どうするよ」

「ぼくは嫌だよ、おばはんなんか」

「オカマなんか相手にできるかよ」

「おれ、面食いなんだけどなー」

などと揉《も》めた挙げ句、結局おれたちは、その三人組をナンパすることにしたのであった。どうしてかというと、おれたちはみんなそれぞれ、あとのふたりが気に入らないだけでひとりは自分の好みにぴったり、という事実が判明したからである。

先ずおれだが、問題のおばはんは、実はおれの好みにぴったりだったんこであった。といっても誤解がないように慌《あわ》てて断っておくが、おれは別に年増《としま》好みではない。どちらかといえば、これはもう絶対に若い女の子の方がいい。

しかし、おれには自分でも抗《あらが》い難い、あるひとつの嗜好《しこう》がある。それは、女の顔はどうでもいいが、スタイルだけはよくなくちゃ嫌だということだ。できれば長身で、バストはぼーんと突き出ていて、ウエストはきゅっと締まっていて、ヒップがどーん、脚がすらりっというスタイルじゃないと嫌なんである。もちろんその上で美人であるに越したことはないが、スタイルさえ抜群ならば多少器量の方は不自由であっても構わない。むしろスタイルの良さとのミスマッチで、多少不器量な方がそそられるくらいだ。

驚いたことに、問題のおばさん——令子さんは、滅茶苦茶スタイルが良かった。六〇年代のピンナップガール・タイプで、眩暈《めまい》がするほどのグラマーだ。顔はどう見ても四十過ぎのおばはんなのだが、悪いことにその顔とのミスマッチゆえ、おれは自分でも呆《あき》れるくらいに劣情を催してしまったのである。

次に京介だ。京介は何と驚いたことにというか、おぞましいことにというか、オカマのクミちゃん（本名か否《いな》かは不明）がいい、というのである。

といっても奴の名誉のために慌てて断っておくが、京介とて普段からそういう趣味なのではない。奴とてセックスに関しては極めてノーマルだ。ただ悪いことに京介は、異常なほどの面喰いなのである。

クミちゃんは掛け値無しの美人だ。いや本来は男性なのだから美形と称するのが適当なのだろうが、とにかく、ほんとかよと、のけぞってしまうほどの造作の整い方である。もちろんおれなどから見れば、それはいささか人工的な美しさであって不気味な面もあるのだが、京介にとっては心臓が破裂するほどの好みだったらしい。お、オレ、この際オトコとでもいい、などと眼を妖《あや》しく輝かせた。

そして最後は正太郎だ。正太郎のお目当ては、例の器量の不自由な女の子、みこちゃんである。といっても奴の名誉のために慌てて断っておくが、正太郎とて可愛《かわい》い女の子の方がいいに決まっているのである。普段は。だが悪いことに正太郎は、自分と共通点がある女の子には異常なほど弱い。

みこちゃんは妙な癖の持ち主だった。タバコがいっぱい詰まったケースからタバコを一本いっぽん取り出して、もうひとつ別のケースに順番に詰め直すのである。もちろん、その行為自体には何の意味もない。そうやってケースがいっぱいになったら、また今度は一本ずつ元のケースに戻してゆくからである。それをビーチパラソルの下でえんえんと繰り返す。読書とかクロスワードパズルならともかく、これはまた何とも暗い暇のつぶし方である。

しかし正太郎は、みこちゃんのこの癖こそが気に入ってしまった。なぜなら、正太郎も実はまったく同じ癖の持ち主だからだ。

市役所勤めなんかしていると、忙しい時は、一応眼が回りそうになるらしいが、暇な時はほんとうに、人類が死滅したのではないかと思うくらい何にもすることがないらしい。そんな時、この無意味な暇つぶしをするために、わざわざ引き出しの中にタバコがいっぱい詰まったケースと空っぽのケースを用意しとくんだそうな。自分は喫《す》いもしないのに。正太郎に言わせると、ケースから一旦《いったん》取り出してしまったタバコを再びきちんと詰めなおすのはなかなかむつかしいらしく、これはこれでなかなか奥の深い遊びなのだという。ほんとかね、しかし。

おれなんかに言わせれば、ただ暗くて無意味なだけのような気がするんだが。まあ本人が納得しているのに、ごちゃごちゃ言う筋合いはない。しかも、それが共通の話題となって女の子と仲良くなれるのなら、ただひたすらけっこうなことである。

ともかくこうしておれたち三人は、三人の女性をナンパしてクルーザーに乗せ、離れ小島へ連れてゆくことになった。もちろん厳密には、三人のうちのひとりはほんとうはオトコなのだが、クミちゃんは男性扱いされると鬼のように激怒するので、一応女性という扱いで話を進めてゆく。

島に到着すると、早速テントを出した。もちろん、それぞれのカップルがふたりきりになれるように、三つである。ここまであからさまに下心見えみえだと気が引けるくらいだが、やはり夏の解放感ゆえであろうか、女性陣の方も何やら異様にねっとりとした視線を寄越すものだから、おれたちも興奮し、は、早く用意しよ、な、な、早くやろ、と声と膝《ひざ》が震えたりするわけであった。

ところが、テントを張り終える前に、そいつが現れたのである。そいつというのは、つまりその、非常に言いにくいのだが、問題の怪獣のことだ。

ほら。だから、そういう眼で見られても困るんだって。仕方がないじゃないかよ。ほんとうに海の中から、のそりと全長七、八十メートルはあろうかという生き物が出てきてしまったんだから。おれのせいじゃないって。

当然、おれたち六人とも、肉欲も何もかも消え失《う》せて、腰を抜かした。山のような巨体が太陽光を遮って、覆《おお》い被《かぶ》さるかのように眼と鼻の先に迫ってきたのだ。

恥ずかしい話だが、おれは恐怖の余り小便をちびってしまった。もちろんひとりひとりに確かめたわけじゃないが、あとの五人だって絶対に粗相してしまった筈《はず》である。

「な……」京介は、あはあはと泣き笑いしながら、弛緩《しかん》しきった顔で涎《よだれ》を垂らした。

「何じゃこらあああっ」

「怪獣だよ」へたり込んで、みこちゃんと抱き合いながら、正太郎はあぐあぐと泣き叫んでいる。「怪獣だよおお」

「ななな、何じゃこらあああ」

「だだだ、だから怪獣だってばああ」

「なんで怪獣が出てくるんだよお」

「知らないよお、そんなこと」

「か、怪獣が出てくるんなら、なんでアレが出てこないんだよお」

「何だよお、アレって」

「か、科学特捜隊」

「何歳《いくつ》だよ、おまえは」

「ウルトラ警備隊でもいい。地球防衛軍でもいい。何かあるだろうが」

「だから、何歳なんだよ、おまえは」

「高圧電流は？　メーサー砲は？　スーパーXは？」

「だから、特撮映画の観過《み》ぎだってばよ、おまえは。自衛隊と言え」

「ゼロキャノンは？」

「そ、それは初耳だな」

怪獣が一歩進むごとに、その振動で島全体が、このまま月まで飛んでいってしまうのではないかと思うくらい上下する。おれたちはその度に足を取られてすっ転び、互いに抱き合ってひいひい泣き喚《わめ》きながら、ただただ痴呆《ちほう》的なやりとりを続けた。そんな人間たちを嘲笑《あざわら》うかのように、怪獣の身体《からだ》から垂れる海水の雫《しずく》が雨となって降り注いでくる。

腰が抜けていることを割り引いても、逃げる術《すべ》はなかった。前述したように、この島は直径にして約百メートル。そこに全長約八十メートルの巨大生物が出現したのだ。象を呑《の》み込んだ蛇のような体型をしたその怪獣は、文字通り巨大な壁となって、島を二分割する恰好《かっこう》で腹這《はらば》いになり、おれたちの行く手を阻《はば》む。

「な、何とか」クミちゃん、裏声を出すことも忘れて、すっかり男の声である。「向こう側に渡れないのかあ？」

何とも悲惨なことに、クルーザーは怪獣を挟んで島の反対側に繋留《けいりゅう》してあるとくる。

「む、無理だよお」

怪獣はおれたちに、ぱんぱんに膨らんだ横腹を向けて寝そべりながら、しきりに尻尾《しっぽ》を振り上げ、長い舌を突き出している。まるで、おれたちが後ろや前から回り込んで島の反対側に行こうとするのを、わざと通せんぼしているかのように。

「あ、あの飛行船みたいな尻尾で一撃されてみろ。ミンチになっちゃうぜ」

「舌にからめとられたら、喰われちまう」

「喰われる前に、あの舌のザラザラで、全身がおろし大根になるような気が」

自ら恐怖を増大させるような残酷描写を、我勝ちにがなり立てているのだから、世話はない。だがそのうち、怪獣は尻尾と舌でしきりにこちらを牽制《けんせい》するかのような素振りを見せるものの、寝そべったままそれ以上の動きに移る気配がないことに気がついて、当初のショックが徐々に薄れ、おれたちも、少しではあるが落ち着いてきた。

「ぐえっ」と最初に首を絞められているような悲鳴を挙げたのは誰だったただろう。

「な、何これ?」

恐怖が薄らいだ途端、ようやくその臭い《にお》に気がついた。どうやらこれまでは、おれを含めた全員が、錯乱していたせいで嗅覚《きゅうかく》が正常に機能していなかったらしい。

「うおっ」全員が、顔面の肉を削《そ》ぎ落とさんばかりの勢いで鼻を押さえつけた。「な、何じゃ、この臭いはっ」

「と、溶けるっ、鼻が溶けて落ちるっ」

「ぐおおお、な、涙が、涙があぁっ」

その〝異臭〟は、おそらく怪獣の体臭なのだろう。しかしいったい、それを何と形容したものか。もはや人類の語彙《ごい》の限界を越えているとしか言いようがないほど、凄《すさ》まじい汚臭、かつ腐臭であった。生ゴミを炎天下のアスファルトに晒《さら》しておいて、その上にヘドロをトッピングしたものを、いきなり鼻先に突きつければ、少しは似たような臭いになるだろうか。

おまけに、その〝騒音〟だ。多分、怪獣の心音や内臓器官の蠕動《ぜんどう》だと思うのだが、猫が一億匹ほど、いっせいに喉《のど》をごろごろと鳴らしているかのような、お経のような独特のリズム付きの、何とも悪夢めいた音が〝壁〟となった怪獣の横腹から雨あられのように降ってくるのである。しかも間断なく。

「もうやだあ、もうヤ」女性陣は、泣くのに疲れたのか、眼を三角に吊《つ》り上げて、ぎゃんぎゃん怒り出した。「何とかしなさいよお、あんたたち」

「何とかって言っても、こ、これはもう、何ともなりまへん」

「逃げようよう」

「どうやって」

「泳ぐのよ、海を。誰かが海を泳いで、ぐるりとあっちへ回り込んで。ほいでもって、クルーザーを取ってくるの」

「誰かって言ったって、クルーザーを運転できるのは、京介だけで……」

言葉が途切れた。五人の視線がいっせいに、その京介に集中する。錯乱していた奴《やっ》の眼が、正常にピントが合った代わりに、これまでのそれとはまた別種の恐怖が宿った。

「お、おれが行くのかよ」

「だって、おまえしかいないだろうよ。な。クミちゃんにいいとこ見せるためにも、ここは男になってこい」

「きゃー。頑張ってー。成功したら、鼻血ブーなことしてあげる。うふん」

とオカマの声援を背に、京介は果敢にも海へ飛び込んだのであった。おれが言うのも何だが、哀れな奴である。

だが、事態は予想以上に悲惨な結果を迎えた。せっせこ泳いで島の反対側に回ろうとした京介の動きに気づいたのか、それまで眠りに就くみたいに眼を閉じかけていた怪獣が、くわっ、と般若《はんにゃ》みたいな形相になって身を起こしたのである。

ぐおん、と雷鳴のように咆哮《ほうこう》するや、怪獣は尻尾を振り上げて、自分の背後の海面を、ぶっ叩《たた》いた。ちょうど京介が泳いでいる辺りを、である。

「ぎゃおっ」

実際には京介の悲鳴は、怪獣の内臓の〝騒音〟に遮られ蚊が飛ぶ音ほどにも聞こえなかったのだが、海の向こうから一応こちらまで聞こえてきたという事実だけで、おれたちの血を凍らせるには、まさに充分であった。

「や、やばい」怪獣が身を起こした振動に足をとられながらも、おれは慌《あわ》てた。「助け上げろ。死んじまうぞ」

衝撃波で京介は気絶したらしく、無防備な姿勢で波間に、ぷかーっと浮かんでいる。しかし先刻の一撃で海面は激しく揺れており、迂闊《うかつ》に飛び込むことができない。仕方がないので、波が穏やかになるまで待ってから、京介を引き上げなければならなかった。

「ありゃま。鼻血ブーだわ、こりゃ」白眼を剝《む》いて鼻血を垂らしている京介にマウス・トゥ・マウスの人工呼吸を施しながら、クミちゃん、不安定な精神状態を窺《うかが》わせる笑い方をした。「困ったね、どうも」

一方怪獣は、京介を追い払ったことに満足したみたいに、再び腹這いに寝そべる姿勢に戻った。何やら、温泉にでも浸《つ》かっているみたいな、とろんとした半眼になっている。

「しょうがない。あいつが海に戻ってくれるのを待つしかないよ、これは」

「そうだね」正太郎に頷《うなず》いて見せた、みこちゃん、ふと唇を強張《こわば》らせた。「ね……こっち見てる、あいつ」

まさしく、怪獣はこちらを窺っていた。姿勢は変えずに眼球だけが、まるでカメレオンみたいに旋回し、おれたちを睨《にら》みつける。

「何だか……」令子さんが、おれにしがみついてきた。「笑ってる……みたい」

令子さんの、ぼよよんとした乳房の感触を背中に感じて、こんな時だというのにおれは海パンの前が膨らんでしまった。しかし、いくら恥知らずのおれでも、こんな時にテントにしけ込む気にはなれない。怪獣に睨み下ろされながらのエッチなんて、考えるだに萎《な》えるシチュエーションである。

夜になっても怪獣は一向に動いてくれなかった。島の中央で腹這いになったまま、〝異臭〟と〝騒音〟を撒《ま》き散らしている。一見、おれたちのことなぞ無関心に寝ているだけのようだが、むろん、こちらが動きを見せれば容赦ない一撃を振り下ろすつもりだろう。

仕方なく、おれたちは島の隅っこにテントを張ってその中に引っ込み、持久戦に入った。食料も水も充分にあるとは言い難い状況だったが、どうしようもない。京介の携帯電話もこの島からは電波の状態が悪いらしく、どこにも通じないのだ。事態に気がついた自衛隊が出動してくれるか、それとも怪獣が自発的におとなしく海に戻ってくれるのを待つしか、選択の余地はない。

ところがその夜、事件は起こった。

用意していた三つのテントは一応全部張ったのだが、カップルごとにひとつを占領して色っぽい時間を過ごす気にもならず、おれたちは男性陣と女性陣のふた手に別れて寝ることにした。残りのひとつのテントは使わなかった。人間、時間さえかければ何にだって慣れることができるとよく言うが、まだまだこの凄まじいばかりの〝異臭〟と〝騒音〟の中で、ぐーすか鼾《いびき》をかくような糞《くそ》度胸はついておらず、寝苦しい夜を迎えようとしていた。まさにその時。

魂消《たまぎ》るような悲鳴が轟《とどろ》き渡った。続けて今度はただの叫び声でなく、はっきりと「助けて」という言葉が聞き取れる。

ようやくとろとろとした眠りに引きずり込まれかけていたおれは、真っ先にテントを飛び出した。悲鳴の主が令子さんであると、咄嗟《とっさ》に悟ったからである。

懐中電灯を持った京介と正太郎も続き、女性用テントからは、みこちゃんとクミちゃんも出てきた。

「何事だ？」

「わ、判《わか》んないの」みこちゃん、暗闇《くらやみ》の中で鼻をぐすぐず鳴らしている。「ちょっとトイレに行くって、ママ、さっき出ていったんだけど……」

今頃になってようやく、令子さんと、みこちゃんの関係が母娘であると判明したのだから、間抜けな話ではある。しかも驚いたことに、クミちゃんもどうやら令子さんの息子、いやさ、娘さんらしい。

どうでもいいが、全然似ていない親子と兄妹だ。みこちゃんは典型的な寸胴《ずんどう》で、母親のスタイルの良さをまったく受け継いでいないし、クミちゃんの美貌《びぼう》は、みこちゃんはもちろん、令子さんからもまったくかけ離れている。こんな場合だというのに、頭の隅でそんな呑気《のんき》なことを考えながら、おれは令子さんの名前を呼んだ。

しかし答えは返ってこない。みんなで手分けして探したのだが、どこにも彼女の姿は見当たらないのだ。

ただ、波打ち際《ぎわ》に、彼女のものとおぼしきビーチサンダルが落ちていた。

「な……波にさらわれちゃったのかなあ」

「そんな筈《はず》ないだろ」不吉なことを口走る正太郎を、おれは叱《しか》り飛ばした。「どうやって、さらわれるっつうんだ。見ろよ。海はこんなに穏やかなのに」

「だけど……」

「そうよ。それに、助けてって言っているのが聞こえたわ」クミちゃん、声音《こわね》はまた男に戻っているのに喋《しゃべ》り方が女のそれだから、よけいに殺気だって聞こえる。「てことは、誰かに襲われた、ってことじゃない」

「襲われる、って……」確かにおれも聞いたと改めて記憶を探りながらも、やはり戸惑わずにはいられない。「誰に？　ここには、おれたち以外に誰もいないぜ」

「あんたたちの誰かじゃないの？」

「そんなわけないだろ」

「判らないわ、そんなこと。あたしたち、今日、会ったばかりだもん」

「今日会ったばかりだからこそなおさら、そんなことをする筈はあるまい」

「だから判らないじゃない、そんなことは、初対面じゃ」

「あのな。仮に、おれたちのうちの誰かが令子さんを襲ったのだとしてもだよ、彼女をいったいどこへ連れていったって言うんだよ。この島からは誰も出られないんだぜ」

「だから、やっぱり海の中なのよ。波にさらわれたんじゃなくて、誰かに海に突き落とされたんだ」

「だから、誰に」

「あんたたちのうちの誰かに決まってるじゃない。だって、あたしたちがそんなことをする筈はないんだから」

「おれたちだって、そんなことは」

「あの、もしかして……」みこちゃんが、おずおずと口を挟んだ。「あいつ……の仕業じゃないの？」

みんないっせいに〝壁〟の方を向いた。月明かりを遮って、黒々とした山のようなシルエットで夜空を塗り潰《つぶ》している怪獣。暗くてその眼が開いているのかどうかは判らなかったが、何だか今も奴がにやにやと笑いながら、こちらの様子を窺っているかのような錯覚を覚え、背中に悪寒《おかん》が走る。

「そんな筈はないよ」正太郎が冷静に指摘した。「この位置にいた令子さんを、あの怪獣が海に落とそうとした場合、尻尾か舌か、それとも前足を使うことになる。そのためには今こちらに横腹を見せているあいつは、身体《からだ》を少し横向きにしないといけない。つまり、もしあいつが犯人なのだとしたら、その動きと一緒に、とてつもない地響きがした筈さ。それこそ直下型地震並みの」

「でも、ママがこの位置にいた、とは限らないわ」

「彼女のビーチサンダルがここに落ちていたんだから、ここにいたんだろう。それとも、彼女が自分からあの怪獣に近づいてゆくような真似《まね》をしたとでもいうの？」

「それはちょっと考えられないけど、でも、ママはもしかしたら海に落ちたんじゃないかもしれない。あいつに食べられちゃったのかもしれないでしょ？」

「その場合だって、やはり地響きがしただろうさ。令子さんが自分から、あいつの口もとに近づいていったのでない限り、ね」

指摘はいちいちごもっともなのだが、この騒ぎが怪獣の仕業でないのだとしたら令子さんに危害を加えた人物がおれたちの中にいることになるという理屈に、正太郎本人は思い至っていないというか、今ひとつ深刻に受け止めていないという印象をおれは受け、それが気になって仕方がなかった。

あるいは正太郎は、自分なりに犯人の目星をつけていたため、あんなに落ち着いていたのかもしれない。後になってそんなふうにも思った。というのも、その翌日、新たな事件が起こったのだが、第二の犠牲者は、他ならぬその正太郎だったからである。

明るくなるのを待って、おれたちは再び捜索を開始した。やはり令子さんの姿は見当たらなかったのだが、その捜索が一段落して全員が集まってみると、正太郎の姿が消えていたのである。

ちょうど令子さんのビーチサンダルが発見された辺りで、誰も改めて捜索しなおそうとはしなかった場所に、正太郎のメガネが落ちていた。しかも、何ということだろう、そのレンズにはべったりと、見まがうことなき鮮血が付着していたのである。

殺された……？

こ、殺されちまった……のか。

がんがんする頭を押さえておれが考えていたのは、しかし正太郎のことではなく、令子さんのことだった。変な話だが、今日になってようやく、令子さんもおそらく殺され、死体を海に捨てられたのだという状況が、はっきりと認識できたのである。それはおそらく血を見たせいだ。正太郎の血のせいで、昨夜はもうひとつ乏しかった実感が、いきなり迫ってきた。

不謹慎な話で申し訳ないのだが、ああもったいないことをした、というのがおれの偽らざる慨嘆なのであった。令子さんの、あの豊艶《ほうえん》な、むちむちぷりんの肢体に、もう二度と触れられないのかと思うと、怪獣に見られていようがどうしようが、とにかくやっておくんだったと悔やまれて仕方がない。

おれがしまったしまったと地団駄踏んでいる横で、京介とクミちゃんは喧嘩《けんか》を始めた。

「だいたい、あんたらがいけないのよ。こんなところに、むりやり連れてくるから」

次に殺されるのは自分かもしれないという恐怖を覚えているのだろう、クミちゃん、おいおい泣きじゃくっている。「どうしてくれるの。責任とってよ。責任」

「うるせえ」もともとプライドはひと一倍高い京介、もう下手《したて》に出る必要はないとでも開きなおったのか、逆襲する。「なあにが責任だ。ほいほい喜んでついてきたのは、どこのどいつだ。こら。さわるな。気色の悪い。あっちへいけ。ばかもの」

当初の肉欲はもはや完全に消え失《う》せているらしく、変態を意味するあらゆる罵倒《ばとう》語を駆使して、京介はクミちゃんに唾《つば》を飛ばしまくる。最初はさめざめ泣くばかりだったクミちゃんも、そのうち頭にきたのか、〝女〟をかなぐり捨てて京介に摑《つか》みかかった。

「くぉの野郎。ひとがおとなしく構えてりゃ、つけあがりやがって。チョーシこいてんじゃねえぞ。こらぁ」

「お。やるってのか。上等だ」

思うようにエッチができない欲求不満の上に、怪獣の〝異臭〟やら〝騒音〟、それに加えて正太郎のことなどが怒濤《どとう》のように押し寄せてきて癇癪《かんしゃく》を起こしたのか、京介は凶悪そのものの形相で、容赦なくクミちゃんを、がんがん殴り始めた。自分の痛みには弱いくせに、他人の痛みには鈍感な男なのである。

へたに止めに入ったら怪我《けが》をしそうな雰囲気だったので、おれはふたりを横眼で盗み見ながら、正太郎の血染めのメガネの前にしゃがんで、悲しみに打ちひしがれ茫然《ぼうぜん》自失状態に陥っているフリを決め込んだ。一見優男《やさおとこ》ふうだが、あれでどうして京介は一旦《いったん》切れると、なかなか危ない奴《やつ》なのである。

クミちゃんも、腕っぷしそのものは京介と互角のようだが、どうしても〝女〟を完全には捨て切れずに顔を庇《かば》ったりしてしまうために、たちまち劣勢に陥った。あっさりと〝男〟を捨てて〝女〟に戻ると、

「ひどいわひどいわ。野蛮人。もう嫌い。鼻血ブーなんかしてあげないからあ」

とか何とか喚《わめ》きながら遁走《とんそう》し、そのまま、誰も使っていない三番目のテントに閉じ籠《こ》もってしまった。みこちゃんが外から声をかけても、「ほっといてよおーう」と拗《す》ねた泣き声が返ってくるばかり。

みこちゃんもやがて諦《あきら》めて女性用テントに引っ込んだので、京介もおれも男性用テントに引っ込むことにした。引っ込んでも何かすることがあるわけじゃないのだが、

少なくとも外で直接〝異臭〟と〝騒音〟に晒《さら》されているよりはましなのである。

だが、直後に第三の事件は起こっていた。次におれたちが外に出てみた時には既に、クミちゃんが入っていた筈のテントは入口が開いたままになっており、そしてクミちゃんは消えていた。

今度は血痕《けっこん》とか争った痕跡こそ残っていなかったものの、どこにもクミちゃんの姿は見当たらなかったのである。

「これで決まったな」その夜、テントに引っ込むなり、京介はそう断言した。「犯人は、あの、みこちゃんだ」

「としか思えないわな」おれも同意せざるを得ない。「あと、これで、おれかおまえが犯人でない限り」

「なんでおれやおまえが、あの連中を殺さなきゃいけないんだよ。だいたいだな、あいつらは互いに親子だとか兄妹だとか言っているけど、そんなもん自己申告に過ぎん。ほんとうはいったいどういうドロドロとした関係なのか、判ったもんじゃない」

「それはいいんだが、正太郎を殺したのはどうしてなんだろう」

「そりゃもちろん、令子さんを殺す現場を目撃されたからさ。口封じだな」

「ちょっと待てよ。京介。あのな、令子さんが殺された時、おれたち三人揃《そろ》ってこのテントにいたじゃないか。それに、悲鳴が聞こえた時、真っ先に飛び出していったのは、このおれだぞ。そのおれが何にも見ていないというのに、なぜ正太郎の奴に犯行現場が目撃できたというのだ？」

「直接見てはいなくても、正太郎は、みこちゃんが犯人であることを見抜いていたんだ。だから殺された」

「まあ、そんなところなんだろうな、動機の方は。しかし、京介」

「何だよ」

「彼女、死体をどうしたんだろうな？」

「ああん？」

「だから死体だよ。三人分の死体。みこちゃんが三人を殺したのはいいとしても、彼女はいったいどうやって死体を処分したんだ」

「そりゃ、海に沈めたに決まってるだろ。他にどうするっての、おまえ。まさか、島のどこかに埋めたってわけじゃあるまい。そんな暇はなかった筈だし、第一どこにも地面を掘り返した跡は残っていないぞ」

「だけど、沈めるって簡単に言うが、並大抵のことじゃないよ。人間の死体ってのは浮くんだよ、おまえ。浮くの。無理に沈めるためには、何か重りが必要だ。もちろん、日数が経《た》てばガスが発生してどのみち浮いてきてしまうらしいけど。問題は、そんな重りをいったいどこから調達してきたのか、ってことだよ。え？　そんな重りになりそうなもの、この島の、どこにあった？」

「知るかよ、そんなこと。犯人自身に訊《き》けばいいじゃん」

「そうはいかないよ、おまえ」

「なんで」

「いずれ警察がここへ来た時、ちゃんと彼女を告発できるように、状況をきちんと把握しておかなくちゃ」

「ややこしいこと言うんだなあ。うーん。それじゃ、海に沈めたんじゃなくて、あの怪獣に喰わせた、ってのはどうだ」

「死体をか？　殺した後で？　でも、そんな暇あったかな。もしそうだとしたら、怪獣自身が動いた気配はないんだから、犯人が自分で死体をあいつの口もとまで運ばなきゃいかんわな。でも、人間の死体って重いんだよ、おまえ。女の細腕で可能かね。しかも、ほんの一瞬の隙《すき》を衝《つ》くような短時間で」

「判《わか》んねえよ。もう。あのな、アタル、おれにばっかり考えさせないで、ちっとは自分も頭を使え」

〝異臭〟と、〝騒音〟から気をまぎらわせるためにそんな議論を交わしているうちに、おれはとろとろと浅い眠りに引きずり込まれようとしていた。その刹那《せつな》、冒頭の、みこちゃんの悲鳴が聞こえてきたというわけである。

遂に、みこちゃんも殺されてしまった。血染めのTシャツだけを残して。

＊

「お、おまえが犯人だったのか」おれが言おうとしていた科白《せりふ》をそのまんま、京介は先取りした。「アタル、おまえがあの四人を殺した犯人だったんだな」

「ばか言うな。おれがどうやって」何しろテキは懐中電灯を持っているものだから、光を向けられるとどうしても、こちらは受け身に回ってしまう。「みこちゃんの悲鳴がした時、おれはテントの中にいたじゃないか。おまえと一緒に」

「判るもんか。何かトリックがあるんだ」

「トリック？　何だよ、トリックって」

「だから、アリバイトリックだよ。おれと一緒にいたように見せかけて、実はおまえはこっそり、みこちゃんを殺しにいってた」

「ばか。しょ、正気かよ、おまえ」

「だいたい、おれは寝入りかけてたんだ。半分夢の中だったんだ。おまえがこっそりいなくなったって、判らなかっただろうよ」

「そんなの、お互いさまだ。おれだって寝入りかけてたんだからな。京介がこっそりとテントを抜け出したとしても、判らなかっただろうよ。え。そうだろうが」

「だから条件は同じだと言いたいのか。どっこい、そうはいかないんだもんね。アタルには立派な動機がある」

「あ？　動機？　どんな？」

「最初の犠牲者は令子さんだったろ。おまえ、彼女とエッチしようとして、まー、いい歳《とし》して、ぶら下げてんのは幼稚園児並み、とか何とか、侮蔑《ぶべつ》的な科白を吐かれたんだろ。それでカッとなって殺してしまった。あとの三人を殺したのは、犯行を知られてしまったための口封じだ」

「だから、おまえね。それって安物のサスペンスドラマの観《み》過ぎだっての。今時そんな理由で女を殺すのなんざ流行《はや》らんよ」

「流行ろうが流行るまいが、犯人はおまえなんだ。いいか。おれは今夜から、別のテントで寝る。もしおれを殺そうとしたら、その時は遠慮しないぞ。正当防衛なんだからな、なにしろ。いいか。判ったな。くれぐれも変な気を起こさないように」

そう言い置くや京介は、拗ねたクミちゃんが閉じこもった三番目のテントに、さっさと引き上げた。残り香にでも誘われたのであろうか。最後はクミちゃんのことをあんなに虐待《ぎゃくたい》していたくせに、何だか未練を感じさせる選択である。

しかしその夜、その京介も消えてしまったのである。夜空に吸い込まれるような悲鳴を残して。

＊

翌朝、明るくなってから、おれは島のこちら側を捜索した。だが、京介の姿はどこにも見当たらなかった。とうとう、おれ独りになってしまったのである。

しかしいったい、どういうことなのだ、これは？　おれがあの五人に何の危害も加えていないことは確かだ。それなのに、五人とも殺され、そしてその死体も、まるで魔法のように消されてしまった。

「……七人目、か」

おれは低くそう呟《つぶや》く。もう他に考えようがないではないか。この島には、七人目の人間がいるのだ。そして隠れている。そいつが正太郎や京介、そして女性たちを襲ったのだ。

だが、その犯人は、いったいどこに隠れているというのか？　他にあり得ない。あの怪獣の〝中〟だ。

そんな芸当が果たして可能なのかどうか判らないのだが、事態がこうなってしまった以上、可能なのだとしか思えない。問題の犯人はおそらく、怪獣を自分の思う通りに動かせる、いわば〝調教師〟のような奴なのだ。例えばサーカスの、大きく開けたライオンの口の中に首を突っ込んで見せる演《だ》し物のように、この犯人は怪獣の口の中に、喰われたりすることなく、自由に出入りができるのだ。当然、怪獣の口の中に隠れて、この島にも上陸したのだろう。

おれは決心した。このまま死を待つよりは、いちかばちか、そのふざけた野郎をふん捕まえてやる。武器になりそうなものが何もないのが心細いが、何、こうなればヤケだ。おれは素手のまま、すたすたと怪獣の頭部へと近づいていった。すると――

ぐりん、と怪獣の眼球が旋回した。あからさまに、こちらの動きを追ってくる。相変わらずにやにやと笑っているみたいだったが、おれは気にせず進もうとした。その時。

「ん……？」

海の方で何か動くものが見え、おれの注意はそちらに向いた。途端におれは、あんぐりと口を開けてしまった。

何と、クルーザーが、しずしずと、まるでヴァージンロードを進む花嫁のような趣きでこちらへ向かってきているではないか。しかも……しかも、誰も操船していない。

極限状況でついにおれも気が狂ったのかと頭をぼこぼこ殴っているうちに、ふと、それに気がついた。

クルーザーに何か、紐《ひも》のようなものが何本も絡《から》みついている。よく見ると、それらは怪獣の鼻の辺りから伸びているではないか。これまで見たことがない〝髭《ひげ》〟だった。

どうやら、体内に自由自在に出し入れができるものらしい。

茫然《ぼうぜん》としているおれを尻目《しりめ》に、クルーザーはどんどん近づいてきた。やがてテントの裏側辺りに繋留《けいりゅう》された——そう、繋留されたのである。

髭のように怪獣の鼻から伸びている謎《なぞ》の〝触手〟は、その図体《ずうたい》からは想像もできないほど器用極まりなかった。無人のクルーザーを危なげなく接岸し、きちんと繋留してしまったのである。

「は……」おれは呻《うめ》いた。「反則だ」

こんな、人間の手先も真っ青の、伸縮自在の〝触手〟なんて便利な道具があるのなら、身体《からだ》を全然動かさずに正太郎や京介たちを殺すことも可能どころか、極めて容易だったわけではないか。ということは、やっぱり犯人はこの怪獣だった……？

いや、待て、しかし……おれは混乱した。そんな筈《はず》はない。なぜ怪獣がそんなことをしなければいけないのだ。おれたち六人を殺すのなら、ひょいと身体を横に移動させればいいだけの話だ。六人いっぺんに下敷きにできる。ぷちんと音がしたと思ったら全員、あっという間に潰《つぶ》れたトマトである。こんなに簡単な話もない。

それなのになぜ〝触手〟なんかを使って、ひとりひとり襲うなんて、ややこしい手間をかけなきゃいけない？

なぜ？　なぜだ？

いや、第一、あのクルーザーだ。怪獣は何のためにわざわざ、クルーザーを島のこちら側に持ってきたのだろう？　しかも、今の今になって……

混乱しているおれに向かって、ぐいん、と〝触手〟が伸びてきた。まるで突風のような速さで抵抗する暇もない。たちまちおれは、怪獣の〝髭〟にぐるぐる巻きにされてしまった。

「う……うわああっ」

そのまま空中へ持ち上げられた。どんどん地表が離れてゆくと思う間もなく、天と地が入れ代わり、頭に血が昇る。〝触手〟の締めつけに、腕の皮膚が裂けて出血する。叫びつづけているおれを、〝触手〟は軽々と持ち上げて、自分の上を跨《また》がせ、島の反対側へと下ろした。いや、放り投げた。

地面に転がったおれは一瞬、自分が死んだものと思った。というのも、そこには裸足《はだし》の令子さんがいたからである。メガネを外したままの正太郎もいた。クミちゃんに、上半身裸のみこちゃんも、そして京介も、みんな、そこにいた。

ここは天国か、それとも地獄か……おれがそう錯覚したとしても、誰が責められようか。何しろこれまで全員が死亡したものと信じていたのだから。

ところが、みんな生きていた。大なり小なり怪我《けが》はしていたが、誰ひとり死んではいない。もちろんおれも生きている。

どういうことなんだ、これは……そう戸惑っている暇もない。たった今再会したばかりの令子さんが、〝触手〟に捕まり、宙に吊《つ》り上げられたのである。

怪獣の巨体を挟んで反対側、すなわち、これまでおれたちがいたテントの在る側へと、令子さんは移動させられた。彼女の身体が怪獣の身体の向こう側に消えるなり、

〝騒音〟に遮られ、途中から彼女の悲鳴は掻《か》き消えてしまった。

続けて正太郎が捕まった。そしてクミちゃん、みこちゃん、京介と最初とまったく同じ順番で、次々に、テントの在る側へと〝触手〟で移される。

彼らの悲鳴が聞こえるのは、島の〝こちら側〟にいる間だ。怪獣の巨体の向こう側に消えた途端、〝騒音〟に遮られて何も聞こえてこなくなる。ほんとうは生きていた彼らが今までそのことを伝えられなかったのは、あの間断なくおれたちを悩ませていた〝騒音〟のせいだったのだ。

再び、おれの順番が回ってくる。しかし〝触手〟は、おれを捕まえる前に、もう一度クルーザーに取りついた。そして、もともとおれたちが上陸した場所へと戻し、器用に繋留してしまったのである。

こいつ……おれは呻くしかなかった。今や、はっきりと怪獣は笑っていた。見間違えようはない。奴《やつ》は笑っている。

常におれたちの反対側にクルーザーを持ってくる。こんなことをするのは、もちろん、おれたちが逃げられないようにするために、だ。そして、この島に閉じ込められたおれたちを手玉に取って遊ぶために……いや……〝暇つぶし〟をするために。

〝タバコの詰めなおし〟……だ。

一瞬、怪獣の顔が正太郎のそれにダブッてしまう。そして、みこちゃんのそれにも。

自分が、一方のケースから別のケースに詰めなおされては再び元に戻され、そしてまた詰めなおされるタバコになったような錯覚に襲われたまま、おれは再び〝触手〟に捕まり、宙づりにされる。

それがえんえんと続いた。全員反対側に移し終えたと思ったら、再び、ひとりずつもとの場所へ戻す。全員を戻したら、また反対側へひとりずつ移してゆく。

その繰り返しだ。

えんえん、その繰り返し。

こちらが泣こうが喚《わめ》こうが、一向に止めてくれない。暇な〝市役所職員〟に〝タバコ〟の気持ちを慮《おもんぱか》る義務はないのと事情は同じなのだから、当然と言えば当然のことなのかもしれないが。

ほら、また――

皮膚が裂ける。頭に血が昇る。

ふ、ふらふらだ。眼が回る。

涙も小便も涸《か》れ果てた。

それでも繰り返される。夜も昼も。

ああ。また。これじゃ、ひと思いに殺された方がましなんじゃないかしら。
くそ。ちくしょう。
あのな、もう。いい加減に。
いい加減にしろってんだよ、この野郎。
やめてくれえ。

＊

怪獣がようやくその〝暇つぶし〟に飽きておれたち六人を解放し、海に帰っていったのは、それから三日後のことであった。

怪獣は高原を転ぶ

「何だ？　この記事は」京介は〈ピンポイント〉という写真週刊誌を、万年炬燵《ごたつ》の上に放り出した。「上砂崩れ、だあ？」

開いたままのページには、倒壊した二軒の豪邸の写真が掲載されている。いろんなアングルのものがあり、ご丁寧にも、廃材の山となったリビングや泥山となったバスルームなど、もとは豪奢《ごうしゃ》であった内装の変わり果てた惨状を、事細かにリポートしている。見出しは『無惨《むざん》!!　土砂が押し流した夢の豪邸』。

「どういうことなんだよ、土砂崩れって」京介は不満たらしく、口の中に放り込んだカキのタネを嚙《か》み砕く。「だいたい先週は、雨なんか一滴も降らなかったぜ」

「そうだよね。第一、さ」と、正太郎、メガネの童顔を写真に近づけて、「現場には、足跡とかが残っていたんじゃないのかな？……あいつの」

「そりゃ」おれは水割りをひと口含んで、肩を竦《すく》めた。「残っていただろうな、当然」

「だったら、気がついたはずだぞ、このカメラマンは。原因は土砂崩れなんかじゃない、って」京介はイライラと、倒壊した豪邸の写真を指ではじいた。「こんな、壊れた別荘のことなんかを問題にしている場合じゃないだろ、マスコミも」

ふと京介は、カキのタネとまちがえて毛虫でも呑《の》み込んだかのような、苦々しげな表情になった。その倒壊した別荘とは他ならぬ彼のものだったのだから、「別荘のことなんか」などと、つい自ら切り捨てるような発言をしてしまったのは、何とも業腹《ごうはら》であろう。

九月、最後の土曜日。深夜。京介と正太郎は、おれのアパートで酒を飲みながら、侃々諤々《かんかんがくがく》の真っ最中であった。

ともに学生時代からの悪友同士だ。職場はそれぞれちがうが、三人とも未《いま》だに独身で、暇さえあれば、つるんでナンパに明け暮れている。今夜も本来ならば繁華街へ繰り出して女の子たちに声をかけるはずだったのが、正太郎が、昨日発売されたばかりの写真週刊誌の中に気になる記事を見つけたと言い出し、急遽《きゅうきょ》、予定を変更したという次第。

どうでもいいが、こんな時、必ずおれのアパートへ集まることになるのは、なぜだ。

市役所勤めの正太郎はともかく、京介は、婦人服の企画・製造・卸《おろし》を一手に引き受けるアパレルメーカーの仕事が大いに当たり、よっ、青年実業家、などと持ち上げられた勢いに乗って、成金根性丸出しにクルーザーなんかを買っちまうような奴《やつ》なのである。加えて、いつ結婚してもいいように、などとぬかしくさって、この若さで一等地に豪邸を建て、そこで優雅な独り暮らしとくる。集まるのなら京介の家に集まればいいじゃないか、とおれとしては言いたいわけだ。しかし、

「いや、それはだめだ。おれの家に最初に招き入れるのは、おれの花嫁になる女性と決めているんでね」

長い髪を搔《か》き上げながら、遠い眼で、ふ、と笑う。少女マンガか、おまえは。そういえばこいつ、昔から妙に閉鎖的で、たとえ気のおけない友だちといえども、私生活を覗《のぞ》かせたがらない。おれもかなり付き合いが長い方だが、両親の住んでいる実家も含めて、京介の自宅へ招かれたことが、まだ一度もない。

「それにな、アタル。学生時代から同じ部屋に住んでるのって、おれたちの中ではもう、アタルだけじゃん？」

「だから何なんだよ」

「こういう狭苦しいアパートの一室で、万年炬燵を囲みつつ、みんなで酒を飲んでいるとだな、なんちゅうか、青春の日々が甦《よみがえ》るような気分になれるわけだ。郷愁に浸るっていうのかな。ノスタルジイなんだよ。うん」

何がノスタルジイだ。狭苦しいアパートで悪かったな。京介の科白《せりふ》だけ聞いている

と、いかにもむさ苦しい独身者の塒《ねぐら》というイメージしか湧《わ》かないので、念のために補足しておくが、万年炬燵といっても、残暑の厳しい折、炬燵布団《ぶとん》は除《の》けてある。ま、むさ苦しいことに変わりはないか。

「そんなことよりも、さ」正太郎、〈ピンポイント〉の記事を示して、「ほら」

おれと京介は、正太郎が指さしている箇所を同時に覗き込む。そこには、『倒壊した二軒の豪邸のうち一軒は、某アパレルメーカー社長が最近購入したもので――』とある。

「あは。これ、おれのことじゃん」と京介、子供みたいに、はしゃぎつつ、「でも、名前が載っていない」と何か不満げ。

「おまえんとこに、マスコミの取材は来なかったの？」

「あ。来てたな、そういや。この雑誌だったかどうかは忘れたが、別荘が倒壊した経緯について話を聞かせてくれ、とかって」

「それで？」

「それで、って。断った。だって」カキのタネを嚙み砕きながら、靴下の裏を炬燵の足に、ぐねぐねと擦《こす》りつけ、身をよじる。酔いが回ると水虫が痒《かゆ》くなるらしい。「だって、なんて答えりゃいいんだ、いったい？　まさか、実は、い、い、い、いきなり怪獣が現れまして……なんて言えるか？」

「ま、そりゃそうだわな」

「だから、そんなことよりもさ」正太郎、珍しく苛立《いらだ》たしげに、「次だよ、問題なのは。ほら、ここ——」

『——なお、もう一軒は、某製薬会社の会長が所有する別荘で……』

「ん？」京介は、カキのタネを口へ放り込みかけていた手を止め、眼を剝《む》いた。「某製薬会社会長……？　何だ、どういうこと？」

「誤植だろ、これ。だって——」

おれは〈ピンポイント〉を手に取って、丁寧に記事を読んでみた。だが、どう見ても誤植とは思えない。どの箇所にも、はっきりと、某製薬会社会長と記されている。ということは、取材した記者の勘違いか——いや、そうでもないようなのだ。記事の終わりに、こんな記述があったのである。

『この会長邸は全壊してしまったが、地下に保管してあった金庫は川の下流で発見されたという。本人は黙して語らないが、関係者の証言によると、この金庫には銀行の通帳や現金の他、社外秘の重要書類が入っていたとのことで、不幸中の幸いだったと——』

「でも……あそこって、真城《ましろ》ヒサコの別荘なんだろ？」

「ああ」京介は、惚《ほう》けたような顔で、おれと正太郎を見比べた。「そのはず……だが」

「でも、それなら、いったい、どういうことなんだ？　これは」

＊

ここで話は先週の週末へと遡《さかのぼ》るのだが、その前に、お断りしておいた方がいいだろう。先刻の京介の「いきなり怪獣が現れた」云々《うんぬん》の発言。あれを、もしかしたら、何かのメタファであろうと解釈している向きがあるかもしれない。しかし、ちがうのである。この場合、これは文字通りに解釈していただかないと、話が先に進まない。

この物語には怪獣が出現するのだ。

怪獣？　何それ、と眉《まゆ》をひそめられる顔が眼に浮かぶようだが、怪獣とは、つまり怪獣のことだ。みなさん、よくご存じのアレである。国会議事堂を押し潰《つぶ》したり、東京タワーをへし折ったり、最近ではニューヨークのマディスン・スクエア・ガーデンに卵を産みつけたりした、そう、ああいうヤツの仲間だと思ってもらえばいい。

ただ、この物語に登場するのは、似て非なるヤツというべきか、そういった〝本家〃ほどにはカッコよくない。全長およそ八十メートル、風貌《ふうぼう》は魯鈍《ろどん》、かつ醜悪で、おまけに、すさまじい臭《にお》いのする奴だ。

誤解しないでいただきたいのだが、そんな謎《なぞ》の巨大生物が、いつ生まれ、どこに棲《せい》息《そく》していたのかとか、六十億の人類の中で、どうして特におれたち三人と遭遇することになったのか、なんて詳細は、この物語中では、いっさい明かされない。だって誰も知らないんだもん。怪獣の出現によって、社会に如何《いか》なる混乱が引き起こされたのかとか、文明に如何なるパラダイムシフトがもたらされたのかとか、そういった描写も最後まで、いっさい為《な》されない。よろしいですね。そこんところを勘違いなさらぬように。これは、そういう真面目《まじめ》なSFやシミュレーション小説とは全然ちがうのだ。しつこいようだが、くれぐれも、その点をご承知おき願いたい。でないと、読了して、がっかりするはめになるかもしれませんよ。いや、それを承知で読んでも、どっちにせよ激怒されるかもしれないんだけれども、ま、それはそれとして。

とにかく怪獣は現れた。そして、いずこともなく去っていった——おれたちに語れる事実は、その一点のみである。それ以上でも、それ以下でもない。

舞台となったのは、人里離れた山間《やまあい》の××高原。前述したように、京介は最近、成金根性丸出しに、ここに豪奢な別荘を購入した。で、先週の週末、そこへおれと正太郎を招待したのである。これまた成金根性丸出しで買った奴のベンツに、三時間も揺られて。

「おれも、買った時は全然知らなかったんだけどさ、ここって実は、意外な穴場なんだ」

京介が「穴場」という単語を使うのは、ずばり、ナンパのためのスポットという意味でしかない。

「これの、どこが穴場なんだ」おれは呆《あき》れて、避暑地である広大な高原を見回した。

「こんな人里離れた山の中に、女の子たちが遊びに来るってのかよ」

「確かに、山の向こうに在る国民宿舎には観光客がたくさん来るらしいけれど」正太郎も首を傾《かし》げる。「でも、そこってたしか、ここからまだ四十キロぐらい先だし、それに、そろそろシーズンオフのはずだけど」

「ふっふっふっふ」もっともな正太郎の指摘にも、京介、余裕である。長い前髪を、はらりと掻き上げる仕種《しぐさ》。「甘いな、きみたち。甘いぞ。まるで砂糖と生クリームをかけたサッカリンだ」

胸が悪くなるような譬《たと》えをする奴だ。「どういうことだよ」

「あそこに在る別荘が眼に入らないのか」

それは車で上がってくる時に気がついていた。幅広の川に寄り添うように蛇行した山道を挟む形で、京介邸よりも山の奥に建っている。二階建てで、遠眼にもなかなか豪華な建物であると判《わか》る。

「っていうと……あそこは、女の子の出入りがあるワケか？」

あんな豪華な別荘へ遊びにくるような娘ならば、持ち主の身内にしろ、あるいは知人にしろ、深窓の令嬢である可能性は高いぞ、とおれは思い当たった。なるほど、これは京介の言うように、意外な〝穴場〟かもしれないと納得しかけているところへ、奴は、さらに意外なことを言い出した。

「実は、あの別荘の持ち主は、何を隠そう、真城ヒサコなのだ」

一拍の空白の後、どえーっ、と叫んだのは正太郎だ。「ま、ままま、真城ヒサコって、あの、ね、京介、も、もも、もしかして、あの真城ヒサコ？　ね？」

「その通り」どうだ、驚いたか、とでも言わんばかりに京介は、ふんぞり返る。「いかにも、あの真城ヒサコである」

これにはおれも、ただ驚いた。

真城ヒサコは、現在は引退しているが、かつては某国営放送の連続ドラマの薄幸のヒロイン役で鳴らした女優である。さらさらロングヘアに憂《うれ》いを帯びた濡《ぬ》れた瞳《ひとみ》の、正統派美女で、おれも、いま悶死《もんし》しそうになっている正太郎ほどではないにせよ、けっこうファンだった。借金を返済するために出したという噂《うわさ》のあったヌード写真集も持っている。

「ほんとに、真城ヒサコの別荘なのか？　でも、どうしてそれが判ったんだ？」

「そこはそれ」京介は、もったいぶる。「おれぐらいの社会的地位を得るとだな、表社会には出ないマル秘の情報が、自然に、いろいろ耳に入ってくるものなんだよ。うん」

「というと、もしかして、そのために、ここの別荘を買ったのか？」

「いや。買う時は知らなかったんだ。最近ここを購入したという話を、あるひととしてたら、あそこなら真城ヒサコの別荘の近くじゃないか、と教えてもらってな」

「で、でも……」興奮していた正太郎、一転して不安げに、「ほんとに真城ヒサコ？」

「ほんとに決まってるだろ。伊達《だて》や酔狂で、こんな山の中まで、おまえたちを連れてくるもんか」

「……独りで来るの、彼女？」

「いや、独りで来ることは滅多にないらしいな。必ずお友だちを二、三人、連れてくるとか。言っておくが、お友だちというのは、もちろん女性だぜ」

「ほ、ほう」おれは、つい生唾《なまつば》を呑《の》み込んでしまった。「お友だちを二、三人、ね」

「それも、聞くところによると、かつての女優仲間の大滝《おおたき》シノブなんかも、その面子《めんつ》に入っているとか」

「ほ、ほんとかよ、それ？」

大滝シノブは、かつてセクシー路線で売り出して、いまはバラエティが主流のタレントだ。ひとをひとをとも思わぬ傍若無人《ぼうじゃくぶじん》な天然ボケが女子高生を中心にウケまくり、一世を風靡《ふうび》した。現在は若手に追い上げられ、かつての勢いも衰え気味だが、あの脚線美はもろにおれの好みである。彼女の顔はともかく。

「ほんとに大滝シノブも来るのか？」

「豪気なもんだろ、え？」

「で、でで、でも」正太郎は、おろおろと京介に取り縋《すが》る。「と、ということは、何、ぼくたち、その、つまり、真城ヒサコたちとナニする……わけ？」

「他に何の目的があるというのだ？」

「だ、ダメだよ、そんなの」

「あ？」

「ダメだよ。大滝シノブはともかく、真城ヒサコに、そんなひどいこと、しちゃダメだよう。ぼく、イヤだよう」

「何がひどいことなんだ。彼女だって大人の女だよ、おまえ」

「だ、だって、ダメだよ」真剣に涙ぐんでいる。「彼女は、そんなヤらしいことしちゃ、ダメなんだよう」

「いいよ、別に」京介は肩を竦《すく》めて、「正太郎は、いち抜けても」

「え、えーっ」

「いちいち喚《わめ》くなよ、うるせえな。だいたい彼女が、そんなに大騒ぎするようなタマか。真城ヒサコっていや、有名な爺《じじ》い殺しじゃないか」

残念ながら、その通りである。いや、おれだって事実かどうかは知らないが、週刊誌やワイドショーなどで暴露されたところによると、彼女、さる有名な総会屋のパトロンがいたという。その総会屋が、証券取引に手を出していた某大手製薬会社から利益供与を受けた容疑で逮捕されたのをきっかけに、愛人関係をマスコミにすっぱ抜かれたのが一昨年のこと。その後も、彼女が過去、如何にして政財界の重鎮を手玉に取ってきたのか、その役柄のイメージとはまるっきり正反対の、寄生虫的な悪女ぶりが次々に暴露された。もしかしたら他にも事情があったのかもしれないが、結局それらのスキャンダルが引き金となって真城ヒサコは芸能活動を止《や》めた、というのが巷《ちまた》の定説となっている。

「そ」だが、正太郎は抵抗する。「そんなことないもん。あれは全部、無責任な噂なんだもん。本物の彼女は純情可憐《かれん》な……」

「だから、イヤならいいんだよ、無理しなくても。おまえは指咥《くわ》えて見てなって。おれとアタルで、やっちまうからさ」

　そういう言い方をされると、おれも自動的に京介と同じ穴のムジナ的悪役に貶《おとし》められるようで、何だか不本意である。かといって〝参加〟を辞退するつもりも毛頭ないのだから、やっぱりおれも、京介に負けず劣らずの鬼畜系なのかも。

「判ったよ」と、正太郎、恨みがましい眼で決然と、「そのかわり、真城ヒサコの相手はぼくがするからね。いい？」

「いいとも。最初は譲ってやる」

「え。な、何だよ、最初、って？」

「だから、順番さ」

「な、なんの順番なんだよ」

「やる順番に決まってるだろ」

　これでは、まるで輪姦《りんかん》の打ち合わせだ。自分が極悪人のように思えてくる。しかし、お断りしておくが、おれたちは決して荒っぽい真似《まね》をするつもりはない。毛頭ない。極めて穏便に双方、合意の下にことに及ぼうと——って。そんな言い訳をしたところで、所詮《しょせん》は同じことかも。

「なんで順番なんかがあるんだよ？　来るのは彼女独りじゃないんだろ？　大滝シノブとか、友だちも来るんだろ？　だったら京介とアタルは、そっちの相手を……」

「それは、もちろんそうするよ。でも、ちゃんと、パートナーはチェンジしなきゃ」

「チェ、チェンジだって？」

「おれも真城ヒサコと、やりたいもん。大滝シノブだけじゃなくってさ」

つまり京介は、乱交パーティをやるぞ、と宣言しているのだ。さすがにおれも、これには呆《あき》れた。呆れつつ、はしなくも興奮してしまった。乱交パーティなんて、言葉としては知っているものの、そんな別世界的な〝禁断の果実〟に、自分が生きているうちに実際に手を染める機会が巡ってくるなんて、夢にも思わなかった。そもそも、おれたち三人が暇さえあれば、つるんでナンパに明け暮れているのは前述した通りだが、実際には成功率はあまり高くないのである。

ふっふっふ、と京介、すっかり時代劇の悪代官のノリだ。「いやしくも元女優たちとの乱交プレイなんて、こんなゴージャスで、ウルトラ・ラッキーなチャンス、滅多にあるもんじゃないぜ」

滅多にないチャンスというのは、確かにその通り。真城ヒサコは三十代前半のはずで、現在もかつての美貌が衰えていないのだとすれば、不謹慎な表現だが、まるで宝クジに当たったようなものだ。大滝シノブも、クイズ番組で超ミニを穿《は》いたりバニーガール姿を披露したり、おれの大好きな、いけいけどんどん路線で頑張っていらっしゃるし。いやいや、長生きはしてみるもんである。

「でも、ら、らららら、乱交なんて……」

「なにビビッてんだ、おまえ。そんなに特別なことでもないだろうが」そう虚勢を張る京介の声からして、ちょっと震えているのが笑える。「これはアートなんだぞ」

「アート？　な、何それ」

「アートといえば芸術に決まってるだろ。いいか。昔から、乱交とかスワッピングというのは、プロレタリア演劇人とかデカダン作家とか、アナーキズム派詩人とか、とにかく、そういう前衛芸術家たちが耽《ふけ》るお楽しみと相場が決まっていたものだ」

「そ……」正太郎、すっかり眼が点。「そんなものなの？」

「そうさ。勉強になるだろ。従って、これは芸術なの。判る？　ゲージュッ」

おれは芸術のことは知らないが、京介の言い分が詭弁《きべん》であることくらいは判る。乱交は芸術だなんて、いったい、こんなレトリックをどこで覚えてきたのであろう。つくづく、人間のエッチに懸ける情熱とは侮《あなど》れないものだと思う。賭《か》けてもいいが、こいつは、プロレタリア演劇とは何かも知らないはずだ。おれも知らんけど。

正太郎を煙に巻くと、京介はベンツを、自分の別荘の建物の背後に、まるで隠すようにして駐車した。この時は、まだ奴《やつ》の思惑《おもわく》が読みとれず、アプローチに駐車スペースが在るのに随分変なところへ停めるんだな、くらいにしか思わなかった。

「よし。それでは、これから交代で監視を始める」

そう言って京介が取り出したのは、双眼鏡だ。用意のいい奴である。

「監視？」

「そうさ」京介はカーテンの隙間《すきま》に当てた双眼鏡を覗《のぞ》き込む。真城ヒサコ邸の様子を窺《うかが》っているらしい。「——ふむ。まだ、誰も来ていないようだな」

「どうするんだよ、監視なんかして」

「真城ヒサコの一行が到着するのを確認したら、夜を待つ」

「それで？」

「徒歩で、あの別荘まで行ってだな、携帯が通じないから、電話を貸してくれと頼むワケさ。車が途中でエンストした、と嘘《うそ》をついて」

「なるほど」話が見えてきた。「適当なところへ電話するふりをするが、迎えは今夜は無理だとか何とかごねて、むりやり、あそこに居座ろうって魂胆だな」

もちろん、京介がこの高原に別荘を所有していることは秘密だし、ヒサコ邸しか助けを求める先がないという口実を貫くためには、こちらの別荘に車が停められているのを目撃されてはまずい。だから京介は、自分のベンツを建物の背後に隠したというわけだ。

「その通り。家に入り込んじまえば、もうこっちのもんよ」淫靡《いんび》な期待に胸を膨らませているのであろう、うひうひ、京介は三日月形の三白眼になる。「さすが、アタル、こういう悪巧みには頭の回転が速いな」

お互いさまだろ。そりゃ。

ということで監視を始めた。ところが、夕方になっても一向に、山道には車の影も形も見当たらない。そのうち夜の帳《とばり》が降りてしまった。さすがに疲れたのか、正太郎が先《ま》ず不平たらしく声を上げる。

「どうなってるんだよ。ねえ、ほんとうに彼女たち、今日、来るの？」

「え。いや」初めて京介の声が淀《よど》む。「それは判らないが」

「なんだと？」おれは京介に詰め寄った。きっと血相が変わっていただろうと思う。

「今日来るかどうか判らない？」

「うん。まあね」

「じゃ、いつだ。明日か？」

「いや、それも判らない」

「おまえな」さすがに頭にきて、おれは京介の胸ぐらを摑《つか》んだ。「ひとにここまでやらせておいて、いまさらソレを言うか。ターゲットの予定くらい、ちゃんと調べとけ」

「無理いうな。おれは探偵じゃないぜ」

「おまえくらいの社会的地位を得れば、マル秘の情報が入ってくるはずじゃなかったのかよ。え。これなら町に繰り出してた方が、よかったじゃないか。どうしてくれるんだ、この、やり場のない膨張海綿体を」

「まあ、いいじゃないか」京介は、気味が悪くなるくらい、余裕綽《しゃく》々《しゃく》である。「来なかったら来なかったで、その時は、高原の休日を楽しむ、ということで。な？」

高原の休日を楽しむ、だあ？　そんな心理的余裕があると思うか、このアホ。第一、現在この別荘は無人であるという〝偽装〟を貫くため、邸内には明かりもつけていないんだぞ。そりゃ、女の子のひとりでも混ざっていれば、これはこれでなかなか楽しい状況なんだろうが、野郎が三人雁首揃《がんくびそろ》えて、この暗闇《くらやみ》の中、何をどう楽しめというのだ。

「おい、アタル」真剣に殴ってやろうかと検討するおれの肩に、正太郎が手を置いた。そして窓側へ駈《か》け寄る。「いま……」

「何だ？」

「いま、音がした。前の道路を車が走っていったみたいだ」

「なんだって」

慌《あわ》てて双眼鏡を構える。森林に遮られて死角に入ったため姿は見えなかったが、確かに車の音が聞こえた。しかも、ほどなくして、ヒサコ邸に明かりが灯《とも》ったではないか。

「ほんとうに……来た」

「ほ、本物の真城ヒサコが？」

「いや、顔は見そこねちまったが――」

「多分そうだよ」京介は得意げである。「ようし。じゃあ、向こうが寛《くつろ》いだ頃を見計らって、お邪魔することにしようぜ」

「待てよ。ほんとうに、来たのは、真城ヒサコたちなのか？」

「他に誰がいるんだよ？」

「だから、例えば彼女の身内とか——」

「その場合は、口実をつけて、さっさと帰ってくればいいじゃん」

なるほど、それもそうだ。というわけで、おれたち三人は、けっこうきつい傾斜の山道を歩いて、せっせと登り始めた。一路、ヒサコ邸を目指す。

真っ暗だが、眼が慣れてくると、舗装された道路が、月明かりも手伝って、ほんのりと白く浮き上がるので、足もとの危険はない。ただ、びっくりするほど寒い。時は九月。町では、まだ真夏のような気候なのに。おまけに空気が澄みきっているから、都会暮らしの身には一種の酩酊《めいてい》感すらもたらす感じ。夜の山は別世界である。

てくてくと歩いているうちに、明かりが近づいてきた。アプローチに停められているＢＭＷを横眼で見ながら、そっと玄関に近寄ると、邸内から女性たちが笑いさんざめいているとおぼしき声が聞こえてくる。

「さて。いくぞ」

何の躊躇《ためら》いもなくドアチャイムを押すものだから、内心、焦《あせ》ってしまった。京介の奴、いつになく自信満々である。こちらが心の準備をする暇もない。

笑い声が止《や》んだ。警戒しているみたいな、妙に緊張した間が空く。当然だろう。なにしろ、こんな川の中だ。そうそう気楽に訪ねてくる知人がいるはずもない。

しばらくして、そっとドアが開いた。チェーンが掛かったままである。「はい？」と小声でおれたちを見比べる、やや逆光気味のその顔は、まさしく真城ヒサコであった。往年の美貌は、そのままである。否《いな》、むしろ円熟味が加わって、より魅力的ですらある。おれの横で正太郎が、いまにも卒倒しそうになっている気配が痛いくらいに伝わってきた。そんなおれたちふたりの緊張をよそに、

「すみませーん。実は、車がエンストしちゃったんですけどお」

何とも軽いノリで京介は、電話を貸して欲しい由《よし》の口実を並べ立て始めた。あまりにも軽佻浮薄《けいちょうふはく》なものだから、却《かえ》って怪しまれやしないかと、聞いていて、はらはらする。しかし同時に、妙に感心してしまったことも確かだった。京介の奴が、こんなにも弁舌さわやかに嘘八百を並べられるとは知らなかった。普段のコイツときたら、変に自意識過剰というか、プライドが高いというか、女の子に声をかける役を、何やかやと理由をつけておれや正太郎に押しつけることの方が多いのに。

「判《わか》りました」真城ヒサコは、身を引くとチェーンを外した。「どうぞ」

さあ、いよいよ〝禁断の園〟に足を踏み入れるぞ。どきどきする。

吹き抜けになった居間の暖炉の前には、真城ヒサコと同年輩の女性が、ふたり、椅《い》

子《す》に座っていた。何事かと思ったのだろう、興味深げに、というか、かなり無遠慮に、こちらをじろじろ観察してくる。

ひとりは大滝シノブだ。盛り上がった胸を黒いレザーふうの光沢のある上着に、そして下半身を網タイツに、それぞれ包み込んでいる。ボンデージ・ファッションというのだろうか。もろにおれ好み、いや、それ以上の、いけいけどんどん路線で、興奮するというよりも、玩具《おもちゃ》をもらった子供のように、はしゃぎ回りたくなる。うわあ。

もうひとりは、見覚えのない顔だ。芸能人なのかどうかは判らないが、素人《しろうと》離れした派手な輝きがある。三人揃うと、天下無敵のセクシー美女軍団、という感じ。

ほんとうにおれたち、これから彼女たちとエッチできるのかな……ふと、おれは不安になった。後から思えば、それは予感であった。だいたい、ナンパ成功率が限りなくゼロに近いおれたちに、こんなオイシイ思いをさせるほど運命の女神さまは寛容なのであろうか、という気がしたのである。こんなにウマい話があっていいはずはない――と。

同時に、暖炉の上に飾られているものに気がついた。猟銃だ。見た感じ、いかにも重量感があって本物っぽい。狩猟が趣味の者でも身内にいるのだろうか。

「どうぞ。こちらです」

真城ヒサコのその声に、はっと夢から覚めた感じで、おれたち三人の視線が、いっせいに電話機の方を向く。

「じゃ、お借りしまーす」

そう言って、京介がアンティークふうの受話器を取り上げた、その刹那《せつな》——

ずん。

一発目の衝撃。当初、おれは、まだ猟銃のことが頭にあったせいで、てっきり、くだんの銃が暴発したかのような錯覚に陥った。しかし、そうではなかった。

第二の衝撃。床が揺れた。

「じ……地震？」

大滝シノブが叫んだ。おれもてっきり、地震かと思った。しかし、そうではなかった。

ずん。ずん。ずん。

衝撃は、ますます大きくなってくる。まるで、何かがこちらへ向かってきているかのように。おれたちはといえば、床がまるで海のように波打つものだから、足を取られて立っていられない。この感覚は……確か以前にも経験したことがある。

おれは這《は》うようにして窓へ駈け寄った。窓を開ける。

動いていた。

激しく上下しているのだ。

黒い山のシルエットが……いや、あれは山ではない。顔面に叩《たた》きつけてくる、その、すさまじいばかりの腐臭は——

もったいぶった描写はやめよう。そう。ご想像通り、ここで怪獣が出現したのである。どうしてその事態がすぐに理解できたのかというと、この際、正直に告白してしまおう。実は、おれ、京介、正太郎の三人はコイツに出くわすのが初めてではないのだ。ナンパ成功率は最低のおれたちであるが、巨大怪獣遭遇率にかけては、まちがいなく世界一であろう。そんなもん、ありがたくも何ともないが、そういや前回も、ようやくナンパに成功したぜと喜んでいる時にコイツが現れやがったんだよなあ。その際どんなひどい目に遭わされたのかは、この物語には全然関係ないので割愛するが、とにかく女性陣とちがい、おれたちは〝初体験〟ではなかった。だからこそ、迅速に反応できたのである。

「逃げろ」

おれはそう叫んだ。叫ぶなり真っ先に玄関へ飛んでいった。騎士道精神もへったくれもあったもんじゃないが、背後なんかを振り返る余裕はない。とにかく自分独りでも助かるぞという醜いエゴイズム剝《む》き出しで、ドアに体当たり。別荘から転び出た。誰かが後から追いかけてくる気配は感じていたが、そんなこと頓着《とんちゃく》しなかった。走る。ひたすら走る。

ぐおん、ぐおん、という怪獣の咆哮《ほうこう》。気のせいか、前回のそれよりも妙に落ち着きがない。人間に譬《たと》えるならば、風邪でもひいて、ぜえぜえ、はあはあ、息遣いが荒くなっているような感じ。ただ、それは、後からそうと思い当たったことだ。

別荘を押し潰《つぶ》す轟音《ごうおん》が、激しい衝撃波となって、頭上から降りかかってきた。咄嗟《とっさ》に両手で耳を塞《ふさ》ぐ。

ずしゃん。

二階建ての洋館が、ぺしゃんこになる衝撃波に、おれたちの身体《からだ》は紙のように吹き飛ばされ、地面に叩きつけられた。びしゃびしゃ雨が降ってくる。いや、それは泥だった。その時は何が起こったのか判らなかったが、怪獣は押し潰した残骸《ざんがい》をさらに、建物の基礎ごと抉《えぐ》り取って、下の川へ叩き込んだらしい。その勢いで辺り一面に泥のシャワーが噴き上がったのである。

ぎゃおん、ぎゃおん、と妙に切なげに荒れ狂い、夜の山間《やまあい》に谺《こだま》する怪獣の咆哮は、両手で耳を塞いだぐらいでは到底、喰い止められない。頭蓋《ずがい》と鼓膜が、びりびり震えた。立ち上がろうとして何度も転ぶ。

「な、ななな、何よ、これえええっ」

誰の声だろう、女性の絶叫が轟《とどろ》いた。振り向いてみると、夜の闇をバックにして巨大怪獣のシルエットが空を塞いでいる。

ぐるる、という内臓器官の蠕動《ぜんどう》、そして奴《やつ》のすさまじい〝体臭〟が、頭上から雨のように降り注いでくる。前回遭遇した時も、この体臭には泣かされたものだ。なんでこんなに臭いのだ。でも、よく考えてみれば、人間にだって体臭がある。不潔な奴だと、近寄ったら思わずのけぞるくらい臭《にお》う場合もある。ましてや、これだけのサイズの生物だ。臭わないワケがない、とも言える。

怪獣は、後ろ脚で立ち上がると、別荘の基礎ごと抉りとられた道路の断面を、まだ破壊し足りないとでも言いたげに未練がましく、げしげし蹴《け》りまくる。キックする度に妙に苦しげに身をよじった。まるで玩具を取り上げられた子供が、拗《す》ねて口惜《くや》しまぎれに暴れているみたいな感じ。

「なんなのよ、これはあああっ」

再び絶叫。土埃《つちぼこり》が舞い上がっている暗闇の中、眼を凝らしてみる。どうやら京介や正太郎だけではなく、女性陣も全員、別荘から逃げ出せたようだ。誰もが、衝撃で舞い上がった泥まみれになっているらしく、あっちこっちで、がほがほと咳《せ》き込む声。

「ちきしょう、化け物め」そう叫んだのは大滝シノブだ。「これでも喰らえ」

見ると驚いたことに、彼女は気丈にも、さっき暖炉の上に飾られていた猟銃を持ち出してきているではないか。やや屁《へ》っぴり腰で、まるで小さな煙突みたいに、ほぼ垂直に猟銃を構えると、怪獣めがけて一発——

ずどん——ぱしゅっ。

なんと、命中したようだ。暗くてよく見えないのだが、血液らしきものが煙状に飛散した位置からして顔の部分に当たったたらじい。前脚で、まるでハエでも追っ払っているみたいに身をよじる怪獣。がおっ、という咆哮とともに、その前脚を大滝シノブめがけて振り下ろしてきた。

一方、大滝シノブも、自分が悪い相手を怒らせてしまったことに、ようやく気がついたらしい。ぎゃあああっ、と叫ぶや猟銃を放り出し、泥の中に倒れ込んだ。

「だめだあ」京介が、女の子みたいな泣き声を上げた。「逃げろおっ」

まるで、その声が合図だったかのように、巨体が、ずどどどど、と、こちらへと迫ってきた。まるで黒い雪崩《なだれ》だ。

「ひえええええええええええええっ」

おれたち六人は走った。必死で走った。

しかし怪獣の奴、興奮しているのだろう、滅茶苦茶スピードが速い。い、いかん。追いつかれる。そう焦ったおれは、咄嗟に横に曲がり、森林の中へ逃げ込んだ。あとの五人も、つられたのだろう、それぞれが木の間に飛び込んでくる。

一方、怪獣は、おれたちに合わせて方向転換しようとして巨体のバランスを崩した。スピードがつき過ぎていたのか、それとも、さっきの弾丸を受けて感覚が狂ったのか、とにかく奴は、よろめいた。後ろ脚を前面に突き出してバンザイし、人間でいえば踵《かかと》に当たる部分で、地面をカツオ節のように削り取りながら、山道をまろび始める。まるでホームベースにスライディングしている野球選手のような恰好《かっこう》だ。

撥《は》ね上げられた土塊《つちくれ》が、滝のように降りかかってくる。各々《おのおの》、腰や胸の辺りまで埋まってしまった。やばい。動けない。このままでは方向転換してきたヤツに踏み潰される。這い出ようと必死で、もがく。

だが幸いにも怪獣は、方向転換をしなかった。転がるみたいにして山道を破壊しながら走り下りてゆく。土に埋まって動けなかったから、ちゃんと目撃したわけではないが、後から見た惨状から類推するに、奴は驀進《ばくしん》しながら京介の別荘をひっかけて半壊させ、そのまま、いずこともなく去っていった——そういうことだったようである。

どれくらい時間が経過しただろう。夜の山の静けさは戻っても、あたりには舞い上がったままの土埃が、月明かりをうっすらと乱反射しながら、まるで霧のように立ち込めている。もしかして、黄泉《よみ》の国とは、こういう風景なんじゃないか、と思わせる。そこに女性たちの啜《すす》り泣きが被《かぶ》さるものだから、荒涼たるムード満点だ。

「どうなってるの」誰だろう、おいおい泣きじゃくりながら、まるで虱《しらみ》にでもたかられたみたいな勢いで、全身の泥を掻《か》き落としている。「いったい、どうなってるのよう」

「いや、もういや、こんなところ」別の誰かの金切り声。「ぐずぐずしてたら、アイツが戻ってくるかもしれないわ」

そうよ、そうだわ、早くはやくと他のふたりが唱和する。女性たち三人はおれたちを完全無視して、わらわらと逃げ出してきたばかりの別荘へと戻り始めた。早速、車を走らせて下山するつもりなのだろう。しかし、さっきは慌《あわ》てていてはっきり見たわけではないが、多分あのＢＭＷも今頃は、ぺしゃんこになっていると思うけど。

「……どうする？」

「仕方ないだろ」へたり込んだままの正太郎に手を貸してやりながら、「おれたちも、さっさと逃げようぜ。確かに、怪獣が戻ってこない、という保証はないんだから」

と、そうこうしているうちに女性陣が戻ってきた。はたしてＢＭＷは使い物にならなかったらしいな、と思っていると、いきなり先頭の女性がおれの胸ぐらを摑《つか》んだ。何事かと焦《あせ》っていると、彼女、鼻の頭同士がくっつきそうな距離で、じっとおれの顔を凝視する。お蔭《かげ》でおれも、それが真城ヒサコであることが判《わか》った。「ちょっと」と叫ぶとおれを突き飛ばす。

次に彼女が胸ぐらを摑んだ相手は、京介だった。「あんたたちの車は？」

「……え？　え？」

痛みに極端に弱い京介は、もしかしたら殴られるんじゃないかと怯《おび》えているみたいに、おろおろ後じさる。

「車はどこに停めてあるのよっ」

「あ……あそこ」京介は自分の別荘の方を指さす。というよりも正確には、かつて別荘であったものの残骸のシルエットを指さした、というべきだろうが。「でも、多分、潰されちゃってるんじゃないか……と」

「ごちゃごちゃ言ってんじゃないっ」真城ヒサコは口と鼻から泥の塊りを飛ばしながら、喚《わめ》き倒した。かつての薄幸のヒロイン像からは想像もできない形相であることは、どんなに暗くても見てとれる。「はよキーを寄越せっちゅうねん。このボケ、カス、アホンダラ」

「は、はい、たっ、たたた、ただいま」

キーをひったくると女性陣は、さっさと京介邸の残骸へと向かった。どうせ諦《あきら》めてすぐに戻ってくるという予想に反し、しばらくしてエンジン音が聞こえてきた。どうやら京介のベンツは奇蹟《きせき》的にも無事だったらしい。建物の背後に停めてあったのが幸いしたのだろうか――などと思っていたら、

「ありゃ」ブロロロと、そのままエンジン音が下の方に去ってゆくのに気づいて、おれたちは慌てた。「お、おいおい」

「何するんだよう」

「待て、待ってくれよ、おーい」

「そりゃないだろ。お、置いてゆかないでくれえっ」

確かに大型車とはいえ六人全員が乗るのはキツいかもしれない。だから結局は誰かが一時的に居残るはめになるだろうとはいえ、この仕打ちは、あんまりであった。

結局、おれたち三人は徹夜で、泥だらけの恰好のまま、歩いて下山したのである――車で三時間かかる距離を。途中で親切なトラックの運転手に拾ってもらえなかったら、遭難していたかもしれない。

シートが泥だらけになった京介のベンツが乗り捨てられているのが町なかで発見されたのは、それから三日後のことである。怪獣によって滅茶苦茶になった山道をむりやり走らせたため、何もかもボロボロの状態だったという。

＊

「――待てよ」京介は〈ピンポイント〉を手に取って、「それとも、この会長って、真城ヒサコの親戚《しんせき》か何かかな？」

「そんなはずないよ」正太郎は、まるで自分の尊厳が傷つけられでもしたかのように、必要以上に憤然と、「彼女の実家はタコ焼き屋さんだもの。製薬会社のお偉いさんが親戚にいるなんて、聞いたこともない」

さすがに熱烈なファンだけあって、よく知っているものだ。

「しかし、どうして土砂崩れなんて結論するかなあ」京介は、まだその問題にこだわっている。手を伸ばして、足の指の間を、ぽりぽり。「足跡が残っていたら絶対に気がつくはずなのに。怪獣の仕業だ、って」

「もしかしたら、気がついたけれども、報道するのは差し控えたのかもしれないぜ」

「え。どうして？」

「そりゃ例えば、さる筋から圧力がかかったから——とかさ」

京介は正太郎と顔を見合わせた。「さる筋って……どういう筋？」

「そりゃあ、こういう場合は」おれは頭を掻いて、さりげなく、これは何の根拠もない与太話なんだからねと暗に強調する。「政府筋なんじゃないか？　防衛庁関係とか、さ」

京介は再び、正太郎と顔を見合わせる。吹き出すかと思いきや、妙に思い詰めたようなというか、真面目《まじめ》くさった顔をして、身を乗り出してきた。「なるほど」

こちらは、ずっこける。「な、なるほど、って。あのな、おまえ。これは例えばの話だよ。例えばの話」

「防衛庁ということは」京介は、もうこっちの言うことを聞いていない。「これはもう絶対、絡《から》んでいるな、アメリカが」

「アメリカ？」

「こういう人類の行く末に影響を及ぼしかねない問題に、連中が首を突っ込んでこないワケはあるまい。国防総省かＣＩＡかは知らんが、ヤツを秘密裡《ひみつり》に捕獲するために、日本国民にはその存在を知られないよう政府筋を通して圧力をかけてきた、というワケだな。うむ。あ。もしかしたら、アメリカはスパイ衛星か何かを使って、既に怪獣の全身像の撮影に成功しているとか――」

「あのなあ」おれは、厭味《いやみ》たらしく溜《た》め息をついてやった。「そんな特撮ドラマはだしのストーリーを楽しむ前に、もっと考えなきゃいかん問題があるだろうが」

「そうだよ」と、正太郎が勢い込んで頷《うなず》いたので、お、と思ったら、「そもそも、あの怪獣は何なんだ？　いったい」などと続けるものだから、またまた、ずっこける。

京介は真面目くさった顔のまま、「何なんだ、というと？」

「だからさ、前回も、ようやく女の子たちに声をかけて、さてこれから、という時に現れたじゃないか、アイツ」

「そうだったな。だけど、それが何だというんだ？」

「まさか、とは思うんだけどさ……もしかして、アイツ、わざとぼくたちの邪魔をしてるんじゃないの？」

「ああん？」

「だから」正太郎、メガネの奥の眼に、エッチを邪魔された男にのみ宿る種類の、危ない殺意が、ほのめいている。「これって、単なる偶然なんかじゃなくてさ、アイツは意識的に狙《ねら》ってきたんじゃないのかな？　ぼくたちのことを。前回も今回も」

「ばかばかしい」腕組みをして真剣に頷きかけた京介に、おれは舌打ちして見せた。

「そんなことがあり得るかよ」

「しかし、おれたちはあの怪獣に、もう二度も遭遇しているんだぜ」京介、炬燵《こたつ》をばんと叩《たた》いて、「他にも目撃例がたくさんあるならばともかく、報道されている内容を読む限り、まだ怪獣の存在は世間には認知されていないようじゃないか。いや、むしろCIAの陰謀によって、意図的に秘匿《ひとく》されているフシすらある。それなのに、政府筋とは何の関係もない、由緒《ゆいしょ》正しい民間人のおれたちが二度も続けて遭遇するってえのは、これはもう、地下鉄の中で総理大臣に毎週出くわすよりも、確率的にはスゴい数字と言えるぜ」

「CIAの陰謀?」一気に脱力する。「おまえね、そりゃスパイ小説の読み過ぎ」

「いや、アタル、京介の言う通りだよ」正太郎、唾《つば》を飛ばして、「アイツがぼくたちを狙っているというのは、あながち荒唐無稽《こうとうむけい》な仮説じゃないってば。あるいは、アイツを引き寄せてしまう何かを、この三人のうちの誰かが持っているのかもしれないし」

「何だよ、アイツを引き寄せてしまう何か、ってのは?」

「例えば、えーと……脳波とか? フェロモンとか、テレパシーとか?」

「偶然だよ」おれは溜め息をついた。「アイツは、たまたまあの場所で暴れ回っただけであって、そこにおれたちが居合わせたのは単なる偶然。それ以外の何物でもない」

「でも、どうして判るの？　第一、何か理由がなければ、あんなに暴れないだろ」

「その通り。ちゃんと理由があった。だが、それはおれたちとは関係ない。アイツは、まったく別の事情で暴れただけなんだ。そんなことよりも、おれたちにとっては、もっと重要な問題があるだろうが」

「何だよ、いったい」

「決まってるだろ。真城ヒサコたちは他人の別荘に勝手に上がり込んで、いったい何をしていたのか、ってことだよ」

「勝手に上がり込んでいた、とは限らないだろ。もしかしたら、彼女、この会長とは知り合いか何かで、了解ずくで使わせてもらっていたのかもしれないし」

「そんなわけがあるかよ。いいか」おれは京介から正太郎に向きなおった。「真城ヒサコが引退するきっかけとなったスキャンダル——彼女の愛人の総会屋が利益供与を受けていた大手企業は、何の会社だった？」

「え？　確か、某製薬会社……のはずだけれど。それが、何か関係があるの？」

「あるかもしれんぞ」〈ピンポイント〉を、ぱん、と音を立てて拡《ひろ》げた。「それが、この別荘の持ち主のそれと同じ会社だとしても、驚かないね、おれは」

「どういうこと」

「ここに書いてあるだろ」流された金庫云々《うんぬん》の記事の箇所を指さして、「ずばり、この社外秘の重要書類――これを、彼女たちは盗みにきていたんだと思う」

「なんだって……なんのために？」

「理由は、いろいろ考えられるさ。例えば、愛人の総会屋のためとか。これは単なる想像だけど、利益供与事件が明るみに出たのは、会社側が総会屋を排除する意図で、刑事責任覚悟で、わざと検察にリークしたとか、裏で協力するとか、そういう経緯があったんじゃないか？　その意趣返しのために、総会屋が会社側の弱みを握っておこうと、この重要書類に眼をつけたのかも」

「そりゃおまえ、素人《しろうと》考えだよ」京介は妙に分別臭く、「総会屋が会社に恨みを持った、というのは、まだいいとしても、意趣返しをするために、そんな危ない橋を渡らなきゃいけない必然性なんて、どこにもない。企業に嫌がらせをしようと思えば、効果的かつ安全な方法は、いくらでもあるんだぜ」

「しかし、真城ヒサコは、彼のために有利な材料を手に入れておいてあげようと、勝手に気を回したのかもしれない。あるいは、総会屋は全然関係なくて、彼女の個人的な恨みだった可能性もある。あのスキャンダルのせいで真城ヒサコは、女優活動が続けにくくなったんだし。それに、社外秘の重要書類ならばライバル会社に高く売れるだろうから、恨みを晴らした上に大金も手に入るという、一石二鳥の目論見《もくろみ》だったのかも――」

「そんなこと、あり得ないよ」正太郎は例によって憤然と反論する。「別荘へ行った時の彼女たちの様子、見ただろ？　みんな和気あいあいという感じで、盗みに入った、なんて緊張感なんか微塵《みじん》もなかった」

「そんなの芝居だったに決まってるだろ」

「え、芝居？」

「そうさ。なにしろ元女優だから、お手のものだ。もちろん〝観客〟はおれたち」

「でも……それなら、彼女たち、ぼくたちが来ると、知っていたことになるよ」

「知っていたんだろうな――おい、京介」

「な」ぴくりと優男《やさおとこ》ふうの細面をひきつらせて、座ったまま後じさる。「何だよ」

「正直に言え。おまえ、真城ヒサコとは前から知り合いだったんだな？」

「え」正太郎は水割りのグラスを取り落としそうになった。「ほんとなの？　それ」

「何か、おかしいとは思ってたんだ。私生活を他人に見せたがらないはずの京介が、わざわざおれたちを、購入したばかりの別荘に連れてゆく、なんてな」

「でも、それは、エッチのためという具体的な思惑があったから、じゃないの？」

「なるほど、その通りだ。しかし正太郎、憶《おも》い出してみろ。あの夜、真城ヒサコたちが来るのかどうかは判《わか》らないと、こいつは言ったんだぞ。おまけに、来なければ来ないでのんびり高原の休日を楽しめばいいじゃないか、という意味のことも。つまり、確実にエッチができるという確証がないと自ら認めているにもかかわらず、こいつはおれたちを自分の別荘へ招き入れたことになる。だが、実際には確証があったんだ。でなければ、おれたちを招くはずはない。変なことは、まだある。怪獣が消えてから後だ。彼女たち、京介から車のキーを、ひったくっていっただろ？」

「それの、どこが変なの？」

「変じゃないか。まだろくに自己紹介もしていないのに、どうして真城ヒサコは、車の持ち主は京介だと特定できたんだ？」

「それは、訪ねていった時、口実を並べていたのは、もっぱら京介だったから、なんとなく、コイツがドライバーだと見当をつけただけの話じゃないの？」

「仮にそうだとしても、だぞ。彼女たちはキーをかっぱらった後、躊躇《ためら》いもなくベンツに乗りにいったじゃないか」

「だから？」

「おかしいだろ。おれたちはそもそも、車がエンストしたから助けを求めにきた、という口実で彼女たちを訪れたんだぜ」

「あ……あ、そうか」

「いくら怪獣の出現で気が動転していたかもしれないとはいえ、ああいう態度をとったのは、京介のベンツが、踏み潰《つぶ》されてさえいなければ、ちゃんと動くはずだという確信があったからだ。つまり、彼女たちは最初から、おれたちがエンストを起こして助けを求めにきたというのが嘘《うそ》だと知っていたんだろう。どうして知っていたのか？　おれたちの誰かが彼女たちと通じていたのさ。だとしたら、その誰かとは、言い出しっぺの京介以外に考えられないじゃないか」

「いったい、どういうことなんだよ」

「さて。それは京介本人から、じっくり聞かせてもらおうぜ」

「いや、実はな……」京介は、きまり悪げにウイスキイをストレートで含んで、「某企業のパーティに真城ヒサコが来ていたんだ。たまたま、そこで知り合って、親しくなって――」

「それで？」

「××高原に別荘を買ったんだ、という話をしたら、実は、あたしもあそこに別荘を持っているの、奇遇ね、という話になって。じゃあ、いつか一緒に遊びにいこうかと。意気投合したワケ。その際、おれ、友だちを連れていくから、キミも友だちを連れてきてよと言ったら、いいわよ、じゃ合コンしましょ、ってトントン拍子に相談がまとまって」

「だったらどうして、最初から、そのことをおれたちに言わなかったんだ？」

「彼女が言ったんだ——でも、普通の合コンじゃつまらないから、連れてくる友だちには内緒にしておいて、偶然を装《よそお》った方がおもしろいわよ、と」

「ばか」たとえおれが京介の立場であっても、やはり同じように、まんまと丸め込まれていたであろうことは確実だが、それはとりあえず棚上げにして、呆《あき》れ果ててみせる。「女性の方から、しかも仮にも元女優から、そんな提案をしてくるなんて、不自然だとは思わなかったのかよ」

「いや、別に」あっさり認めてから、忸怩《じくじ》たるものを感じでもしたのか、ウイスキイの残りを一気に飲み干した。「でも、なんで、そんな提案をしたんだろうな」

「おまえ独りならともかく、三人も男がいたら、ひとりくらいは、どうも話がうますぎると疑うかもしれない、だからあくまでも偶然を装った方がいい——そう用心したからに決まってるじゃないか」

「でも、アタル」正太郎は、まだ納得がいかないようだ。「おまえの考えだと、真城ヒサコたちは、あの別荘の金庫の中味を狙っていたんだろ？　だったら、どうしてぼくたちを、わざわざ巻き込むような段取りを組んだんだよ。いったい何のメリットがあって？」

「想像するに、大滝シノブか、残りのひとりの女のどちらかが、この製薬会社会長と個人的に親しかったんだと思う」

「そんな、また何の根拠もない想像を」

「そう考えれば、そもそも別荘にそんな重要書類が置いてあることを、彼女たちが知った経緯が説明できるからさ。それに、なんなく建物の中に入り込めたのも、合鍵《あいかぎ》の在《あ》り処《か》を知っていたからだろう。そして、ここからが重要なんだが、つまり、ということは、書類が盗まれた場合、その女は真っ先に疑われる立場にあったんだ。だからこそ、さ」

「だからこそ……何？」

「彼女たちは、濡《ぬ》れ衣《ぎぬ》を押しつける〝代役〟が必要だった、ということだよ」

「〝代役〟……って」正太郎は京介と顔を見合わせた。「あの……もしかして、ぼくたちのこと？」

「他に誰がいるんだよ」

「でも、どうやっておれたちを〝代役〟に仕立てあげられるっていうの」

「簡単なことさ。別荘の本来の持ち主がやってくるまで、おれたちをあそこに足留めしておけばいい。いや、もっとはっきりいえば、おれたちの死体を転がしておけばいいんだ」

「し」京介は、新しくつくったばかりの水割りを吹き出した。「死体……だって？」

「金庫の中味が盗まれ、邸内には見知らぬ男たちが殺されているとなれば、それを発見した持ち主や警察はどう解釈する？　盗みに入った泥棒たちが、何らかの理由で仲間割れした結果、みんなを殺した奴《やつ》がブツを持って逃走した——そんな、もっともらしいシナリオが簡単に出来上がるだろうよ」

「し、しかし、おまえ、いくら何でも」泣き笑いのような表情で、京介は口から溢《あふ》れた水割りを拭《ぬぐ》う。「何の関係もない人間を……」

「何の関係もないからこそ〝代役〟としては最適だったんだよ、彼女たちにとっては。繋《つな》がりがないんだから自分たちには捜査の手が伸びてきっこない、と。むろん、厳密にいえば京介と真城ヒサコはパーティで会ったことがあるという繋がりがあったわけだが、その程度ならば大丈夫だと踏んだんだろう」

「し、しかし、殺すかあ？　いくら何でも、いきなり……」

「確かに普通に考えれば短絡的だ。しかし彼女たちは実際に、いまにも殺そうとしてたじゃないか」

「あ？」

「あの時、おれたちのことを、しっかりと、殺そうとしていたじゃないか」

「な……何の話だよ、いったい？」

「猟銃だよ、大滝シノブの」

「猟銃？　おいおい、あれは怪獣を撃ったんじゃないか。そうだろ。あれがおれたちを狙《ねら》って外した結果だったとしたら、いくら何でも腕前がお粗末すぎるぜ」

「結果としては怪獣を撃つことになった。しかし、そもそも彼女はおれたちを撃つつもりだったんだ。あれが、もともと別荘に常備されていたものなのか、それとも彼女たちが用意したものなのかは判らないが、とにかく、おれたちを撃つ目的で、大滝シノブはあの猟銃を持っていたんだ」

「……しかし、どうしてそうだと判る？」

「だって、考えてみろ。怪獣が迫ってきて別荘を押し潰すまで、いったいどれくらいの時間的余裕があった？　アイツの〝経験者〟であるおれたちでさえ、建物から逃げ出すのに精一杯だった。もしも部屋に在るものを何か持ち出せと言われても、絶対に不可能だっただろう。なのに、どうして彼女は猟銃を持ち出せたんだ？」

「どうして……って」

「そんな余裕はなかったはずだ。これは断言する。いや、そもそも、猟銃を持ち出そう、なんて発想すら頭に浮かばなかったはずなんだ。にもかかわらず、外へ逃げ出した時、彼女は猟銃を持っていた。それはなぜか？　答えは、ひとつしかない。怪獣が現れる前に、彼女は猟銃を手に取っていたからさ」

「怪獣が……現れる前に」

「京介が、電話を借りると言って受話器を手に取った時だ。おれたちの注意は京介の方に向いた。その隙《すき》に大滝シノブは、暖炉の上に飾ってあった猟銃を手に取った——タイミング的に考えて、それしかあり得ない。では、どうして彼女は、何の脅威も現れていないはずの段階で猟銃を手に取ったのか？　他でもない、おれたちを撃つつもりだったから……そうとしか考えられないじゃないか」

気まずい沈黙。しばらく、京介がカキのタネを齧《かじ》る音だけが室内を席巻《せっけん》する。

「そういえば……」ふと、正太郎は顔を上げて、「なんで暴れたんだ？」

「ん？」

「なんで、あの怪獣は暴れてたんだ？　さっきアタルは、その理由が判っている、みたいな口ぶりだったけど――」

「おれも自信があるわけじゃないけどな」水割りを飲もうとしたら、からっぽだった。

「でも、あの様子からして多分、他に考えようがないんじゃないか、と」

「何だよ、あの様子、というのは？」

「ひとことでいうと、落ち着きがなかっただろ？　それに、ひどく苦しんでいた」

「そうだったかな」

「足で地面を蹴《け》りまくったり、さ。身悶《みもだ》えしてる、って感じだっただろ」

「そういえば……じゃ、ひょっとして、失恋でもしたのかな？」

「それも捨て難い仮説だが、もしそうだとしたら、あんな怪獣がわんさかいることになるぜ。それよりも、あの時、わざわざ後ろ脚で立っていた、というところがポイントのような気がするんだ」

「って、どういうこと？」

「後で京介の別荘をひっかけて壊していった時も、わざわざ後ろ脚を前面に突き出して、スライディングするような恰好《かっこう》だった。あれは単純に、バランスを崩した結果だと思っていたけれど、でも、あの巨体が自然に転がってしまうほど、あの坂の傾斜って、きつかったか？　だって、おれたちが徒歩で登れるくらいなんだよ。いくら一瞬よろめいたからといって、そのまんま、スライディングしちゃうっていうのは、ちょっと不自然な気がしないか？」

「そうかもしれないけど……じゃあ、どういうことになるの？」

「だから、アイツはわざと、足を地面につけて、勢いをつけて滑っていったんじゃないかと思うんだ——足を掻《か》くために」

「足を掻く……というと」正太郎は京介の方を見て、「まさか」

「うん。だから、暴れてたんだろうな」おれは肩を竦《すく》めた。「水虫が痒くて、さ」

聖夜の宇宙人

世の中には、目撃運の異常に強い人種、というのがいる。さしずめ、京介、正太郎、そしてこのおれの二人組なぞ、その最たる実例であろう。この場合、目撃運というよりも、正確には、奇怪な出来事との遭遇運、とでもいうべきか。なにしろおれたちは、もう二度も巨大怪獣に遭遇して——。

いや、そんな、説明がややこしい上に、憶《おも》い出したくもない忌《い》まわしい過去の詳細については、また別の機会に譲る。どうせ、今回は怪獣は出てこない。

そのかわり、宇宙人が出てくる。

宇宙人？　何だそれ、と訊《き》かれても困る。おれたちにだって判《わか》らない。ただ、空飛ぶ円盤（おいおい）に乗って地球へやってきたらしい、ということくらいしか。

それは、年の瀬も押し詰まった十二月二十四日。クリスマスイヴの夜のこと。

京介、正太郎、そしておれの三人は、多彩なイルミネーションに彩《いろど》られる繁華街へ繰り出していた。例によって、ナンパのためだったのだが、これまた例によって、引っかかってくれる女の子なんか全然いない。というよりも、聖夜の喧騒《けんそう》に浮かれている群衆は、ものの見事にカップルばかりで、声を掛けられる相手が、そもそも見当たらないのだ。
「――なんというか」長い髪を、はらりと搔《か》き上げながら、京介は厭世《えんせい》的な溜《た》め息を
洩《も》らした。「変わりばえしねえな、おれたちも」
「ねえ、もう帰らない？」正太郎は、白い息を吐きながら自分の肩を抱きすくめて、
まるで小便を我慢しているみたいに足踏みをしている。「これじゃ風邪ひいちゃうよ。
アタルんところで、プレステでもしようよ」
「そうだな」凍った顔面をほぐしながら、おれも相槌《あいづち》を打った。「もう今夜は、炬燵《こたつ》
へ入って、ぬくぬくと、サキイカで熱燗《あつかん》を一杯」
「おいおい。いい若い者たちが。おっさん臭えこと、言うなよな、もう」
そう茶々を入れる京介からして、既に気持ちの半分以上が炬燵と熱燗へと向かって
飛んでいることは、隠しようもない。
例年、この季節のおれたちは、どうも調子が出ない。いつもの習慣でというか、勢
いでというか、はたまた、この場合、正確には惰性でというべきか、ともかく町へ繰
り出してはみるものの、どうもいまひとつ、ナンパへの情熱が燃え上がらない。
それは、周囲がみんなカップルという雰囲気に圧倒されるから、ではない。自慢で

はないが、おれたち三人のナンパ成功率は、どのみち普段から、かなり低いのだ。それでも、当方のエッチに懸ける情熱は一向に衰えることはなく、ひたすら元気に（というか馬鹿《ばか》丸出しに）女の子に声をかけまくる。

そんな恥知らずのおれたちも、なぜか、この季節に限っては、勢いが萎《な》えてしまう。それは、柄にもないことを承知で戯言《ざれごと》をいわせてもらえば、寒くなると、人間、ただのエッチではなくて〝本物の愛〟が欲しくなるから、なんじゃないかと思うんです。極端な話、エッチなんかしなくてもいいから、ただ傍にいて、お互いを温め合える――そんな存在を求めてしまう、とでも申しましょうか。

眼の色を変えて、とにかく女なら誰でもいい、やらせてくれそうなのはいないか、と鼻息も荒く右往左往するのが、何だか虚《むな》しくなるんじゃないかと思う。あくまでも、そんな気がする、というだけの話なのであるが。ともかく、町へ出てきてから、まだ一時間も経《た》っていなかったが、おれの心は、すっかり冷えていた、という次第。多分、京介と正太郎も似たような心境なのだろう。

「……熱燗はともかく、おれは、サキイカよりも、ビーフジャーキーがいい」

アパレルメーカーの経営が順調で、今夜も潤沢な〝軍資金〟を持ってきているはずの京介にしてからが、つい、そんな貧乏たらしい科白《せりふ》が口をついてしまう。此《こ》は、ひと恋しさを煽《あお》る、罪つくりな季節である。

「じゃ、コンビニへでも寄って帰るか」

そうしよう、そうしようとおれたちは、右を向いても左を向いてもカップルだらけの雑踏を掻《か》き分け始めた。と、その時――。

そこに彼女が佇《たたず》んでいたのである。

歳《とし》は十六、七だろうか。ショートヘアに大きな瞳《ひとみ》が溌剌《はつらつ》と輝いている。驚いたことに、この季節、チェックのミニスカートに紺色のハイソックスという恰好《かっこう》なのだが、それが少しも寒そうではない。ぴちぴちに引き締まった肌が、冷気を弾《はじ》き返している感じ。

「――ね。ね。そこの彼女っ」三人、瞬時にして互いに頷《うなず》き合うと、おれが代表して声をかけた。「誰かを待ってるの？」

くりくりとした眼がこちらを見て、にこっと笑う。その愛らしさに、おれとしたことが思わず後ろに、よろめいてしまった。こ、これは可愛《かわい》い……むちゃくちゃ、かあいいっ。

「あ、あ、あのさ」気をとりなおして、こちらも、ひたすらスマイル。「暇だったら、おれたちと一緒に、お茶しない？　ね？　ほんの十分くらいでも、いいんだけど」

「お茶だけ?」

「へ?」

「美味《おい》しいものが、食べたいな」

「え。食事したいの?　い、いいとも」

「ほんと?　おなかいっぱい食べても?」

「ま、任せなさい」コートの前をはだけて上着の内ポケットに手を入れた京介は、おれを押し退《の》けんばかりにして愛想笑い。その財布の中には現金だけではなく、クレジットカードも腐るほど詰まっているはずだ。

「も、大船に乗ったつもりで、どーんと。フランス料理でも、イタリア料理でも、エスニックでも——さ、何が食べたいのかな?　ご希望を、どうぞ」

「なんでもいいです、美味しいものなら」

「え、えと」京介、自信なさそうに、正太郎とおれを交互に見て、「どうする?」

「なんでもいいのなら」と正太郎、メガネをなおしながら、市役所勤めの公務員らしい無難な発言。「とりあえず、お寿司《すし》とか?」

　というわけで寿司屋を探したが、ない。場所柄、一軒くらいあってもよさそうなものなのに、全然見当たらない。こんな時に限ってと焦《あせ》っていたら、〈土佐料理めが天〉

という小料理屋の看板が眼に入り、寿司ならここにもあるだろう、と妥協することにした。冷静に考えてみれば、別に寿司にこだわる必要なんか全然なかったんだけれども、思わぬ〝幸運〟に、みんな舞い上がっていたらしい。

けっこう値の張る店のようで、若者の姿は全然見当たらない。いかにも、接待して経費で落とします、という感じのおっさんや、それにくっついてタダ飯喰いにきてます、という感じのケバいお姐《ねえ》さんばかり。

「あ。あるよあるよ、お寿司」メニューを手に取って、それに値段が記されていないことも気にせず、はしゃぐ正太郎である。「ほらほら。鯖《さば》の姿寿司、だって」

「やっぱり、鰹《かつお》のタタキだろ」コートを脱ぎながら、京介もご機嫌。「土佐料理なんだから。えーと。タタキは、と――ん？　ウツボのタタキ？　何、ウツボって、もしかして、あの、海のウツボ？」

「そうですよ」と、講釈してくれたのは女の子だ。「意外かもしれないけれど、鰻《うなぎ》よりも、あっさりした感じで、すごく美味しいの」

「へーえ」京介は、やたらに感心して、「じゃ、じゃあ、それも食ってみよう。ね。遠慮しないで。どんどん。それから、ん――窪川《くぼかわ》牛のタタキ？」やはり、彼女のあまりの可愛さに舞い上がっているのだろう、今度は意味もなくタタキにこだわり始めた。

の？」

「窪川牛って、おれ、聞いたことないけど、これって有名なブランドなの？　美味《うま》い
「ね、ね」女の子は身を乗り出して、「牛肉なら、あたし、土佐の赤牛のステーキ、ガーリック風味を食べてみたいなっ」

「あ。いいね、いいね。美味しそうだね」

「じゃあ、お願いしまーす、二人前っ」

　彼女が、そう元気よく注文しても、この時はまだ誰も、変だとは思わなかった。当然、二人前のステーキを四人で分けるものとばかり思い込んでいたからである。

「それからね、土佐巻きを四人前っ」

　土佐巻きとは、おれも初めて見たが、鰹のタタキの巻き寿司だ。紫蘇《しそ》の葉とニンニクのスライスを一緒に挟んである。

　女の子は独りで、ステーキ二人前、土佐巻き四人前を、またたく間にたいらげてしまった。脂身《あぶらみ》ひときれ、ご飯粒ひとつ、残さなかった。空になった皿の綺麗《きれい》さといったら、もはや芸術的なくらいであった。

「これはこれは。豪快な食べっぷり。いや、見ていて気持ちがいいねえ」などと、最初はおれたちも、そう面白がる余裕があった。

ところが、彼女は続けて、鰹とウツボのタタキ、それぞれ三人前を、ぺろん。鯖の姿寿司二本を、ぺろん、ぺろんと、喰ってしまったのである。今度も全部、独りで。姿寿司は、特大の鯖を丸ごと一匹使って柚子《ゆず》でしめた巻き寿司で、大の男でも、独りで一本たいらげたら動けなくなりそうなボリウムだ。彼女はそれを平然と、二本、おかしらも残さずに喰ってしまった。

ことここに至っておれたちも、何か変だ、と思い始めた。

ちょっと失礼、と言い置いて、三人揃《そろ》って席を立つ。

「い、いくら食べ盛りとはいえ、これは、ちょっと、その、異常……じゃないか？」

「ちょっと、どころじゃないよ。プロレスラーだって、こんなに喰わないぜ」

「お、おい、見ろよ、彼女のおなか。あれだけ喰ったのに、ちっとも膨らんでいない」

「ほんとだ……いったいどこに、喰ったものを仕舞っているんだろ？」

「仕舞っていないのかもしれないぜ」

「え。どういうこと？」

「だから、彼女の胃袋は、実は異次元と繋《つな》がっている、とか——」

お互い、引きつった顔を見合わせた。

「つ、つまり、何か？　彼女は、その……人間じゃない、とでも？」

「ま、まさか……」

ひそひそ、こちらが内緒話をしている間にも、彼女の口と箸《はし》は止まらない。皿鉢《さわち》に、でーんと盛られた伊勢海老《いせえび》のお造り、車海老の塩焼き四人前、シメジの酒盗煮《しゅとうに》三人前などが次々と、テーブルに並んだはしから消えてゆく。まるで手品を見ているかのようだ。

「や、やっぱり、そうなのかもしれない」

彼女は人間ではない……頷き合った眼が、お互い、そう確信していた。第三者にしてみれば、なんでそんなに短絡的なのと思われるかもしれないが、これまでの〝遭遇運〟からして、この少女が人間の姿を借りた〝異形のもの〟である可能性は、かなり高い。

「……な、なあ、正太郎、アタル」ふと京介は、妙に思いつめた声で囁《ささや》いた。「ここは友だちと見込んで頼む。な、何も言わずに、おれと彼女の、ふたりだけにしてくれないか」

「え」

見ると京介は、ぽわん、と眼もとを桜色に染めている。何か危ない薬でトリップしているみたいな、弛緩《しかん》しきった表情。

「おまえ、ま、まさか……」

「う、うむ。ひと眼惚《ぼ》れだ」眼もとを垂れさせたまま口もとだけ、きりりと結ぶ。「面目ない。だが、おれは真剣なんだ。こんな気持ちになったのは生まれて初めてだ。彼女を嫁さんにしたい。いや、する。絶対、する」

「お、おい、京介、落ち着けよ」

「そんなこと言ったって、彼女は人間じゃないかもしれないんだぞ。え？」

「それがなんだ。彼女が妖怪《ようかい》だろうが、アンドロイドだろうが、はたまた宇宙人だろうがな、この愛で乗り越えてみせるわいっ」

　そうしている間にも、彼女は食べ続けている。鰹のハランボ（腹の身の薄い部分らしい）の塩焼き二人前、土佐ジロー（地鶏《じどり》の名前らしい）の照り焼き二人前、軍鶏鍋《シャモなべ》三人前、天麩羅《てんぷら》の盛り合わせ五人前、その他いろいろを、どかどかと喰いまくっている。ここまでくると気味が悪い……はずなのに、なぜか不快感は皆無である。

　それは、彼女の食べ方が綺麗だからだ。ご飯粒ひとつ残さず、まるで皿を洗ったみたいに食べる。その上、これだけ喰っても苦しそうな表情が、まったくない。まるでサロンで読書でもしているかのように優雅である。

そして何より、彼女、すんごく幸せそうなのである。ひと口、頬張るごとに、夢見るような笑顔を浮かべて、「美味しーい」と、はしゃぐ。嗚呼《ああ》、その表情の、なんと、あどけなくも、可愛らしいこと……。

「いや、おれは帰らんぞ」発作的に、おれはそう宣言した。「これは恋だ。運命だ。友だちといえども、譲れないものは譲れない。おれだって、真剣に彼女のことが好きになった」

「え、な、なんですと」

「ぼ、ぼくだって帰らないよ」どうやら正太郎も、この大喰らいの女の子の魅力に、まいってしまったようである。「やっぱり、これは堂々と争うべきだよ。公明正大に」

「お、おまえら、ズルいぞ。ズルい」京介は子供みたいに、いやいやをする。「おれが先に言ったのに。ひとの真似《まね》、するんじゃない。だ、だいたいだな、ここの飲み喰いの代金、誰が払うんだよ？　え？」

正太郎とおれは、つい肩を竦《すく》め合ってしまった。痛いところを衝《つ》いてくる奴《やつ》だ。

「ほらみろ。あの、べらぼうな食欲を思う存分満たして幸せにしてやれる資金力がなきゃな、彼女に言い寄る資格はないぜ」

「問題は彼女本人の気持ちだろ」正太郎にしては珍しく、対決姿勢を崩さない。「それ以外は二の次、三の次だよ」

「相変わらず面白味のない正論で押しまくる奴だな。よし。判《わか》った。勝負してやろうじゃないの。堂々と。おれはこの——えと。そういえば、彼女の名前、なんていうんだ？」

「ね、ねえ、きみ」と、なんとなく、またおれが代表して訊《き》く恰好になる。「きみの名前、なんていうの？」

「ユリ。有栖川《ありすがわ》ユリ」

「ユリちゃんか。可愛い名前だね……」おれとしたことが、うっかり桃源郷にトリップしていたらしい、はっと我に返ったのをごまかすために、どうでもいいことを訊く。

「あ、あの、それ、美味しい？」

「うん、とってもっ」

その笑顔に、こちらは滂沱《ぼうだ》の涙。この時ほど、自分に金がないのを口惜《くや》しく思ったことはない。ああ、くそ。おれはどうして億万長者の息子に生まれなかったのだ。金に糸目をつけず、ユリちゃんに美味しいものをばんばん食べさせてあげたい。そして、この笑顔をおれだけのモノにしたい……くうっ。

男どもが三人揃って、眼をうるうるさせている一方、ユリちゃんの手は止まらない。

ほぐした鯛《たい》の身を絡《から》めたソーメンを、直径一メートルはありそうな特大の皿鉢に大盛りしたもの（推定十人前）を、つるん、ぺろん。綺麗にたいらげる。それが〝締め〟だった。

「ああ、美味しかった。ごちそうさまっ」

「いやいや、喜んでもらえて何より」

支払いを終えて店を出る。京介が、そっと見せたのは、会社の経費で落とすつもりなのだろう、領収書で、そこに記されていた金額はおれのアパートの家賃の三ヵ月分よりも、まだ多かった。さすがに京介は、ふふん、と勝ち誇ったような鼻息。これだけの食費を毎日賄《まかな》えるのは、この中でおれだけだもんね、どうだどうだ、と眼が威張っている。

ちくしょー。愛も所詮《しょせん》は金という真理を、まさか、こんな形で再認識させられるとは。口惜しいぞくやしいぞ。そう地団駄踏んでいると、ユリちゃん、ぺこりとお辞儀して、

「それじゃ、おやすみなさあーい」

「え。おいおい」こっちは慌《あわ》てて、「も、もう帰っちゃうの？　待ってくれよ、ねえ。もう一軒、どこかへ行かない？　ね、ね。それとも、もう、おなかいっぱい？」

「ううん」あっさりと否定するところが、怖いやら、可愛《かわい》いやら。「でもね、これから、あたし、デートなの。またね」

がひょん、と揃って、のけぞっているおれたちを尻目《しりめ》に、ユリちゃんは、ステップもかろやかに、夜の雑踏へと消えてゆく。

「う……う」と京介は、肩を震わせる。ぽろぽろ涙を流すと、その場にしゃがみ込み、子供みたいに、しくしく泣き出した。

「お、おいおい、こんな場所で……」

おれだって眼の前が真っ暗になっていたのだが、こんな大仰《おおぎょう》な反応で先手を打たれると、慰め役に回らざるを得ない。正太郎も、同情がショックを上回ったのだろう、よしよしと京介の背中をさすってやっている。

「す、好きだったんだ」京介、えぐえぐ、嗚咽《おえつ》をこらえている。「ほんとに好きだったんだよう、彼女のことが……ほ、ほんとに」

「そうだろう。うん。そうだろう」

「でも、仕方ないじゃないか。な？」

侘《わび》しさとともに、急に空腹を覚えた。そう思い当たってみればおれたちは、なーんにも口にしていないのであった。全部、ユリちゃんが独りで喰ってしまったので。

「屋台で何か喰っていくか？　京介、おい。おれたちが奢《おご》ってやるからさ」

うんうん、頷《うなず》きながら京介も、ようやく立ち上がった。と、その時——。

周囲が白い光に包まれたかと思うや、夜空から銀色の円盤が降りてきた。するん、と眼の前に着陸すると、中から、まるで、サングラスを掛けたシロクマのぬいぐるみが後足で立っているみたいな奴が、現れた。身長は、おれたちよりも頭ひとつ分くらい低い。

道往《ゆ》く群衆は、クリスマスのアトラクションだとでも思っているのか、とりたてて騒ぎ出す様子はない。それぞれ楽しげに笑いながら通り過ぎてゆくだけ。

シロクマもどき、右前足を心持ち上げると、口も動かさずに声を発した。

「あ、唐突で申し訳ないップが、我々はこれより、きみたちを〝捕獲〟するップ」

我々っていったって、おまえ独りしかいねーじゃねーかよ、と、その丸い顔に突っ込んでやるべきかどうか迷っていると、

「説明的な科白《せりふ》で大変恐縮ですが、我々は宇宙人なのだップ。きたる地球侵略のXデイに向けて総攻撃の準備段階に入っているところなのであるップ。敵の内情を探るための生体サンプルとして、いま、きみたちを〝捕獲〟する。よって、無駄な抵抗はやめるップ」

「何を、ごちゃごちゃ、ごちゃごちゃ吐《ぬ》かしてやがんだ、この野郎」さっきまでの愁嘆場から一転、凶暴な唸《うな》り声を上げると京介は、そのシロクマもどきに摑《つか》みかかった。

「ざけんじゃねーぞ、こらアッ」

「あ。こ。こら。何をするっプか」

「こちとら、たったいま一世一代の失恋をしたばかりで気が立ってるんじゃ。こんなややこしい時に、地球侵略なんて、かったりいこと、やってんじゃねえ。このボケ、カス」

「あ。痛い。痛いップ」

「クマのくせに。この。クマのくせに」

「あ。あ。た、助けて」シロクマのぬいぐるみもどきは、前足で正太郎とおれに縋《すが》りついてきた。「助けてくれっプ。こ、このサンプルは凶暴だっプ。きみたちからも何とか言ってくれたまいップ。は、早く、ああっ」

　正太郎とおれは阿吽《あうん》の呼吸で、躊躇《ためら》うことなくシロクマもどきを突き飛ばすと、これまた八つ当たり気味に殴る蹴《け》るわの大狼藉《だいろうぜき》。

「あ。あ。おまえらまで。何をするっプか。痛い。い、痛いいたい。顔が歪《ゆが》む。腕がもげる。いや。そこはだめ。だめだっプ。こら。やめて。や、やめてくださいーっ」

殴られた拍子にサングラスがずれて、黒いボタンのような眼が覗《のぞ》く。その無表情とは裏腹に、声は悲鳴の半泣き。その哀願を無視して、三人がかりでボコボコにする。

「わ、判った。判ったっプ。もうやめた。もうやめましたっプ。地球人は我々の予想以上に凶暴だっプ。へたに侵略したりしたら、こちらの生命が危険だっプ。もう来ない。もう来ません。地球侵略は諦《あきら》めて、火星へ行きますっプ。さらばじゃ。バイバイよ」

よれよれになった宇宙人は、四つん這《ば》いの恰好《かっこう》で、すたこらさっさと円盤に乗り込み、ぴゅぴゅっと逃げていった。銀色の光が夜空に吸い込まれてゆく。かくして、地球の危機は回避された（らしい）のであった。

しかし、その功労者であるおれたちに喜びはない。屋台でコップ酒を呷《あお》りながら、この世には、どんなにあがいても自分の手には届かないものがあるのだという現実を、ひしひしと嚙《か》みしめたのであった。

……え？　結局、ユリちゃんは何者だったんだ、って？　そりゃ、あんた。

単なる大喰いの女の子、でしょ。

通りすがりの改造人間

「――なんだかさあ、ぼく、あれ以来、どんなに綺麗《きれい》な女のひとを見ても、さ……」

正太郎はそこで言葉を切った。ほんの数日前までげっそりとこけていた頬は、だいぶ回復して、普段のような張りと艶《つや》の丸い顔に戻っている。いっこうに言葉を継ぐ様子がないが、どんなふうに続けるつもりだったのかはだいたい想像がつく。勃《た》つ前に気味が悪くなってしまう――とか、そんなところなのだろう。まったくおれも同感だ。

「そうだよなあ」柄にもなく京介も妙にしみじみ溜《た》め息をつくと、コーヒーカップに注いだ日本酒の冷やを、くいと呷《あお》る。「こういうのも女性不信っていうのかね。何が起こるか判《わか》らん世の中だよ、ほんとに」

「……やっぱりさ、ぼくたちって、呪《のろ》われているんじゃないのかな？」

「おいおい。何だよいったい。呪われているとは、また穏やかじゃないな」

「アタルはそうは思わないの？」好物のはずのカキのタネを、なんだかまずそうにぽりぽり噛《か》み砕いていた正太郎は、ちょっと怒ったみたいにおれのほうを向いて、「どうしてこう毎回まいかい、ぼくたちがナンパするたびに〝怪物〟が出てくるんだよう」

「断っておくが、今回おれは誰にも、ちょっかいをかけちゃいないぞ。正太郎が独りで勝手に引っかかったんだろ」

「どっちにしても女のこと絡《がら》みじゃないか。こういうのも女難癖《じょなんへき》というのかどうか知らないけどさ。呪われているとか、そういうことだとしか思えないよ、ここまでくると」

「偶然だろ。単なる偶然」そう反論するおれの声は我ながら説得力に乏しい。「それに前回までとは、また違うパターンだし」

「だからって、今回のほうがましだってわけじゃないぜ」京介は苦々しげに一升瓶から、どぼどぼとカップに酒を注ぎ足す。「体長八十メートルの巨大怪獣も怖いが、全長約五メートルの妖怪《ようかい》だって充分に怖い」

　ここで一応お断りしておいたほうがいいと思うのだが、いまおれたちが交わしている会話は単なるレトリックでもなければ何かのメタファでもない。ギャグでもなければドラマの脚本でもない。ふざけた内容であることは認めるが、まぎれもなく、そのまんまの事実なのだ。そうなのだ。実はおれたちはもう既に二回も巨大怪獣に遭遇しているのである。詳しい事情はこの物語には関係ないし、それに今回出てくる〝怪物〟は巨大怪獣ではないので割愛するが、ともかくおれたち三人は極端に日撃運の強い人間らしい。正太郎は「呪われている」という表現をしたが、警察や防衛庁、どこに訴え出ても本気にされず、頭がおかしいんじゃないかと嘲笑《ちょうしょう》されるのがオチな出来事にばかり遭遇するという意味において、あながち的外れとは言えない。

例によって野郎ばっかり三人で雁首揃《がんくびそろ》えておれのアパートに集まり、飲んでいるところだが、いつもとちょっと様子が違うのは、いま正太郎がこの部屋に居候《いそうろう》中であるということだ。住んでいた1Kを〝大破〟させてしまって――といっても正太郎がやったわけじゃないのだが――マンションを追い出されたため、一時的に避難中なのである。こんな時は、若くして一等地に豪邸を建てている京介のほうが友だらの面倒をみてやるべきなんじゃないかとも思うのだが、長い付き合いだ、たとえ友人であっても自宅には男を上げないという、奴《やつ》のポリシーは充分に承知している。それでもさすがに気が引けたのか、今夜の酒は京介の差し入れだ。

炬燵布団《こたつぶとん》を片づけてある炬燵の上には、さっき京介が酒やつまみと一緒に買ってきたスポーツ新聞が置かれている。某大企業役員の小学一年生の息子が誘拐されていたらしいのだが、痛ましいことに遺体で発見された、と一面に両親の写真入りで報じられている。母親は元有名人とかで、夫に身体《からだ》を支えられながら、スッピンらしい顔をくしゃくしゃに歪《ゆが》めて泣き崩れている。見たことのある女性のような気もしたが、憶《おも》い出せない。新聞は二つに折り畳まれており、ちょうど彼女の名前が記載されているとおぼしき箇所が下になっている。脱力しきっているおれは、それを捲《めく》ってみる気にもなれない。

「でもあれって、妖怪っていうのかな」

「他に何て言やいいんだよ」

我ながら投げ遣《や》りな口調で正太郎に答え、おれはぼんやりと〈誘拐事件の経過〉と記された箇所を斜め読む。

五月八日、事件発生。性別や年齢が不詳のつくり声で最初の脅迫電話が被害者宅に入る。電話を受けた母親が職場の夫に連絡し、夫が警察へ通報した。その日、二回目の電話で犯人は身代金《みのしろきん》の金額を提示。九日、身代金を催促する電話が三回。十日、さらに催促の電話が五回。警察は逆探知に何回か成功したが、犯人はその都度違う公衆電話から連絡を入れていることが判明。十一日、犯人からの連絡が途絶える。十二日、犯人から「子供が暴れて手に負えなかったので殺した」との電話。指示された場所へ急行した捜査官たちが被害者の遺体を発見。なお被害者が「暴れて手に負えなかった」とは、十日の最後の分の脅迫電話の内容に関連していると目されており——云々《うんぬん》。

「妖怪っていうと、もっと土着的で情緒のある感じがするけど。あの女の場合は……」うっかり「女」という表現を使ったのを後悔しているのか、正太郎の眼がメガネの奥で妙な具合に潤《うる》む。「あれはもっとこう、なんていうのかな。人工的、というか、バイオでサイバーな雰囲気だったじゃん」

「何だよ、バイオでサイバーな雰囲気、ってのは。まあ、言いたいことは判るけどさ、なんとなく。しかし、あれが人工的に造られたものだとしたら、ちょっと怖いよな」

「ちょっとどころじゃないよ」

「おい。ひょっとしてこれは、あれなんじゃないか？」京介も、うろんな眼つきでピーナッツをぽりぽり齧《かじ》りながら、「実は世界征服を企《たくら》む秘密組織が、バイオテクノロジーの粋を集め、戦闘要員としてつくった改造人間だった……とか、ほれ、そういう──」

「おまえね。そりゃ、某国民的特撮ドラマの観《み》すぎです。だいたい、世界征服を企んでいるような多忙な奴らがだね、おれたちみたいな、どこの何様でもない平々凡々な一般市民をわざわざ襲っている場合かよ」

「判らんぞ。千里の道も一歩からだ。世界制圧のためには、先《ま》ず園児や先生たちを洗脳し、幼稚園を乗っ取ることから始めるのが秘密組織のセオリーのようだからな」

「あほ。真面目《まじめ》くさって言うな。だからそれが、特撮ドラマの観すぎだっつーの」

「じゃ、いったい何だってんだよ、あの〝怪物〟の正体は？　え？」

＊

などと結論が出るはずもない議論ばかり交わしていても仕方がない。ちょうどいい機会だからお断りしておくが、くだんの〝怪物〟の正体や目的がこの物語の中で明かされることはないので、どうかそのおつもりで。仕方ないじゃありませんか。判らないものは判らないのだ。おれのせいじゃない。ともかく話は三日前に遡《さかのぼ》る。五月十日の夜のことだ。八時過ぎに残業を終えたおれは会社からの帰りに京介と落ち合い、焼鳥屋に入った。

「――ずっと考えてたんだがな、アタル。あれは幽霊に違いないぞ、絶対に」

いきなり京介がそんなことを言い出したものだから、塩焼きを顎《あご》からお迎えにいこうとしていたこちらは面喰らった。「ああ？　幽霊？　何の話だ、いったい？」

「なんだ。おまえ、知らないのかよ。正太郎がいま、女と付き合っていること」

「え……しょ、正太郎が？」

吃驚《びっくり》仰天とはこのことである。正太郎、京介、そしておれの三人は学生時代からの遊び仲間だ。現在の職場はそれぞれ別だが、全員がまだ独身で、いい歳《とし》こいて暇さえあれば繁華街へ繰り出し、ナンパに明け暮れている。そういえばこのところ、正太郎の奴、電話で飲みに（その後でナンパに）誘っても、生返事ばかりで乗ってこないことが多い。なんだか変だなとは思っていたのだが。しかし、それにしても咄嗟《とっさ》には信じられない。

「ほんとかよそれ。どんな女なんだ」

「これがもう、聞いてびっくり、見てびっくり。似生津《にうづ》ケイトにそっくりのいい女」

似生津ケイトとは某民放局の女性ニュースキャスターで、バラエティ番組にもよく出演する人気者だったが、昨年結婚を機に若くして引退した。清楚《せいそ》で知的な感じの美人だ。といっても、おれはどちらかといえば女性の顔にはあまり頓着《とんちゃく》しないタイプなので、咄嗟には彼女の容貌《ようぼう》が浮かんでこない。彼女のグラマラスでダイナマイトなボディラインのほうなら、タイトフィット系フェチが入っているので、すぐに思い描けるのだが。

「へ。ほんとかよ」

「信じられないだろ」胡散《うさん》臭げなおれの反応もおかまいなしに、京介の奴、憤懣《ふんまん》やるかたなしという形相で勢い込んでくる。「おれも最初に見た時は、我が眼を疑った」

「見たって、どこで」

「正太郎のマンションの前でだよ。仲良く腕なんか組みやがってさ。ふたりでいちゃつきながら奴の部屋へ入ってゆくんだぜ」

「マジかよ。おい」

「これが事実とくるから、けしからん。もはや幽霊だとしか考えられまい」

「あ？　何。な、なんだって」全然脈絡が見えない。「何を言ってんのおまえ？」

「考えてもみろ。あんないい女が何の思惑もなしに正太郎みたいな冴《さ》えない男に、なびくと思うか？　そんなことはあり得ん」眼を血走らせて断言する。「相手がおれならまだ話は判るよ。こう言っちゃあなんだが、これこのとおりのいい男だしさ。金もある」

　ぬけぬけとほざきやがる。肩まで伸ばした長髪をいちいち掻《か》き上げる仕種《しぐさ》がすっかり癖になっているこいつが、はたして正太郎よりもいい男なのかどうかはともかく、金があるというのはほんとうだ。こう見えても京介はアパレルメーカーを経営する青年実業家で、業績も良好らしく、成金根性丸出しにクルーザーや外車を買ってしまうような輩《やから》である。市役所勤めの正太郎に比べれば、そりゃ金はある。だが公平に言って、女性にモテる度合いは正太郎とおっつかっつ。というか、はっきり言って、ふたりとも全然モテない。もちろん、かくいうおれだって、ナンパ成功率が果てしなくゼロに近いことからも明らかなように、目糞鼻糞《めくそはなくそ》の類《たぐ》いだが。

「しかしだ、正太郎には何もない。見てくれも悪けりゃ、金もないとくる。加えてあいつは、セックスもへただ」

「って。見たんかおまえは」

「そりゃ見たわけじゃないけどさ。あのガリ勉がそのまんま大人になったみたいな、もっさりした奴が実はすげえテクニシャンだったりしたら怒るよ、おれは。それはともかく。どう贔屓目《ひいきめ》に見ても、あんないい女が正太郎に惚《ほ》れる道理はない。ないったらない。普通は金目当てを疑うところだが、そうじゃないのだとしたら、あとは——」

「あとは、その女が幽霊だとしか考えられない——ってか？　あのなあ」

「その証拠も、ちゃんとあるぞ」

「証拠？　何だよ、証拠って」

「実はな」思わずこちらがのけぞりそうなくらい顔を近づけてくると、怪談でも始めるみたいに声を低めて、「……正太郎の奴、このところ、なんだか、やつれているんだ」

「やつれている？」

「げっそりとな。頬がこけて。髪も半分がた白くなっている。尋常じゃないぜ」

「ちょっと待て。だからあれは幽霊にとり憑《つ》かれて精気を吸い取られているんだ――なんて言い出すんじゃあるまいな」

「ありそうもない話だとは思うが、消去法で考えると、その結論しかない」

「ばかばかしい。本気かよ」

「本気も何も、正太郎の様子がおかしいのは事実なんだからさ。放ってはおけん。もしもあいつが何かの怨霊《おんりょう》にとり憑かれているのだとしたら、助けてやらなくっちゃ。な。アタルよ。おまえだって、もしも正太郎が呪《のろ》い殺されたりしたら、寝覚めが悪かろ？」

　この段階では正直な話、京介は、彼女ができた正太郎をやっかんでいるだけとしか、おれには思えなかったのだが。「だからって、具体的には何をどうするんだよ。御祓《おはら》いでもしてもらうのか？」

「とりあえず、女が何者かを突き止める手だな。幽霊なら透き通って見えるとか、足がないとか、いろいろ特徴があるだろ。具体的な対策は、それを見極めてからにしよう」

「でもおまえ、その女を見たことがあるんだろ？　透き通ったりしていたのか？」

「まだ近くに寄ってじっくり観察してはいないんだ。さ。行くぞ。ぐずぐずするな」

と急《せ》き立てられて連れてゆかれたのは、繁華街から小さい路地へ入ったところにある場末のホルモン焼き屋だ。覗《のぞ》いてみると、座敷のテーブルに見慣れた顔が座っているではないか。といっても最初おれは、それが正太郎だとは判らなかった。さっき京介が言ったとおり、げっそりと、見るも無惨《むざん》にやつれていたからである。頭髪にばかりか不精髭《ぶしようひげ》にも白いものが混じり、トレードマークのメガネがいまにも鼻から落っこちそうだ。

その正太郎の傍らで横座りしている女を見て、ぶっ魂消《たまげ》てしまった。歳は三十前後か。ロングヘアでエキゾチックなムードの超弩級《ちようどきゆう》美人なのだ。京介が言うほど似生津ケイトに似ているとは思わない。むしろもっと凄絶《せいぜつ》な美貌で、ばーんと突き出た胸も、ぎゅぎゅっとくびれたウエストも、どっしりと重そうな腰回りも、ぐりぐり顔を踏みつけて欲しくなるような長い脚も全部おれ好み。原色のブランドもののスーツも色気満点で、なるほど、こりゃ正太郎の隣りなんか全然似合わない。ところがそのゴージャス美人が、かいがいしくホルモン焼きを箸《はし》に取っては正太郎の口に運んでやっているのだから驚く。

「た、たしかにこれは……」カウンター席に座って肩越しに、こっそりふたりの様子を盗み見た。「眼を疑う光景ではあるな」

「もっとよく見てみろよ、あいつの様子」

正太郎の唇にはかろうじて薄ら笑いがへばりついているものの、眼は虚《うつ》ろ。マジックで描いたみたいな隈《くま》が出来ている。

「まるで別人だろ。そのくせ、ほれ。ホルモン焼きをばくばく喰うものだから――」

全身は肉がこそげおちているにもかかわらず、餓鬼みたいに腹部だけは異様に膨らんでいるのだ。正太郎は本来、どちらかといえば食の細いほうで、ホルモン焼きなどあまり好きではないはずなのだが。いくら美女のもてなし付きとはいえ、口の周囲を脂《あぶら》で光らせながら無抵抗にがつがつ食べるなんて。普通じゃない。異常だ。怨霊にとり憑かれているんじゃないかという京介の言い種《ぐさ》も、あながち冗談ややっかみとは思えなくなってくる。

「い、いつもこんなふうなのか？」

「ああ。だいたいこの店だ。たらふく喰わせてもらった後、あいつの部屋にしけ込むのが定番になっている」どうやらこのところ、京介の奴《やつ》、正太郎の尾行に明け暮れているようである。友だち思いと言うべきか、それとも暇な奴と言うべきか。「しかも驚くなかれ、ここの代金は女が払っているんだぜ」

　不自然さも極まれりだ。おまけに正太郎の奴、それほど離れているわけでもないのに、雛鳥《ひなどり》みたいに口を開けてホルモンを待つばかりで、おれと京介に気づく気配もない。

「しかし、あの女、幽霊にしちゃ随分存在感があるぞ。足もついているみたいだし」

「ともかく、人間ではあるまい」

「うむ。そうだな。それはたしかだ」

　こんなふうに結論するおれたちを短絡的だと思われる向きも当然あるだろう。だがまあ試しに一度、海か山で巨大怪獣に遭遇してみるといい。大概の超常現象は、あっさりと丸呑《の》みできるようになります。

「それじゃ――」汁文したばかりの生ビールをさっさと干すと、京介は慌《あわ》ただしく立ち上がった。「行くぞ。先回りしようぜ」

「え。どこへ行くつもりだ」

「正太郎の部屋に決まってるだろ。あの女の正体を暴《あば》かないことにゃ始まらん」

　促されるまま、正太郎のマンションへ向かった。三階に在る角部屋だ。勝手知ったる他人の家。ガスメーターの内側に隠してある合鍵《あいかぎ》を使って中へ入る。六畳の和室とキッチンの1K。

「そこへ隠れよう」と京介が指さしたのは押入れだ。しかし、襖《ふすま》を開けてみると、中は布団《ふとん》やら何やらで雑然としており、ふたりどころか、ひとり隠れられる余地もない。

「布団は出してもかまわんだろ。戻ってきたふたりがやることは、どうせひとつだし。手間を省いておいてやる、ということで」

それでもまだ充分なスペースができないと見るや、京介は無造作に、アダルトビデオやエロ本の類いを全部引きずり出した。

「おいおい。こんなものまで部屋の真ん中に積まれていたら、変に思やしないか」

「そんな余裕がいまの正太郎にあるかよ」

その言い分が正しかったことは後で知れるのだが、こうしておれと京介は、なんとか押入れに隠れた。女の子とならともかく、野郎と一緒にこんな狭くて暗いところに閉じ込められるなんて業腹《ごうはら》ではあったが、いまは緊急事態下だ。やむを得まい。

「遅いな」隠れてから、まだ一分も経《た》っていないというのに、もう京介は貧乏揺すりを始めている。鬱陶《うっとう》しい奴だ。「すまん。おれ、ちょっと行ってくるわ」

「え。どこへ」

「トイレ。さっきのビールが、いまになって効いてきたみたいで――」

京介が襖に手を掛けようとした、まさにその時、玄関のほうから、ドアが開く音が聞こえてきた。ぎくり、と京介が身体《からだ》を硬直させる気配。へらへらした笑い声が室内に入ってくる。正太郎のものだと判《わか》ったものの、あまりにも腑《ふ》抜《ぬ》けていて気色悪い。

「――さあ、坊や」女の声がした。色っぽいハスキーヴォイスだ。「お楽しみはこれからよ。うふん。あなたを食べちゃうから」

「あぶぶ。ミ、ミカちゃあん。ぶふう」

女の名前はミカというらしい。それにしても、正太郎の奴、おぞましいくらいの甘え声だ。もしかして赤ちゃんプレイとか、そういうのをやるつもりかなと思っていると。ぴちゃ。ぴちゃぴちゃ。ぴちゃ。そんな音が聞こえてきた。続けて。くちゅくちゅ。ずるずるずるっ。猫が水を飲んでいるかのような、そしてオヤジが蕎麦《そば》を啜《すす》り込んでいるかのような音が交互に響き、正太郎の「あ。あふ。ふぶっ」という、よがり声が被《かぶ》さる。

「い」暗闇《くらやみ》の中で京介が、ごくりと生唾《なまつば》を呑んだ。「いきなり激しいね、こりゃ」

「あ。こ、こら」もぞもぞと京介が襖に手を掛けようとするのに気づき、かろうじて囁《ささや》き声で叱《しか》る。「何をするつもりだ」

「ちょ、ちょっとだけ。な。な。へへ」

そろそろと襖を開けると、押入れの中に光が差し込んできた。正太郎たちは明かりを点《つ》けたまま、ことに及んでいるらしい。好奇心にかられたおれは、狭い中、手足の置き場に苦労しながら、京介の顎《あご》の下に頭部を持ってゆき、襖の隙間《すきま》から室内を覗いた。

予想通り、素っ裸になった正太郎が布団に仰臥《ぎようが》している。皮膚が裂けてしまうんじゃないかと危ぶむくらい肋骨《ろっこつ》が浮き上がっているのに、腹部は丸く膨らんでいて、その上に女の髪がこぼれている。正太郎の股間《こかん》に顔を埋めた女は頭部を激しく上下させ、そのたびに唾液《だえき》が肉に絡《から》む淫猥《いんわい》な音が響きわたる。

生唾を呑み下しかけたおれは、ふと奇妙なことに気がついた。女が股間のものを吸い上げるたびに、正太郎の腹部が凹《へこ》んでゆくようなのだ。眼の錯覚かとも思ったが、たしかに凹んでいっている。

それればかりではない。正太郎の腹部が凹んでゆくのとは逆に、女の喉《のど》は、ぽこん、ぽこんと、まるでバスケットボールを何個も嚥下《えんか》しているのではないかと疑うほど、大きく膨張してゆくではないか。

「な……」と、囁くのも忘れて、京介が間の抜けた声を発した。まさにその刹那《せつな》。正太郎の股間から顔を上げた女の首がいきなり、びろん、とアコーディオンのように伸びたではないか。これで細ければろくろ首だが、女の頸部《けいぶ》は既に胴体ほども膨張しており、まるでその内部にもうひとり人体が詰め込まれているかのようである。

「ひょえっ」

あまりといえばあまりに異様な光景にのけぞった拍子に、おれと京介は仲良く尻餅《しりもち》をついてしまった。その音を聞きつけてか、女の顔がこちらを向く。にたりと笑って。

伸びきって、膨らみきっていた首の部分が十文字に裂けたかと思うや、そこから、まるでカマキリのような顔が飛び出してきた。いや、こちらの想像力を超絶しているため、それがほんとうにカマキリに似ているかどうか自信はないのだが、男を取って喰らうというステロタイプなイメージから咄嗟《とっさ》にカマキリを連想したのかもしれない。ともかく出現したのは昆虫系の顔面であった。

でかい複眼のあいだ、人間でいえばちょうど額の辺りに、さっきの〝ミカ〟のにたにたした顔がへばりついたまま。やがて首ばかりではなく、その裸身を突き破り、鎌《かま》のような触手を持った〝怪物〟がその全貌《ぜんぼう》を現した。鈍色《にびいろ》にてらてらとぬめ光る、その全長およそ四、五メートル。六畳一間を占領しそうなサイズである。これがいったいどうやって、あの〝ミカ〟の中におさまっていたのか、まるで謎《なぞ》。

ぎえええええっと絶叫して襖を蹴《け》破り、室内に転び出たのは、おれが先だったか。それとも京介が先だったか。「ば、ばばば、ばーばば、ばばば、ばっばば」化け物と叫びたいのにどうしても言葉にならないらしい京介、涙と涎《よだれ》でべとべとだ。むろんおれだって似たような形相を晒《さら》しているはずである。

「しょ、しょしょしょ、しょ」正太郎と呼ぼうとしても、やっぱりまともな言葉にならない。たとえ呼べたとしても肝心の本人は白眼を剝《む》いて仰向《あおむ》けになったまま。へろん、と幸せそうな微笑を浮かべているが、やつれた顔は痛々しいばかりだ。その正太郎に覆《おお》い被さるような恰好《かっこう》で、昆虫のような怪物は、ぶわっぶわっと口（だと思うのだが）から、蟹《かに》が泡を吹くように白濁した粘液を吐き散らしている。ごつごつした岩肌のような胴体には蜘蛛《くも》みたいに触手が合計十本、壁を突き破りそうな勢いで生えている。

どうやら腰が抜けてしまったらしい。おれは必死で正太郎の枕元《まくらもと》に這《は》い寄ると、思い切り奴の頰を引っぱたいた。その勢いでようやく声が出る。「め、目を覚ませ。正太郎。おいっ。目を覚ますんだよ。逃げるんだ」

「ん……んんん」涎を垂らした口からは、声というより、頼りない空気の音が洩《も》れ出るばかり。「みは……ひゃ……ん」

「ばかやろお」正太郎の頭をつかむと思い切り揺さぶった。「しょ、正気になれっ」

「……んあ？」と、ようやく眼に黒い部分が戻ってきて、額の部分に残っている〝ミカ〟の顔に向かって脳天気に笑いかけた正太郎だったが、翅《はね》のようなものが生えた背中が天井にまで届こうかという〝怪物〟のサイズにようやく気づいたらしい。ぐげっ、と喉の奥から珍妙な唸《うな》り声を発した。しかし、焦《あせ》りの表情とは裏腹に、身体はまったく動かないようだ。あふあふ唇が震えるだけで、まるで廃人状態である。〝怪物〟に精も根も吸い尽くされ、消耗しきっているらしい。

「ふわっ」という奇声に振り向いてみると、畳の上で腰を抜かしていた京介が、バネ仕掛けみたいに、ぴょこんと立ち上がったところだった。ズボンの股間から裾《すそ》の辺りまで黒ずんでおり、湯気が立っている。どうやら失禁してしまったらしい。

「た、たった、助けてくれえっ」喚《わめ》きながら〝怪物〟の触手のあいだを縫って玄関のほうへと逃げようとした京介だったが、無謀すぎる。糊《のり》でも塗ってあるみたいにねばねばと光っている鎌のような触手が、ぶんっと風を切って一閃《いっせん》。際《きわ》どく京介の肩を掠《かす》ったと思ったら、なんと壁を、スプーンでプリンを掬《すく》うみたいに抉《えぐ》ってしまった。その怪力に恐れをなしたのだろう、再びその場で腰が砕けてしまった京介は、触手に胴体をからめ捕られ、畳の上に引きずり倒された。

「きゃあああっ」と若い娘みたいな黄色い悲鳴を上げた京介のほうに〝ミカ〟の顔面が向けられる。触手が下半身に絡みつくと、ズボンを引き裂いた。まるでティッシュで出来ているかのように呆気《あっけ》なく。

「ちょ。ちょっと待《ま》。ひ」じたばた暴れる京介の手足を他の触手で押さえつけるや、剝き出しになった股間に〝怪物〟の口が吸いついた。〝ミカ〟の顔の部分が長い舌を伸ばして奴の顎の部分を舐《な》め回している。グロテスクの極みにおれは思わず眼を閉じたのだが。ぐちゃぐちゃ。ずるずる。びちゃびちゃ。けたたましくも淫猥な音が響いてきて、よけいに怖い。たまらず眼を開けた。

「ひあああああっ」という京介の悲鳴は、いつしか「あ。あああ。あふ。あふん」と何やらピンク色がかってくる。眼つきがとろんとなり、口もとには薄ら笑いも。ただし正太郎の場合とは違って最初から〝女〟が人間じゃないと判っているせいだろうか、その恍惚《こうこつ》の表情はどことなく不本意というか、苦いものが混ざっているようでもあるが。悶《もだ》えまくる京介の頰は、まるでフィルムの速回しでも観《み》ているみたいに、げっそりとこけてゆく。嘘《うそ》みたいな話だが、どうやらこの〝怪物〟は男の精を栄養分にしているらしい。

「な、何だよ」恐怖に耐えかね、おれは泣き叫んだ。「なんなんだよお、こいつは。

お、おい、正太郎。なんとか言えよお。おまえが付き合ってる女だろうが。責任とれよお」

いくらそう喚いても、相変わらず正太郎は四肢をてれんとさせて仰向けになったまま。やや顎を引き気味に〝怪物〟を凝視するその眼には微《かす》かに恐怖心が見て取れるので、意識はあるようだが、まったく身動きしない。声も発しない。一ミクロンのエネルギーも残っていない、という感じだ。

と。〝怪物〟に股間を咥《くわ》えられて悶えまくっていた京介の動きが、ぱたりとやんだ。呻《うめ》き声も途絶える。身体が一瞬宙に浮いたかと思うや、すぽんと音がして〝怪物〟の口から離れた京介は、畳に落下した。吸えるものは吸いきった……ということらしい。

ゆらりと〝怪物〟の頭部が傾《かし》ぐ。〝ミカ〟はこちらを向いた。「ひ」とあとずさった拍子に、おれの背中はカーテン越しにベランダへと通じるガラス戸に当たる。正太郎も京介も吸いきられた。ということは残る〝獲物〟はこのおれだけ……いまさらながらそう思い当たり、理性が吹き飛んだ。カーテンを払い除《の》け、ガラス戸のロックを外す。

ベランダへ飛び出した。そこでようやくここが三階であることを憶《おも》い出し、身が竦《すく》む。夜風が、そんなおれを嗤《わら》っているかのように髪を巻き上げる。しかし迷っている余裕はない。がしゃん、と耳障りな大音響が夜の住宅街の静寂を破る。〝怪物〟はガラス戸を突き破り、その巨体をベランダへはみ出させてきた。ガラスばかりではなく、両側の壁も押し広げるように粉砕しながら。〝ミカ〟の顔が迫ってくる。いや、かろうじて笑っているかのような筋が残ってはいるものの、それはもはや人間の顔ではない。女なのか男なのかも判然としない、異形の模様。

「ふわっ」とのけぞった拍子に、おれは手すりを乗り越えてしまった。落下しながらも咄嗟に身体を回転させてベランダの格子《こうし》を握ったのは、まさに奇蹟《きせき》だった。後になって手首の激痛に悩まされることになるのだが、この時はちくりとも感じない。懸垂の要領で手すりにぶら下がったおれは、火事場の馬鹿力《ばか》を発揮して勢いをつけ、二階の部屋のベランダへ飛び下りた。もう一回やれと言われても絶対にできないほど鮮やかな着地を決めると、防災用の避難ハッチを開け、地上へ飛び下りる。足をくじいたような気がしたが、そんなこと、かまっている場合ではない。

駐輪場に停めてあった自転車を一台失敬した。無我夢中でペダルを漕《こ》ぎまくり、マンションから逃げ出す。正太郎や京介のことなど放ったらかし。我ながら薄情者だが、ふたりとも吸われきっているから、とりあえずは安全だろうと自分を納得させて。

とり憑《つ》かれたみたいに必死で自転車を走らせる。とにかく遠くへ逃げることとしか頭にない。夜の住宅街はひと通りがまるでなく、逃げても逃げても〝魔界〟から脱出できないかのような妄想めいた焦燥に追い立てられ、ただただペダルを漕ぎ続ける。

そうやって、どのくらい走っただろう。いつの間にか小さい公園へ辿《たど》り着いていた。入口には街灯がともっており、却《かえ》って不安になるくらい明るい。公園の中を窺《うかが》ってみると、奥のほうに電話ボックスがあり、その中で髪の長い女性が電話を掛けているのが見えた。自分以外の人間の姿を認めたことでようやくひと心地がついたのだろう、憑き物が落ちた感じで、おれはペダルを漕ぐのをやめ、自転車から降りた。静かだ。ぜえぜえ喘《あえ》ぐ自分の息遣いしか聞こえない。

何の気なしに背後を振り返った。すると、なんという偶然だろう、この位置から正太郎のマンションが見えるではないか。だいぶ距離があるので文庫本ほどのサイズだが、障害物が少ないため、よく見通せる。

「……ん？」

眼の前を黒い塊りがよぎったような気がした。ハエかなと思っているあいだに、鼻《はな》糞《くそ》ほどのサイズだったものが、団子ほどに大きくなる。ぐんぐんと。こちらへ迫ってくるではないか。黒い塊りだ。飛んでくる。その胴体に翅が生えていることにようやく気づいたおれは、頭部がすっぽ抜けるんじゃないかと危ぶむほどの悲鳴を口から迸《ほとばし》らせた。〝ミカ〟だ。〝ミカ〟が正太郎のマンションから飛んでくる。そうと悟っても、もはや逃げ出す気力もない。道に倒れた自転車もそのまま。ただ突っ立って悲鳴を上げ続けるのみ。

頭からマントを被せられたみたいに視界が遮られたかと思うや、〝ミカ〟はおれの頭髪を巻き上げながら頭上を通過し、公園の中の電話ボックスへ飛びついた。べしゃっと泥が跳ねたみたいな音とともに、鎌みたいな触手で中にいた女性を引きずり出す。いや、〝ミカ〟の胴体に遮られてはっきりとは見えないが、どうやら引きずり出したらしい。ぐおっとか何とか女性にしてはやけに野太い叫び声とともに地面に組み伏せられた女性の足が跳ね上がり、ハイヒールが宙を舞った。しばらくじたばた暴《あば》れていたのが、やがて静かになり、足が力なく地面に転がる。

この〝怪物〟は男ばかりじゃなく女性も襲うのか……そう誤解しかけて、ふと倒れている人物の髪が短く刈り込まれているのに気がついた。どうやら鬘《かつら》を被《かぶ》っていたようで、よく見ると喉仏が上下している。若い男が女装していたらしい。な。何だこいつは。などと訝《いぶか》っている余裕はない。

〝ミカ〟は倒れている男から離れた。ゆっくりとこちらへ向かってくる。ぎらぎらと光る複眼に射竦められ、へなへな、とおれの腰が砕けた。ズボン越しに地面が濡《ぬ》れているのを感じる。もちろん、雨ではない。おれの小便に違いなかった。

ひっ。自分の悲鳴が、まるでエコーがかかったかのように長く尾を曳《ひ》いて暗闇《くらやみ》に吸い込まれていったのを、よく憶えている。

＊

結局おれも〝ミカ〟に吸いきられて、昏倒《こんとう》した。いや、意識はあるのだが、身体《からだ》に力が入らず、まったく動けない。さっきの正太郎とまるで同じ。幸い若い女性が通りかかり、慌《あわ》てたように公園の中へ入ってゆき、電話ボックスの近くに倒れている男を発見。入口に戻ってきた彼女は、仰向けに倒れたままのおれを気味悪げに見下ろした後、公衆電話で救急車を呼んでくれたのであった。まさに地獄で仏。危うくひと晩じゅう公園に転がっていなきゃならなくなるところだった。真冬だったら凍死ものである。入院先の医者は「いまどき栄養失調とは珍しい」などと、ずれたことを言っていたが、その後丸一日、おれは足腰が立たず、喋《しゃべ》れもせず、ただ点滴を受けていた。もちろん会社は欠勤。後で聞いたら正太郎と京介も、マンションの管理人の通報で病院に担《かつ》ぎ込まれていたそうな。

「ぼくもさ、京介の考えが当たっていると思うんだよね。あの〝怪物〟は、なんとかっていう闇の組織によって生体改造された戦闘員なんだよ、きっと。通報しなくちゃ」

「誰にするってんだよ」もとはといえばこいつのせいだと思うと、つい正太郎に対する口調もぞんざいになる。「警察か。あるいは防衛庁関係か。どっちもやめとけ。脳は元気かと嗤われるだけだ。くそ。まったく。ひどい目に遭った。時代劇で悪代官に手込めにされる生娘の気持ちがよーく判《わか》った」

「アタルはまだいいじゃん。たった一回だけなんだもん。ぼくなんかご丁寧にも、せっせとホルモン焼きで滋養強壮されて。何回も何回も吸い取られちゃってたんだよ」

「何言ってやがる、おまえはまだましだ」京介も厭味《いやみ》ったらしく文句を垂れる。「少なくとも最初は、相手が絶世の美女だと信じていられたんだろ。いい夢を見られた分だけ、おれやアタルより幸せじゃねえか」

「そう言うけどね。いい夢を見てた分だけ、現実に戻った時のショックは大きいよ」

「なるほど」肩を竦めながら京介は、あっさり頷《うなず》いた。「そりゃもっともだ」

「最後のほうはあいつ、人間の顔をしていなかったもんな。ま、幸い、公園で見つけてくれたのがなかなかの美人だったのが、ちょっと儲《もう》けたような気分で……」

「いいよな、アタルはよ。おれたちを見つけたのはマンションの管理人だぜ。むさくるしいおっさんでさ。色気もクソも——おい、アタル。どうしたんだよ。ぇ？」

　そう呼ばれておれは、我知らず手に取っていたスポーツ新聞を炬燵《こたつ》に戻した。よっぽど茫然《ぼうぜん》自失していたらしい。

「……彼女だ」

「ああん？」

「これ」一面に掲載されている写真を指さした。誘拐されていた息子が遺体で戻ってきて悲嘆に暮れる夫婦の写真。「この奥さんだったんだ……あの夜、公園でおれたちを見つけて、救急車を呼んでくれたのは」

「いきなり何を言うかと思えば。夜の戸外だったんだろ。暗くて相手の顔なんか、よく見えなかったんじゃないのか」

「いや。はっきり見えた。公園の入口には街灯がともっていたからな」おれはスポーツ新聞を拡《ひろ》げた。そこに被害者の男の子の母親の名前が——「たしかにこの顔だった」

「おい、アタル。これって……」眼を剝《む》いた京介は、耳障《ざわ》りな音をさせて新聞をひったくった。「旧姓・似生津……似生津ケイト、だって？」

「そうだ。彼女だ。どうもどこかで見たことのある顔だと思ってたんだ」

「そりゃまたおまえ、ラッキーなのかアンラッキーなのか判らんな。せっかく有名人とお知り合いになれるチャンスだったのに。電話番号を訊《き》こうにも訊けない状態で――」

「それどころじゃない。おい。それどころじゃないぞ。変だとは思わないか」

「変って、何が？」

「ここを読んでみろ」と、〈誘拐事件の経過〉の箇所を示して、「誘拐事件が発生したのが今月の八日。そして被害者の遺体が発見されたのが十二日。昨日のことだ。あの日、つまり十日、まさに事件の渦中《かちゅう》にあった被害者の母親が、いったいなんだってまた、あんな時刻に公園を通りかかったりしたんだ？」

京介と正太郎は顔を見合わせて、「……そりゃまあ変だよ。言われてみれば。アタルの見まちがいではないとしての話だけどさ。でも、仮に似生津ケイトだったとしても、それがいったい何なわけ？」

「彼女が犯人かもしれないってことだよ」

「犯人って、誘拐事件のかよ。おいおい。なんだってまた自分の息子をわざわざ。そんな酔狂な母親がどこの世界に――」

「殺された被害者というのは、似生津ケイトの実子ではないと思う」

「え……」

「そういえば」正太郎は、首を傾げて、「似生津ケイトが結婚して仕事を辞めたのは、たしか昨年のことだったよね。それ以前に結婚歴はないはずだし。第一、彼女はまだ二十五か六だよ。この息子というのは、この春、小学校に上がったばかりのようだから、いま六歳くらいなわけで。つまり――」

「旦那《だんな》の連れ子ってわけか。しかしな、それでも自分の子供であることに変わりはあるまい。だいたい首尾よく身代金《みのしろきん》を奪ったとしても、それは旦那の金なわけで。自分自身から金を奪うようなものじゃないか」

「それは判らない。例えば似生津ケイトに若い愛人がいたとする。その愛人のために大金を工面しなければいけなくなったが、家の財布は旦那がしっかり握っていて、そうそうまとまった金額は動かせない――とすれば、どうだ？　その愛人と共謀して、ひとつ営利誘拐でも、てな展開になるかもよ」

「若い愛人だ？　おいおい。アタル。女性週刊誌じゃあるまいし。いったいどこからそんなものを引っ張り出してきた」

「あの公園だよ」

「はん？」

「おれの前に〝ミカ〟に襲われたあいつ。女装していた若い男。あいつが、おそらく誘拐事件の実行犯だったんだ」

「ど……どうしてそうだと判る？」

「奴《やっ》が女装していたからさ。ひと通りがない場所を選んだとはいえ、後で逆探知によってどこの公衆電話から掛けてきたのか突き止められるかもしれないだろ。万一目撃者がいた場合に備えての変装だったってわけだ」

「それだけじゃおまえ、根拠が薄――」

「それだけじゃない。あの夜、似生津ケイトは真っ先にあの女装男の様子を見にいった。よく考えてみたらそれも変だ。だって公園の入口にはおれが倒れていたんだぜ。ほんとうに通りすがりだったのなら、普通は先《ま》ずおれの様子をもっと子細に確認しようとするはずだろ。公園の中も調べてみよう、なんて気になるのはその後だよ。しかし彼女は真っ先に電話ボックスへと向かった。それはなぜか。相棒に異変が起きたことを知って、わざわざ駈《か》けつけてきていたからだ」

「異変て……どうして彼女が、そんなことを知ることができたんだ？」

「あの男は〝ミカ〟に襲われた時、似生津ケイトの自宅に脅迫電話を掛けている最中だったんだ。おそらく奴の悲鳴が向こうにも伝わり、何か手違いがあったと察した」

「しかし、誘拐事件が起きているんだぞ。自宅には逆探知に備えて警官たちが詰めていたはずだ。そんな中、夜間にのこのこと家から出ようとしたら、いくら被害者の母親だとはいえ、不審に思われやしないか」

「だからおそらく彼女は、自分の部屋の窓からこっそり抜け出したんじゃないかな。精神的に参って気分がすぐれないから休ませてもらいたい、とか何とかうまく言い繕って。精神安定剤を服用するので、しばらく邪魔しないで欲しい、とかさ」

「しかし、どうして彼女は相棒の居場所がすぐに判ったんだ？」

「あらかじめ、その日の何回目の脅迫電話はどこの公衆電話から掛けるとか、細かく打ち合わせをしてあったんだろう。だが、公園へ駆けつけたはいいが、彼女には何が起こったのかわけが判らない。おれのことはともかく相棒を放っておくわけにもいかず、ともかく救急車を呼んだ。〝ミカ〟に精気を吸い取られた愛人の消耗ぶりがどの程度だったかは判らないが、おれたちと似たようなものだとすれば、丸一日はぐったりとなって、半死半生だったろう。そして、それこそが悲劇の原因になってしまった」

「どういうことだ？」

「似生津ケイトの立場になって考えてみろ。はたして愛人がちゃんと回復するかどうかは判らないんだぜ。しかも自宅に警官が張りついている状況では、そうそう頻繁に抜け出して病院へ様子を見にゆくわけにもいかない。電話で担当医に様子を訊く程度だ。その歯がゆさが彼女の不安を煽《あお》ったんだろう。仮に愛人が退院できたとしても、過激な運動には耐えられないかもしれない。身代金奪取の役割は当然男のほうが担《にな》っていたはずだから、これはもう今回は諦《あきら》めるしかない——と。似生津ケイトはそう観念したんだ」

「観念して……どうしたんだ？」

「義理の息子を家に返そうとしただろう。世話係でもあったはずの愛人が動けない状況では、いつまでも拘束しておくわけにはいかないからな。そこで彼女は自ら息子を解放しようと、軟禁している場所へ赴いて——」

「ちょっと待て。どうしてわざわざ彼女が自分で、そんな場所へ行かなくちゃいけない。誘拐犯人を装《よそお》って外から自宅へ電話を掛け、今回は身代金は諦めたので人質は解放すると告げ、息子の居場所を教えればいい。それだけの話じゃないか。なのになぜ、そんなリスクを冒さなければいけない？」

「息子を軟禁している場所が問題だったんじゃないかな。つまり、愛人の自宅か、もしくは縁の深い場所だったのかも。もしもそうならば、警官をそこに踏み込ませるわけにはいかない。愛人の素性がバレたら、そこから似生津ケイト自身にまで捜査の手が伸びてくる危険性がある。だから彼女は、おそらく変装をしてアジトへ赴き、息子を解放しようとしたんだ。しかし、そこで——」

「まさか……息子が気づいてしまった、というのか。それが継母《ままはは》であることに？」

「そうなんじゃないかと思う。継母が共犯であることまで息子が見抜いたかどうかは判らないが、彼女にしてみれば、自分が誘拐犯のアジトを知っていたという事実はいずれその口から洩《も》れかねない。それを回避するためにはもう息子の口を塞《ふさ》ぐしかなかった——そういうことだったんじゃないのか」

「そ、それじゃ」正太郎は泣きそうな顔で新聞を手に取った。「被害者が暴《あば》れて手に負えないから殺した云々《うんぬん》……というのは」

「愛人が公園から掛けた最後の電話の内容と辻褄《つじつま》を合わせたんだろう。〝ミカ〟に襲われて彼が洩らした悲鳴を、あたかも被害者に抵抗されたかのように仄《ほの》めかして」

「なんだか……やりきれん話だ」柄にもなく京介は神妙な口ぶり。「あの〝怪物〟も罪つくりなことをしたもんだよ」

そうだろうか。おれはそうは思わない。おれの仮説が正しいとしてだが、悪いのはすべて姑息《こそく》な計画を練った似生津ケイト本人ではないか。血は繋《つな》がっていないとはいえ、自分の息子を利用しようとして失敗し、その生命を奪った。なんだか月並みな結論になってしまうが、あの〝怪物〟なんかよりも生身の女のほうがずっと怖い——改めてそう実感すると、変な話だが、このところ精神的インポテンツ状態に陥っていたおれにとって悪魔祓《ばら》いのような作用を果たしたらしい。上着を羽織って立ち上がるおれを、京介と正太郎は訝《いぶか》しげに「どうしたんだよ？」と見上げた。

「ん。いやなに。自宅でくすぶっていても仕方ないような気がしてきてさ。ちょっくら町へ出てくるわ。ナンパでもしに」

しばらく顔を見合わせていた京介と正太郎だが、結局一緒に付いてきたのであった。

怪獣は密室に踊る

えと。つまり。

犯人は、怪獣である。

というより。その。

問題の密室をつくった張本人が、怪獣なのである。

……

い、いかん。これはもう、どんなふうに言ってみたところで、ギャグにしかならんな。しかし、くれぐれもお断りしておきたいのだが、おれは何も「懐柔」とか「晦渋」を誤変換したわけではない。この物語には「怪獣」が登場するのだ。さらにお断りしておけば、これは文字通りの意味であって、それ以上でもそれ以下でもない。社会の巨悪を告発するシンボリズムとか、そんなややこしい深読みは、どうかしないでいただきたい。ここで言う「怪獣」とは、そのまんまなのだ。怪獣なのだ。爬虫類《はちゅうるい》系で、おまえ、ちょっとダイエットしたほうがいいんじゃないのと突っ込みたくなるような体型。全長約八十メートルの巨大生物。そう。もう何度も国会議事堂や東京タワーなどを破壊している、かの国民的特撮映画の主人公を思い浮かべてもらえば、一番判《わか》りやすかろう。

といっても、この物語に登場するのはあれよりもっと不細工で、すさまじい臭《にお》いのする奴《やつ》だ。既成の怪獣映画の中ではこれまであまり指摘されていないのが不思議だが、あれだけのサイズともなると体臭は想像を絶する傍《はた》迷惑さと化す。たしかに臭気を映像では表現しにくい面もあるだろうし、製作者や観客たちの興味と想像力がなかなかそこまで回らないのも頷《うなず》ける。せいぜいが、怪獣ってどんなエッチをするんだろうねとか、あれだけ身体《からだ》が大きいと出すものもさぞかしビッグだろうなとか、あまり上品とは言えない冗談のネタにするくらいで。

翻《ひるがえ》って、実際に怪獣に遭遇した場合、もっともインパクトがあるのが、その体臭なのである。加えて、頭上から降ってくる音も半端《はんぱ》ではない。人間だって腹部に耳を当ててみると、けっこう驚くほど内臓器官が活発に動いているのがその音で判る。これが全長八十メートルの生物を近距離にすると、常時雷鳴が轟《とどろ》いているようなものだ。とにかく怪獣とはひたすら臭くて、やかましい物体というのが経験者としての偽らざる印象である。前述の特撮映画の主人公は雄々しく、どうかするとスマートなイメージすらあるが、現実はかくも興醒《きょうざ》めの極み。

そういうわけで、この物語に登場する怪獣に夢やロマンの類《たぐ》いを求めるのは大いなる勘違いであると、この際はっきり言っておく。行動原理も、いまいち不明。というより、おれが見る限りまるでデタラメで、自衛隊が先回りして出没地点を予測できるような都合のいい法則性もなさそうだ。とにかく、かの国民的英雄とは似て非なる代物《しろもの》。言ってみれば女いバッタもんみたいな趣きだが、巨大生物であることに変わりはなく、そんな奴が出現したら十一階建てのマンションなんか、ひとたまりもない。運の悪いひとりを除いて死傷者がまったく出なかったのは奇蹟《きせき》だが、それにしてもあの怪獣、何のためにあんな場所へ現れたのであろう。いったい全体どういう目的で？

もちろんそんなこと、誰にも判らない。敢《あ》えて言うなら、ただの気まぐれ——そうとしか考えられない。この点に関しては、あれこれ詮索《せんさく》しても無駄であると、これまた釘《くぎ》を刺しておいたほうがいいだろう。なにしろ、某孤島や某高原において既に二回も、くだんの怪獣に遭遇しているこのおれが言うのだ。信用してもらうしかない。あいつはいつも、ふとした気まぐれで人間世界に乱入し、何の意味もなく破壊と混沌《こんとん》をもたらし、そして何処《いずこ》ともなく去ってゆく——ただ、それだけの話なのだ、と。

少なくともこの物語の中で問題の怪獣の思惑、あるいは本能や習性などが解明されることはついにない。ただ謎《なぞ》のまま終わる。この未知の生物に対して人類がどのような対処をしたのかも、いっさい描かれない。というより、最近ふと妄想するのであるが、この怪獣が姿を現すのはおれとその悪友――正太郎と京介――の三人の前だけなのではあるまいか。いや。単なる妄想だ。そんなこと、あるわけがない。しかしどうもあいつって、おれたち三人が何かする時を特に狙《ねら》って出現しているふしがあるような気がしてならない。うまい譬《たと》えかどうか判らないが、猫が捕獲したカナブンを玩具《おもちゃ》にしているみたいなものなのではないか、と。大抵は好きなようにあちこち動き回っているカナブンだが、たまに気まぐれを起こした猫の前足のひと振りに身体をひっくり返され、もがく。それと同じ図式が、あの怪獣とおれたち三人組のあいだにはあるのではないか、と。

いつだったかそのような意味の疑念を正太郎が口にした際、単なる偶然だと一蹴《いっしゅう》したおれであるが、しかし最近、そうとも思えなくなってきた。いくら目撃運が強い体質かもしれないとはいえ、ちょっと遭遇率が高すぎやしないか。そんなおれたちを尻目《しりめ》に世間は今日も平穏無事で――いや、いろいろ大事件も起こっているのだろうが、少なくともマスメディアに怪獣の話題が上る気配はない。どうにもこうにも不可解だが、とにかくみなさまにおかれましては、本編の主役とも呼べる巨大生物に関する詳細はいっさい不明のまま進行すると心得て以下の文章をお読みにならないと怒髪天《どはってん》を衝《つ》くことになります。それはもう確実に。仕方ないじゃありませんか。判らないものは判らないのだ。おれのせいじゃない。ただひとつ言えるのはこの怪獣、今回は密室をつくった犯人なのであった、と。それだけである。

そもそもは某日、正太郎からの電話が発端であった。しかも平日の真っ昼間に会社へ掛かってきて、

『――アタル？　ぼ、ぼくだけど』

こちらがまともに「はい、もしもし。こちら総務二課」と答える暇もなく、いきなりそう来た。ちょうど昼飯を終えて戻ってきたばかりのおれがたまたま受話器を取ったからいいようなものの、他の社員が出るかもしれないと考える余裕はなかったようで、それだけ奴は慌《あわ》てていたのだと後になって知れるわけだが。

「え。正太郎か。どうした。どこから掛けているんだ、おまえ」

面喰らってつい、そんなことを訊《き》いてしまった。お互い独身で暇さえあれば一緒に繁華街へ繰り出してナンパに明け暮れている遊び仲間の正太郎だが、根は妙に生真面《きまじ》目《め》な性格で、友人とはいえ勤務中の職場へ電話を掛けてくるなんてことはこれまでになかった。しかも電話の向こうの声は舌がもつれており、なかなかまともに言葉にならない。

「おい。どうしたんだよ。少し落ち着け。何かあったのか」

『きょ、きょう』

「今日が何だって」

『じゃなくて。京介だよ。どうもあいつ、大変らしい』

　京介は、正太郎と同様、学生時代からの遊び仲間だ。現在は青年実業家と呼ばれる身分で、婦人服の企画・製造・卸《おろし》を一手に引き受けるアパレルメーカーを経営している。業績も順調に伸びており、若くしてひと財産をつくったらしい。基本的には気の好《い》い男なのだが、その勢いに乗って外車やクルーザー、はたまた別荘なんかを買って成金根性を丸出しにするのが玉に瑕《きず》。

「どうしてあいつが大変なんだ。いま新婚旅行中なんだろ」

　遊び仲間と前述したことからもお判りのように、京介は暇さえあればおれたちと一緒にナンパに明け暮れるのが常であった――ほんのつい最近までは。世間的には一応成功者と看做《みな》されている京介だが、そのナルシスティックで自意識過剰な性格ゆえ女性には甚だ受けがよろしくなく、おれや正太郎と同様ナンパ成功率は限りなくゼロに近い……はずであった。

　それが飲み屋で知り合った女の子と電撃的に結婚してしまったのだから、世の中、何が起こるか判らない。しかも、この嫁さんというのが女子大を卒業したばかりでアイドルタレントばりに可愛《かわい》いときては、もはやSFの世界である。

『い、いや。ぼくもてっきり、そうだとばかり思い込んでいたんだけど。どうもちがうらしいんだ』

言われてみればたしかに、おれたちは京介が新婚旅行に出発するところを確認したわけではない。十日ほど前だったか、よくある記念写真付き報告ハガキの前触れもなく、いきなり奴から結婚したと直接知らされた時は、そりゃ驚いた。あいつのことだからさぞかし豪華な挙式をするつもりだろうと思いきや、嫁さんの希望で披露宴などは無し。籍だけを入れたのだという。若いうちから派手な振る舞いや贅沢《ぜいたく》はなるべく慎みたいというのが彼女の意向らしいのだが、京介としては美人の嫁さんをお披露目したくてたまらなかったのだろう、女性にはともかく男に対して吝嗇癖《りんしょくへき》のある奴にしては珍しく、おれと正太郎をディナーに招待してくれた。

もちろんおれも正太郎も実際に嫁さんを目《ま》の当たりにするまで半信半疑だった。いや、実際に某フランス料理店で彼女を紹介され、一緒に食事をした後でもまだ疑っていた。これって質《たち》の悪い冗談ではないのか、と。だいたいあの京介が結婚できたというだけでも驚天動地の出来事なのに、青年誌のグラビアページから抜け出てきたような可愛い娘《こ》と「えっちゃん」「あなた」なんてピンクのハートマークを雲霞《うんか》の如《ごと》く溢《あふ》れさせ、いちゃついているところを見せつけられるなんて。これが現実とは到底信じ難い。

しかし、ちゃんと婚姻届のコピーまで見せてもらったのだ（そんなものをわざわざ食事の席に持ってくるところに京介の性格が如実《にょじつ》に顕《あらわ》れているわけだが）のだから、この熱々ムードがジョークの類いでないことは認めざるを得なかった。ひとしきりのろけを聞かされて退散したおれと正太郎が赤提灯《あかちょうちん》で自棄酒《やけざけ》を呷《あお》ったことは改めて言うまでもない。

「神も仏もないよなあ。くそう。なんで京介ごときがあんな。うぃ」

「可愛かったよねえ、彼女。まるで俵裕貴子《たわらゆきこ》みたいで」お気に入りのアイドルタレントを引き合いに出して長々と溜《た》め息をつく正太郎であった。「ピンクのニットスーツが初々《ういうい》しくて。も。ううう」

「ちくしょう。ちくしょうめ。ろくな死に方をしないぞ、京介の奴。ひっく」

「それにしても彼女、いったいあいつのどこがよかったんだろうね？」

「さあなあ。虫も殺さぬ顔をして。案外財産目当てなんじゃねえの」

「ちがうよ。ちがうよ。ユキちゃんはそんなんじゃない。そんなんじゃないもん。もっと健気《けなげ》で純真で。おーいおいおい」

「ばか。誰が俵裕貴子の話をしている」

などとさんざん悪友を呪《のろ》い倒して酔いつぶれたおれたちであった。以後、この一週間ほど京介から連絡がぱったり途絶えてしまったので、当然どこかへ新婚旅行に出かけたのだろうと、おれも正太郎もいまのいままでそう思い込んでいた。入籍したのも事後報告だったわけだし、どうせ近いうちに土産と一緒にさんざん自慢話を聞かされることになるんだろうさ、と。しかし、どうやらそうではなかったらしい。

『さっき、というか、いま、ぼくの携帯に電話が掛かってきているんだけど。新婚旅行どころか、どうやら大変なことになっているみたいなんだ』

「だから、何がどう大変なんだ」

『監禁されているんだって』

「え。カンキン？」

咄嗟《とっさ》におれは頭の中で「換金」という漢字を思い浮かべてしまい、何かといえば長い髪を掻《か》き上げて、ふっと鼻に抜ける仕種《しぐさ》混じりに遠い眼をしてみせるのが得手《えて》の、あんな気障《きざ》な男を金に換えてやろうなんて、それはまた奇特な人間もいたものだと、変なことを考えてしまった。

『つまり、犯罪に巻き込まれている……ということのようなんだけど』

「どうもよく判らんが。だったら、どうして警察に連絡しない？」

『それが、したらしいんだけど。取り合ってくれない、とかって』

「取り合ってくれない？　どうして」

『よく判らないんだよ』正太郎、べそをかいているような声で焦《じ》れた。『とにかくぼくだけじゃ、どうしていいかよく判らない。アタル。ここへ来てくれ』

「え。いまからかよ。おい」

『京介の奴、このままじゃ殺される、なんて言っていて』

「って。おいおい」もちろんおれは本気にしなかった。京介は極端に痛みや逆境に弱く、何か不本意な目に遭うと針の穴サイズのことを象並みにフレームアップして吹聴《ふいちょう》する癖がある。「またあいつはそんな」

『それがどうも、いつもの駄法螺《だぼら》とも思えなくて。ああもう。いいから。とにかく来てくれよう。頼むよう。だいたいさあ、どうしてぼくに、こんなややこしい電話を掛けてくるんだよう』

「って。いまこの電話を掛けてきてるのは、おまえのほうだろ」

『そうじゃなくて。京介の話だよ。なんでぼくなんだよう。そもそもアタルが携帯を持っていないのがいけないんだぞ』

自慢ではないが正太郎の言う通り、おれは未《いま》だに携帯電話を持っていない。金がないという事情もあるが、文明の利器は利便さとともに雑用を増やすから持たないに越したことはないというのが信条だから。従って未だにパソコンも持っていない。会社が支給するというのなら貰《もら》ってやってもいいが、いまのところそんな気配はないし。

『とにかく来てくれ。いますぐ。ことは一刻を争う』悲痛に叫んだと思ったら、途端に自信なげに『と、思う』と付け加えた。

「おまえさあ、そんなこと言ったって。勤務中なんだぞ、おれは」

『ぼくだって勤務中だよ』ちなみに正太郎は市役所に勤めている。『これ、職場の電話から掛けているんだ。携帯は、ずっと京介が塞《ふさ》いだままで。いまにも死にそうな声で助けを求め続けてきている』

さっぱり要領を得なかったが、京介みたいな奴でも頓死《とんし》したりしたら、こちらの寝覚めも悪かろう。いつも仏頂面《ぶっちょうづら》を晒《さら》している課長に苦しい言い訳を並べ立て、おれは再び会社を後にした。指定された公園へ赴くと、やはり上司に無理矢理な弁明をして出てきたらしい正太郎が既に来ていて、立ったままイライラと貧乏揺すりをしている。おれの姿を認めるや否《いな》や無言で自分の携帯電話をこちらへ押しつけてきた。メガネを掛けた童顔が、心配すべきか不貞腐《ふてくさ》れるべきか決めかねた挙げ句に投げ遣《や》りに落ち着いたかのような独特の厭世感《えんせいかん》に彩《いろど》られている。普段は京介の幼児的で我《わ》が儘《まま》な言動ものらりくらりといなせるはずの正太郎がこんな態度を示しているのは、つまりそれだけ困惑しているからであり、事態の深刻さを予感させた。

「――もしもし。京介か？」

『ア、アタル？　た……』

助けてくれ、と言ったのだと思うが「たひゅけてくり」としか聞こえない、弱々しくも切羽詰まった囁《ささや》き声。聞き取りづらいことおびただしい。

「どうしたんだよ、いったい？」

『は。早く来て。ここへ。くれ。たたた。助けてくれ。ロープが。このロープがどうしても。あと。あとちょっとなのに。カーテンレールが。はひ。ああ。こうしているうちにも。ば。爆弾が。死ぬ。ああ。またアンチョビかよ。も。それだけはやだ。やめ。やめれくれええ。ひーん』

まくしたててくるものの、相変わらずの囁き声なのに加え、科白《せりふ》がまともに完結せずに細切《こまぎ》れで、言っていることが支離滅裂。並べ立てる単語群がお互いにどういう関連があるのかも、まるで不明。なるほど。正太郎が手こずるはずだ。

「おい。少しは落ち着け。もっと整理して説明しろ。さっき正太郎に聞いたら、監禁されているという話だったが。いったいどういうことなんだ」

『だ、だから、監禁されてるんだよ。ロープで縛られていて。動けない』

「え。ちょっと待てよ、おい。縛られて動けないはずのおまえが、いまどうやってこの電話を掛けてきているわけ？」

『さっきようやくロープを緩めて。左手だけは動かせるようになったんだ。でも、右手はまだだめなんだ。後ろ手に縛られたまま。っていうか。どうやら、こんがらがってしまっているみたいで。それがカーテンレールに繫《つな》がれていて』

「誰がそんなことを？」

『し、知らん。見たこともない奴らだ。三人組の男で。なんだかその筋系の、怖そうなお兄さんたちで』

「いったいどういうこった。おまえ、仕事のことでトラブりでもしたのか？」

『ちがう。どうやらその、え、悦子のことらしいんだが……』

　悦子とは京介の嫁さんの名前だが。

「というと。まさか、その筋系の兄さんていうのは、おまえの嫁さんとその昔、付き合っていた男とか。そんなメロドラマ的パターンなんじゃあるまいな」

『いやそれが。実はそのまさか、みたいなんだなこれが』

　おれとしては雰囲気を和らげようとしてかました冗談のつもりだったのに、あっさり肯定されて、ただ絶句。

『おれもいまいちよく判《わか》らんのだが。どうやらそういうことらしい。リーダー格の男で。以前彼女と深い仲だったみたいなことを自分では言っている。怪しいもんだけどな。あいつが一方的に悦子にのぼせた挙げ句の逆恨みというのが実情なんだろうが。ともかくそいつ、おれも彼女もまとめて殺す、と息巻いていやがる。キレまくって出ていった。どう見ても本気で……』

「出ていったというと、そいつら、そこにはもういないのか？」

『いるんだよそれが。リーダー格の男はいないが。まだそいつの仲間がいる。ふたりも。隣り。というか、隣りの隣りの部屋に。ずっとへばりついたままで』

　なるほど。道理で。京介がずっと聞き取りにくい囁き声で喋《しゃべ》っている理由が判った。見張りの男たちに気づかれまいという配慮だったわけか。

「嫁さんも一緒なのか」

『いや。彼女はここにはいない。どうやら全然別の場所に監禁されているようだ。どこなのかは判らないが。いずれここへ連れてこられるかもしれない。そして、ふたりまとめて吹き飛ばされ……』

「吹き飛ばされる⁉」

『爆弾だよ。奴《やつ》ら、いまから爆弾を用意してくると言っている。それでこの部屋もろともおれを吹き飛ばすと――』

「まて。さっき正太郎に聞いたら、警察に通報しても取り合ってくれない、という話だったが。ほんとなのか」

『そうなんだよ。ひでえよ。あんまりだあ。もう何度も何度も連絡してるのに。一応電話は受け付けるんだけど、いくら待っても誰も来てくれない。どうも頭っから悪戯《いたずら》だと決めつけられているみたいなんだ』

そんなことがあるものなのか。どうも納得できない。たとえ悪ふざけかもしれないと考えたとしても市民の生命が危機に晒されている可能性があるとなれば、確認だけでもきちんと行うのが警察の役目のはずなのに。しかし、いまは不思議がっている余裕はないようだ。ほんとうに緊急事態らしい。

「嫁さんが別の場所に監禁されているということは、そいつら、三人だけじゃないかもしれないな。他にも仲間がいるのかも」

『そ。そうなんだ。そうなんだよ。こうしているあいだに悦子もひどい目に遭わされているんだ。と。とにかく来てくれ。アタル。このままじゃおれたち、殺されちまう。助けてくれ。助けてくれってばよ。ここから出してくれえっ』

「そういえば、おまえ、そこがどこなのかは判っているのか？」

『おれの家だよ。あ。といっても自宅じゃなくて。ほら。マンションのほう』

若くして一等地に豪邸を建てている京介だが、現在は新居を別に構えている。なんでも嫁さんが、若いうちから贅沢《ぜいたく》な暮らしはしたくない、新婚生活は賃貸マンションで始めようと主張したのだとか。「それがさあ、こいつちゃんと自分で、いい部屋を見つけてきたんだから」と彼女を紹介した際、京介はでれでれ報告したものだったが、ほんとうならおれと正太郎はその新居のほうへ招かれる予定になっていた。普段ならばたとえ一番近しい友人であるおれたちに対しても絶対に己れのプライバシーを覗《のぞ》かせない奴なのだが、今回に限って他人を自宅へ食事に招く気になったとは、よほど舞い上がっていたのであろう。しかしこれは結局実現せず、前述したように外食に落ち着いた。まだお客さまをお迎えできるほど内装がきちんとしていないと嫁さんが反対したのだとか。

「ええと。たしか〈セカンド・フラット〉とかいったな。住所はこの前、聞いたが。どこの部屋だ」

『一〇八号室。一階の角部屋だ。エレベーターに近い部屋の反対側だからな。まちがうなよ。頼む。早く来てくれ』

「判った。それじゃ――」

『あ。ま。待ってくれ。切らないでくれ。ずっと話していてくれよう。誰かの声を聞いていないとおれ、不安なんだよう』

哀れっぽい声で懇願する。根は弱虫のくせにいつも斜に構えて負け惜しみを忘れない奴にしては珍しく、虚勢を張る余裕もないらしい。変な話だが、ようやくおれも、これはもしかしたら大事件なのかもしれないという気持ちになってきた。

正太郎の運転するセダンの助手席に座ったおれはずっと携帯電話を持ったまま京介の話に耳を傾ける。お蔭《かげ》でようやく今回のあらましが把握できた。といっても、この段階での奴の訴えはきれいにまとまっているとは言い難く、情報を整理し完全にすっきりと理解できたのはもっと後になってからなのだが、ややこしくなるばかりなので、ここでざっと状況を説明しておこう。

＊

話は一週間前に遡《さかのぼ》る。夜の八時。仕事を終えた京介は飲みに寄ったりすることもなく、まっすぐに〈セカンド・フラット〉の一〇八号室へ帰宅したという。鍵《かぎ》を取り出した奴は、ふと玄関の横の窓が真っ暗なのに気がついた。ひとの気配もしない。部屋では新婚ほやほやの嫁さんが夫の帰りを待っていなければいけないのに。外出する予定など彼女から聞いていないし、仮に突発的な用件ができたのだとしても、夫の仕事場へ連絡を入れるはずだ。

どうしたんだろう……不安にかられる京介の周囲を突然、屈強そうな男たち三人が取り囲んだ。京介の表現を借りるならば、ひとりは長身痩軀《そうく》でラクダがサングラスを掛けているみたいな風貌《ふうぼう》。ふたり目は赤ん坊がそのまんま髭面《ひげづら》になって、これまた似合わないサングラスを掛けているかのようなぽちゃぽちゃした体格の巨漢。そして三人目。中肉中背、鷲鼻《わしばな》で髪をオールバックにした、やはりサングラスを掛けた男で、これがリーダー格のようだった。

三人とも夜だというのにサングラス、そして黒ずくめの恰好《かっこう》で、どう見ても堅気《カタギ》な雰囲気ではない。立ち竦《すく》んで声も出ない京介の手から、オールバック男が鍵束を奪いとったのだという。

「入れ」玄関のドアを開けると低い声で、そう顎《あご》をしゃくった。「さっさとしろ」

立ち竦んだままの京介を、ラクダ男と髭ダルマが両側から押さえつけ、むりやり一〇八号室へと連れ込んだ。

「な。ななな。何だ。おまえた。いやさ。何なんですか、あなたたちは？」

夫婦の寝室へ入ると、オールバック男は電灯をつけ、マンションの駐車場に面した窓のカーテンをさっと閉める。その勢いで窓の横の壁に掛けてあるボードが少し揺れた。ボードには京介と嫁さんのツーショット・スナップ写真が所狭しと貼《は》られている。

ラクダ男と髭ダルマはロープを取り出すと手際《てぎわ》よく、茫然《ぼうぜん》としている京介を後ろ手に縛り上げた。そのロープの端っこをカーテンレールに括《くく》りつけて固定する。京介がその場に座ったり寝そべったりできる程度にはロープは長さに余裕があったが、部屋を出てゆこうと思ったらカーテンレールを壊さなければならない。もちろん非力な京介にそんな芸当はできないが、さすがに我に返って、じたばた暴《あば》れたという。

「そしたらさあ、連中、よってたかって殴る蹴《け》るのリンチだぜ。こちらは縛られていて抵抗もできないのに。卑怯《ひきょう》な奴らだ。おとなしくするしかなかったよ」

とは後で京介が語った言い分だが、どうも実情はオールバック男に往復ビンタを喰らっただけだったらしい。痛みに極端に弱い京介は、もうそれだけで畏縮《いしゅく》し、抵抗する気力を失ってしまったというわけだ。

オールバック男は京介のセカンドバッグを取り上げた。中から携帯電話を取り出し、おもむろに番号をプッシュする。

「おれだ。ああ。よし。代われ」サングラスの奥の眼を冷たく京介に据えたまま、話し始めた。「――よう。元気か。ん。何。どうして、ってことはないだろ。どうしてってこたあ。そっちが悪いんだろうがよ、何もかも。さて。おれがいるのはどこでしょう？　ばーか。おめえんとこだよ。ああ。そうさ。旦那《だんな》もここにいるぜ。ほれ」

携帯電話を耳に押しつけられた京介は、おずおずと、「も……もしもし？」

『あなた？』聞こえてきたのは悲鳴混じりの悦子さんの声だったという。『大丈夫？　大丈夫なの？』

「あ、あんまり大丈夫じゃない」いまさらながら口の中が切れて金気臭いのに思い当たった。「それより、えっちゃん。ど。どういうこと。どういうことなのこれ。こいつら、じゃなくて、このひとたち、何者？」

『ごめんなさいごめんなさい』彼女はただ泣きじゃくるばかり。『ま、まさかこんな、こんなことになるなんて。あなたに迷惑をかけて……あっ』

ぱしっと肉を叩《たた》くような音とともに、彼女の悲鳴が遠のいた。

「あ。え。えっちゃん。どうしたの？　どうしたの？　大丈夫？」

オールバック男は無情に携帯電話を引っ込めるとスイッチを切った。「いいか」顔を近づけてきて、すごむ。「もう二度と、生きている悦子の顔は拝めないものと思え」男が脅迫者としてのキャリアを相当積んでいることは明白で、その迫力に京介は危うく腰を抜かしそうになったという。

「ど。どういうことなんだよう」恥も外聞もなく、えぐえぐと嗚咽《おえつ》をこらえる。「いったい何がどうなっているんだようこれは。誰かきちんと説明してくれよう」

「やかましい」

オールバック男は、いきなり京介の股間《こかん》を蹴り上げた。京介は悶絶《もんぜつ》し、カーテンレールを軋《きし》ませながら倒れた。どれくらいのあいだ気絶していたのか判らないが、気がつくと、オールバック男が身を屈《かが》めて奴の顔を覗き込んでいたという。

「おい。色男。おれはなあ、自分をコケにしてくれた女を生かしておくほど寛容じゃあないんだよな。判るか？」

ちっとも判らなかったが、何かよけいなことを言ったらまた痛い目に遭いそうだったので、京介はただ頷《うなず》く。

「もちろん、女だけじゃない。相手の男だって同じだ。判るか？」

再び京介が機械的に頷くと、何が気に入らなかったのか、オールバック男、無造作に腹に蹴りを入れてくる。

「げふっ」これは何か答えないといけないらしいと察し、慌《あわ》てた。「わ。判る。いやさ。判りますわかります。判りますうっ」

「どう判っているっつうんだ。ちゃんと言ってみろ。ああん？」

「か、彼女だけではなく、あ、あああ、相手の男も生かしておかない……ということですよね？」

「そうだよ。で。その相手の男というのはこの場合、誰のことだ。ん？」

「お。おれ……じゃなくて。その。つまり。わ。私ですか」

「他に誰がいるってんだ。そうだよ。おまえがもう二度と生きている悦子の顔を拝めないように、あの女ももう二度と生きている旦那の顔を拝めないんだ。そしてだな、おまえたちふたりが一緒にのほほんと暮らしていたこの部屋だって。無事に済ませるつもりはねえんだよ、おれは。判るか。ん？」

ちっとも判らなかったが、とりあえず京介は必死で頷いた。おざなりに見えませんようにと祈りながら。

「ほんとうなら、いまここで、くびり殺してやるところだが。いろいろあって、そうもいかん」オールバック男は上着をなおしながら立ち上がった。「しっかり見張ってろよ」とあとのふたりの男に言い置くと、部屋から出ていったのだという。

「――あのな」京介の服のポケットに何も入っていないことをチェックしながらラクダ男は、にやけた顔つきのまま気味が悪いほど優しげな声で、「逃げようなんて気は起こさないほうがいい。でっかい声を出したりするのもなし。なんなら猿ぐつわをかましてやってもいいんだが？」

京介はぷるぷると首を横に振った。芝居ではなく、声を出す気力もない。

「それが賢明だぜ。現代人は他人に無関心だからな。大声を出してみたところで隣りの住人にも無視されるのがおちだ。かかわり合いになりたくないってな。ま。仮に誰かが様子を見にきたとしても、こっちは困らんよ。おたくが後悔することになるだけだ」

歌うような優雅な口調のまま脅すと、ラクダ男は髭ダルマと一緒に寝室を出ていった。しばらく息をひそめていた京介は、ロープが伸びる範囲ぎりぎりに寝室のドアへ近づき、そっと外を窺《うかが》う。真《ま》っ直《す》ぐ伸びた廊下の向こうにリビングの内装が見える。

ラクダ男と髭ダルマは上着を脱いで、テレビをつけ、酒盛りを始めたようだ。あ。おれの秘蔵のスコッチをと京介は地団駄を踏んだそうだが、どうしようもない。ふたり組のすっかりリラックスした様子からして、さっきのオールバック男は当分ここへは戻ってこないつもりなのだろう。そう見当をつけると、やや京介の緊張も緩む。

といっても、事態はちっとも好転していない。いったいどういうことなのか。事情がよく判《わか》らないが、どうも話の前後から判断するに、あのオールバック男はかつて悦子と深い関係にあったらしい。少なくとも男本人はそう思い込んでいるようだが、いずれにしろ悦子は彼と縁を切った。堅気じゃないので怖くなったとか、付きまとわれて迷惑していたとか。そういう経緯だったのだろう。京介と出会って結婚した彼女はオールバック男のことなどすっかり忘れていたが、それを知って逆上した男は腹いせのため、こんな荒っぽい実力行使に出た。

そんなところだろうか。まるで安物のテレビドラマみたいだが、いまこうして縛られているのはまぎれもない事実だ。なんとかしなければ。再度リビングの様子を窺っておいてから、京介はそろそろと書物机のほうへ近寄った。身体《からだ》の向きを変え、後ろ手に縛られている指を苦労して操り、なんとか引出しを開ける。ハサミか何かがあればロープを切断できるかもと思いながら覗き込んでみると、刃物の類《たぐ》いはなかったが、かわりにメモパッドが見つかった。しかも、ズボンのポケットに入りそうなサイズ。よし。これだ。

それから半時間ほどかけて京介は何度も何度も身体の向きを変えて悪戦苦闘し、引出しから取り出したメモパッドとボールペンを自分のズボンのポケットにおさめることに、かろうじて成功したのだった。

「おーい。ちょっと」興奮の息を整え、もとの位置からは一ミリも動いちゃいませんよというポーズを心掛けながら、京介はリビングのほうへ声をかけた。「おーいったら。おーい。トイレへ行かせてくれよう」

「んー」と唸《うな》りながらラクダ男が、のっそり寝室へやってきた。大儀そうな顔をしていたが、案外あっさりとロープをカーテンレールから外してくれた。その端っこを握って京介に、さっさと行けとでも言いたげに顎をしゃくって見せる。さながら猿回しの猿に芸を促しているかのような恰好。

一瞬、このままラクダ男を振り切って玄関のほうへ走り、逃げ出してしまおうかという誘惑が京介の頭をかすめる。しかし、後ろ手に縛られたままでは、ドアを開けることはできない。少なくとも、男たちに追いつかれるよりも速くドアノブを回すことは、まず不可能だ。

なんとか腕さえ自由になれば……「あ。あの。腕もほどいてくれよ。このままじゃ用を足せないだろ」

ラクダ男は何を思ったか、にやにや笑いながら「おーい」と呼ばわった。髭ダルマが寝室へやってくる。おもむろに何かを取り出した。よく見ると、長いエンピツのような趣きのナイフだったという。それを京介に見せつけるようにしばらく掲げもっていたかと思うや、髭ダルマは手を一閃《いっせん》。

ひゅん、と空気を裂く音とともにナイフは京介の頬を掠《かす》めてゆく。タン、という耳もとの音におそるおそる振り返ってみると、ナイフはボード上の京介と嫁さんのツーショット写真に突き刺さっているではないか。しかもちょうど、ふたりの顔と顔のあいだに。

髭ダルマは続けざまにもう三本、ナイフを放った。別々の写真だが、すべて新婚夫婦のあいだを裂く形で命中していたという。その美麗と呼んでもいいほど正確無比な技に、京介の奴《やつ》、もうちょっとで、ちびってしまうところだったらしい。

「これ以上野暮なことは言わない」ラクダ男はそんな京介をにやにや見やりながら、ロープをほどいてくれた。「いま、おたくの頭の中には、いろんな思いが渦巻いているんだろうが。ま。おとなしく用を足すだけにしておくこったな」

それまでは手が自由になったらふたり組を振り切って逃げ出すことも真剣に検討していた京介だったが、その案はあっさり放棄。へたな動きを見咎《みとが》められたら、ナイフでヤマアラシ状態である。

トイレに籠《こ》もった京介は、ポケットに忍ばせておいたメモパッドを取り出した。「助けてください。不審な男たちに監禁されています」という伝言と自分の名前、そして〈セカンド・ノラット〉の住所と部屋番号を書き込む。あとはこれをなんとか外部の人間に渡すことができれば。

ここに窓があれば一番簡単なんだが……そう歯嚙《はが》みしながらトイレの収納の扉を開け、予備のトイレットペーパーの陰にメモパッドとボールペンを隠す。書いたばかりのメッセージはズボンの尻《しり》ポケットに入れ、ラクダ男が待っている廊下へ出た。

寝室へ戻って再び後ろ手に縛られると、ロープの端をカーテンレールに固定される。ラクダ男と髭ダルマがリビングへ行ったのを見届けておいてから、京介はそっと窓へ近寄った。身体の向きを変えてカーテンの生地を探る。自分の指なのに眼で確認できないというだけでこんなにも不自由になってしまうものなのかとイライラしながら、後ろ向きの姿勢でようやく探り当てた。生地を握りしめて一気に開けようとする。ところが。

開かない。よく見ると、カーテンの端っこをレールのフックに掛けて動かないようにしてある。これが二枚組のカーテンなら中央から左右に開けるところだが、寝室の窓はサイズが小さいため一枚で、普段は片方しか固定しないはずのフックが、いまは両方掛けられている。もちろん（気が動転していた京介は見落としてしまったが）あのオールバック男が、さっきカーテンを閉めた際にやったことだろう。よく考えてみれば当然の措置だ。縛られていても室内を歩き回るくらいはできるのだから、カーテンを開けること自体はさほど困難ではない。開け放ってしまえば夜とはいえ外の駐車場から一階の室内は丸見えなわけで、マンションの住人が通りかかったら異状に気づくかもしれない。そうならないための用心なわけだ。

カーテンレールは手を頭上に伸ばさないと届かない位置にある。後ろ手に縛られている状態では、とてもではないがフックを外すのは無理だ。では、カーテンはそのままにしておいて窓だけを開けることはできないか。窓さえ開けば、閉まったままのカーテンを捲《まく》り上げ、その下からメモを外へ差し出すことも可能かもしれない。だが。

京介にとって不幸なことに、寝室の窓は出窓で、どう頑張ってもクレセント錠まで手が届かない。ならばいっそのこと身体ごとカーテンの下を潜《くぐ》って、縛られている自分の姿を窓から外へ晒《さら》せば、住人が気づいてくれるかも。と思ったのだが、これまた出窓の位置が高すぎる。普段ならどうということのない高さなのだが、こんなに身体の動きが制限されていてはどうにもならない。

ちなみに寝室にはもうひとつ、外の廊下に面した窓があるが、こちらもやはりカーテンが閉まっている上、外側に鉄格子《てつごうし》が嵌《は》まっており、脱出するのは不可能だ。京介は弱り果てた。絶望的な気分で床に横になった。その時。「……ん？」

ベッドの下に何かあるのに気がついた。顔を近づけて見てみると、携帯電話。さっきオールバック男に取り上げられたのと同じ色で同じ機種だが、別物。これも京介のだ。そうか。憶《おも》い出した。今朝出勤する際、枕元《まくらもと》の充電器から外そうとした拍子に、うっかり床に取り落としてしまったやつだ。拾おうとしたはずが蹴飛《けと》ばしてしまってベッドの下へすべり込んだ。あ、と思ったものの京介は急いでいたし、携帯電話は同じ機種が充電器とセットでもうひとつ仕事場にあったので、そのままにしていったのだという。先刻オールバック男に取り上げられたのは、仕事場から持ちかえっていたほうである。

どうでもいいが、携帯電話を複数所持するのは国際通話に便利だとか電子メールの文字数が多いとか、それぞれの機種ならではのメリットがあるからだろう。なのになぜ京介の奴、同じ機種をふたつも持っているのだ。しかも同じ色のものを。本人は「いつでもどこでも同じケータイが手近にあるというのがオシャレなんだよっ」とわけの判らぬ見栄《みえ》を張っていたが、後で正太郎に聞いたところによれば、結婚前にお気に入りの飲み屋のお姐《ねえ》さんとお揃《そろ》いにしようともくろんだものの、突っ返されたか、それともプレゼントする前に彼女が店を変わってしまったか、どちらかというのが真相らしい。

それならどちらか一方をさっさと解約すればいいのに。未練なのか、面倒なのか。そのまんま。いかにも京介らしい間抜けなエピソードだが、しかし今回に限ってはそれが奴に幸いするかもしれない。なにしろラクダ男たちにとって、携帯電話とは既に京介から剝奪《はくだつ》済みのアイテムであり、完全に計算外だったからだ。

「こ。これは」ラッキー。はやる心を抑えながら京介は床の上で芋虫みたいに身体をくねらせ、後ろ手にベッドの下を探った。うまくいかず何回も身体の向きを変えて携帯電話の位置を確認しては、再び後ろ向きに手探りする。掌《てのひら》がその感触を捉《とら》えた時は思わず歓声を上げてしまいそうになったという。

しかし回収したものの、縛られていては電話を掛けられない。器用な人間なら後ろ手に文字盤を見ずに電子メールを打つなり、あるいはダイヤルするなりできたであろう。しかし哀《かな》しいかな、京介は思いっ切り不器用な人間だった。なんとかダイヤルしておいてから床に置いた電話機に耳と口を寄せて通話できないものかと足掻《あが》いたが、そもそもブラインドタッチで通話ボタンを押すことすらできない。せっかく手に入れた携帯だが、これでは何の役にも立たない。

いや。まてよ。そうか。これは次にトイレに入った時に使えばいいんだ。そう思い当たった京介は中腰の姿勢になり、後ろ手で自分のズボンの裾《すそ》を捲ると、靴下に携帯電話を挟んで隠した。これなら尻のポケットに入れたりするよりもずっと目立たない。着信音はなく振動モードに設定されているから、どこからか電話が掛かってきてもラクダ男たちに気づかれる心配もない。すぐにでも警察へ通報したかったが、さっき行ったばかりでまたトイレを使いたいと頼んだら、男たちの不審をまねくかもしれない。ここは慎重に。

「おーい。おーいったら」ともかくこれで外部と確実に連絡ができるという安堵《あんど》感《かん》が湧《わ》くと腹が減ってきた。よく考えてみたら夕食がまだだ。「何か喰わせてくれよう」

のっそりと無言のままやってきたのは髭《ひげ》ダルマのほうだった。

「腹が減って死にそうだよ。何でもいいから喰わせてくれ」

「はら、へる。死にそう。言うたかて」にこりともせずに髭ダルマは唇を歪《ゆが》めた。ひょっとして外国人なのか、たどたどしい喋《しゃべ》り方である。「どうせ死ぬ。あなた。無駄。食べても無駄むだ」

やっぱり本気で殺すつもりなのか……髭ダルマの稚拙な日本語が不気味さを倍増させ、京介は改めて胃の中に氷柱《つらら》を詰め込まれたかのような気分になった。

「ん。何だって」そこへラクダ男がやってきた。「何を言っているんだ、こいつ？」

「ばか。この男。くるくるぱ。何か食べる。言うたかて。どうせお陀仏《だぶつ》。無駄むだ。わかてない、自分の立場」

「まあいいじゃないか。ピザでも取るか。おれも腹減ったし」

「え。ちょっとあなた」髭ダルマは驚いたように、「それ、よいのか？　我々的にOKなのか？」

「かまわんだろ。どうせあと何日かは生かしておかなきゃいけ——おっと」京介の視線に気づいたのかラクダ男は、にたっと嫌な笑みを浮かべて自分の口を押さえた。

「じゃ、おれ、ペパロニ、な。おまえは？」

「アンチョビ」と、つい律儀《りちぎ》に自分の好みを申告する京介。髭ダルマを寝室に残すとラクダ男はリビングへ行った。電話をしているらしい気配が伝わってくる。

「三十分くらいで来るとよ」

のんびり戻ってきたラクダ男に、髭ダルマは不満そうに、「でも、だめないか？」

「ん？」

「支払い。どしたらよいか」

「そりゃ当然」と、ラクダ男は自分の財布を取り出した。「こいつの財布はここにないんだから――」

　そういえば、京介の財布はセカンドバッグや携帯電話と一緒にあのオールバック男が持ち去ってしまったままだ。

「そういう意味、ちがう。誰がピザ、受け取るか。配達員、こちらの顔、見る。それ、我々的にＯＫか？　やばいちがうか」

　ラクダ男の顔から微笑が引っ込んだ。しばらく考えて「そうだな」と京介を見た。

「おまえが受け取りな。ただし、よけいなことはしないように。それとも、こいつのナイフの実演をもう一回見たいか？」

「必要ない。判ってるよ」

　ロープをほどかれて数分後、ドアチャイムが鳴った。沓脱《くつぬ》ぎのところに立つ京介を独り残して、ラクダ男と髭ダルマはリビングのほうへ引っ込んだ。

「変な真似《まね》をするなよ」

　念を押されるまでもなかった。京介の部屋一〇八号室は、玄関からベランダへと通じるリビングまで伸びた廊下を挟んで、一方に洋間の寝室と和室、反対側にバスルームとトイレという構造だ。再び腕が自由になったからといって、例えばピザを受け取るふりをして配達員を押し退《の》け、そのまま外へ走り出ようとしたりしたら、リビングのほうから廊下を突っ切ってナイフが飛んでくるだろう。もちろん間一髪、逃げきれるチャンスもゼロではないだろうが、そんな危険な賭《か》けをする気には到底なれない。

それよりも——京介はふたり組の目を盗んで尻のポケットからさきほど書いたメモを取り出し、ラクダ男から手渡されたお札の中へ紛れ込ませる。玄関を開けると「まいどっ」と女性の声が元気いっぱい響き渡った。

「〈ピザ・ハニーバンズ〉でございまーす。ペパロニとアンチョビのハーフ・アンド・ハーフ、おもちいたしましたあっ」

〈ハニーバンズ〉は京介もよく利用する店だが、これまで女性の配達員にお目にかかったことがなかったので面喰らう。おまけに胸もとに『坂田』というタグを付けたその宅配ガール、ぴちぴちお色気が弾《はじ》けんばかりの可愛《かわい》い娘で、危うく肝心のメモを渡すのを忘れるところだったとか。あほ。

「どもっ。ありがとうございましたあっ」

坂田嬢、お札のあいだに挟んだメモに気がついているはずなのだが、特に戸惑った様子も見せずにさっさと立ち去ったという。きっと機転を利《き》かせて何げなさそうに振る舞ってくれたのだろう、と。この時、京介はそう信じて疑っていなかったのだが。

「さて。熱いうちに喰うか」

ラクダ男は寝室に座り込むと、手づかみでピザを食べ始めた。京介もそれに倣《なら》う。髭ダルマだけはドア付近に立ったまま手をつけようともしない。油断なく京介の動きを監視していたという。

「何か飲み物が欲しいな。冷たいジュースとか」ラクダ男は指を舐《な》めながら髭ダルマを振り返った。「冷蔵庫に何かないか。見てきてくれ」

髭ダルマは無言で出てゆくと、やがてコップをふたつ持って戻ってくる。「これ、よいか。あなた的にOKか」両方とも冷えたお茶が入っていて、ひとつをラクダ男に、もうひとつを京介に手渡してきた。

「お。サンキュさんきゅ」とコップに口をつけたラクダ男、ふいに顔を歪めて、ぶっとお茶を噴き出した。「く。くせっ。な、何だこりゃあ?」

「ドクダミだよ」ちょっと溜飲《りゅういん》の下がる思いで、京介はことさらに平然とお茶を飲み干してみせた。「もったいないことするなよ。これは身体《からだ》にいいんだぞ」

なんて余裕をかましてみせた京介だが、何のことはない、嫁さんに勧められるまでドクダミ茶なんて飲んだことはなかったし、いまもさほど美味《うま》いとは思わない。というより、本音を言えば吐き出したかったという。

「へええ。それはそれは。別におれ、健康にならなくてもいいんだけどね」

渋い顔をしながらも、ラクダ男はお茶の残りを飲み干した。口直しのつもりか、ピザを一気に口に詰め込む。

「さて。満足したか？」

ピザがなくなると、ラクダ男は京介を後ろ手に縛りなおした。さっきのドクダミ茶の腹いせなのか、ややきつめに。再び寝室に独り残された京介は、警察がやってくるのをいまかいまかと待ちわびる。しかしいっこうにその気配がない。

京介は寝室のドアの陰から、そっとリビングの様子を窺《うかが》った。ソファに凭《もた》れかかっている腕が見える。顔は見えないが、その太さからして髭ダルマのほうだろう。ラクダ男の姿は死角に入っているが、時々笑い声が聞こえてくる。どうやらテレビ番組に夢中になっているらしい。警戒心のかけらもない感じで、警察が踏み込むにはいまこそが絶好のチャンスなんだがなあ。京介はイライラしながら待った。しかし世界は静寂のまま。いつしか京介は縛られたまま床の上で眠り込んでしまっていた。

ふと気がつくと既に朝だったという。相変わらずカーテンは閉まっていたが、その明るさはまちがえようもない。しばらくのあいだ京介は、自分がなぜベッドではなく床の上で寝ているのか判《わか》らなかったが、昨夜の出来事を憶い出し、新妻の安否が心配でたまらなくなった。しかし相変わらず逃げることはできない。

寝室のドアの陰から、そっとリビングのほうを覗《のぞ》くと、ソファの肘掛《ひじか》けにだらしなく乗っかっている男の足が見えた。その細さからするとラクダ男のほうか。ごうごうと盛大ないびき。それもふたり分、聞こえてくる。髭ダルマも、京介の位置からは見えないところで眠りこけているようだ。

どうやら警察は昨夜、来てくれなかったらしい。あの宅配ガールはメモに気づかなかったのだろうか。それとも、気づいてはいたが悪戯《いたずら》だと決めつけて捨ててしまったのか。はたまた、どう対処したものか未《いま》だに決めかねているのか。いずれにしろ、こうしているあいだも妻の身に危機が迫ってきているのだと思うと、いても立ってもいられない京介であった。そもそも奴《やつ》自身の命からしてが風前の灯火《ともしび》なわけだが。

そういえば昨夜、ラクダ男は京介をあと数日は生かしておくつもりだ、という意味のことを言っていたっけ。殺すなら殺すで、なぜひと思いに実行しないのか。何か思惑があるのだとすれば、あるいは夫婦を別々に監禁するのもそのためなのだろうか。連中の意図がいまいち判然としないものの、こうしてぐずぐずしているだけで京介たちにとって状況がどんどん不利になってゆくことだけはたしかなように思われた。

「おーい」京介はリビングのほうへ声をかけた。「おーい。もう朝だぞ。トイレ。トイレへ行かせてくれ」

あくびをしながらラクダ男が現れた。「早起きだな」

ナイフ使いの髭ダルマはまだ眠っているのだろうか、だったら逃亡のチャンスがあるかも。ロープをほどかれ、そんな期待を抱いて廊下へ出た京介だったが。甘かった。髭ダルマも既に起きていて、リビングのほうからじっとこちらを監視している。手にはナイフを持って。

油断も隙《すき》もない。トイレへ入った京介は用を足すのももどかしく収納の扉を開けた。予備のトイレットペーパーの裏へ隠しておいたメモパッドとボールペンを取り出す。昨夜のピザ宅配ガールがまだこれから警察へ通報してくれる可能性もゼロではないだろうが、あまり期待しないほうがいい。そう判断して新しいメモをつくった。「助けてください。不審な男たちに監禁されています」と同じ文面、自分の名前、住所、マンション名、部屋番号を書き込んだメモを尻《しり》のポケットに入れた京介は、ふと何か大切なことを忘れているような気がして首を傾《かし》げたが、その時は憶《おも》い出せなかったので、トイレから出た。

それを憶い出したのは寝室へ戻って再び後ろ手に縛られた後だった。あ。そうだ。携帯電話。昨夜ベッドの下で見つけ、靴下に挟んでズボンの下に隠しておいたやつ。ようやくその硬質の感触を足首で意識する。寝起きでぼんやりしていたとはいえ、どうしてもっと早く気がつかなかったのだろう。メモなんかを書く前に、あれで警察に通報すればよかったのに。

「おーい」焦《あせ》るあまり、つい用心するのも忘れて京介はそう声を上げた。「トイレ。トイレだ」

「何だよおい」やってきたラクダ男は、はたして不審げな顔。「さっき行ったばっかりだろうが、おまえ」

しまったと思ったものの、焦燥に任せて京介は頑迷に言い張った。「さっきは小用。今度は大きいほうなんだよっ」

「あ？　一遍に済ませろよ、面倒な。赤ん坊じゃあるまいし」

「そんなこと言ったって、さっきは催さなかったんだ。おれが悪いんじゃないい」

「しょうがねえ奴だなあもう」

強引に個室へ籠《こ》もった京介は急いで靴下のあいだから携帯電話を取り出し、110番通報をした。廊下へ声が洩《も》れぬよう細心の注意を払いながら己れの素性と、見知らぬ男たちに監禁されている由《よし》を告げる。

『――〈セカンド・フラット〉の一〇八号室ですね？』男性オペレーターに、そう確認された。

「はい。そうです。一階の角部屋です。非常階段の近くで。エレベーターがあるのとは反対側です。すぐ来てください」

やれやれ。これでもう大丈夫だ。寝室に戻って縛られなおした京介は安堵感《あんどかん》が表情に出ないように注意し、警官たちの到着をひたすら待った。ところが。

来ない。ドアチャイムがいま鳴るかいま鳴るかとじりじりしているのに、いっこうにその気配がない。あるいはマンションの管理人から合鍵《あいかぎ》を入手して、いきなり突入してくるかと身構えたりもしたのだが。一時間経《た》っても二時間経っても。静かなまま。

どうなっているんだ？　待ちくたびれ、京介は空腹を覚えた。ラクダ男を呼び、何か喰わせてくれと頼む。

「ん。そうか。そういや、朝飯がまだだったな。じゃ、おれはペパロニ。おまえは？」

「え」京介は耳を疑った。「って。もしかして、またピザ？」

「そうだよ。おれ、ピザが好きなの。特にご要望がなければ、ペパロニにするぞ」

「ま、待ってくれよ。じゃ、アンチョビ」

「オーダーは昨夜と同じ、か。おっと。おれはコーラを取ろう。冷えた麦茶ひとつないもんな、ここには」

「おれはスプライト」

「おいおい」ラクダ男、苦笑。「ドクダミは身体にいいんじゃなかったのか」

そんな皮肉を気にしている余裕は京介にはない。腕をほどいてもらい、チャイムに応じてドアを開けると、昨夜と同じ『坂田』のタグを付けたあの宅配ガールの微笑が眼に飛び込んできた。いや。正確に言えば、奴の眼に真っ先に飛び込んできたのは彼女の胸の谷間だったらしい。坂田嬢、昨夜とは違うユニフォームを着ており、それがまた肌の露出度満点。ほとんど犯罪的で、その豊満な胸もとに見惚《みと》れるあまり、うっかりメモを手渡すことを忘れそうになったというから、ほんと、呑気《のんき》というか、ばかな男である。ま。おれもあんまり他人のことは言えんが。

再度ラクダ男にもらった紙幣の下にメモを忍び込ませて坂田嬢に手渡す。彼女のほうも昨夜と同様「まいどっ」と元気な声とともに立ち去ってゆく。今度こそちゃんと警察に通報してくれよ。京介は祈る。いや。さっき自分で通報したばかりだから、厳密に言えば、今度こそちゃんとやってきてくれ、おまわりさんたち、と切実な思い。

しかし来ない。待てど暮らせどマンションには誰もやってこないのである。焦《じ》れる京介をあざ笑うかのように、あっという間に夕方になってしまった。

「おーい」いまや半泣きになった京介、自棄《やけ》くそ気味である。「腹減った。何か喰わせてくれえ」

「お。もうこんな時間か」ラクダ男は相変わらず悠長そのもの。「んじゃ、おれはペパロニな。おまえは？」

「アンチョビ。って。おい。おいおい。またピザかよ。勘弁してくれ。何か他のものを喰わせてくれてもいいだろ」

「何を吐《ぬ》かしやがる。誰が金を払っていると思ってんだ。他のものが喰いたけりゃ、おまえ、自分で金を出せって。な。それが筋ってもんだろ」

「だったらおれの財布、返してくれ」

「知らないよ。そんなもの。少なくともおれたちは持っていないんだから。返そうにも返せない」

「ずるいぞ。こんちくしょうめ」

　とまあこんな調子で、トイレへ行くたびに隠し持った携帯電話で警察へ通報する京介であった。幸いベッドの枕元《まくらもと》には充電器がありラクダ男たちの眼を盗んでまめに充電できるのでバッテリーが切れる心配はないのだが、何回連絡してもはかばかしい成果が得られない。警官たちはいっこうにやってこないし、オペレーターの応対は心なしか冷たく投げ遣《や》りになってきている。どうやら京介の訴えを頭から悪戯だと決めつけている。そんな感触であったという。

そして食事のたびに新しい救助要請メモをこっそりとピザ宅配ガールに手渡す京介であったが、これまた彼女は気づかないのか、それとも気づいていて無視しているのか、何の反応もない。彼女のコスチュームはマイクロミニや、はてはバニーガール姿など惜しげもなくむちむちナイスバディを強調。徐々にお色気度がアップしてきて、その点に関しては坂田嬢に会うのが毎回楽しみな京介であったが、いつまで経っても助けてもらえないようでは喜んでばかりもいられない。

こんな調子で一週間が何の変化もなく過ぎたものだから、京介は頭がおかしくなりそうだったという。なにしろラクダ男ときたら三度の食事に加えておやつや夜食、多い日には六回も七回も「おれ、ペパロニな。おまえはどうする？」と涼しげにのたまう。他のリクエストはいっさい受け付けてもらえない。ほとんど拷問《ごうもん》である。

とはいえ、おれに言わせれば「いい加減にしてくれえっ。もうピザはやだ。ピザだけはやだあっ。何でもいい。何でもいいから、他のものにしてくれえっ」と哀願しつつも「じゃ要らないんだな」とラクダ男にすげなくされると「ま。待て。おれはアンチョビ」と、しつこく同じトッピングを反復したという京介も相当なものだ。テリヤキチキンとかトマトとか少しは変化をつけりゃいいのに。ちなみに髭《ひげ》ダルマはいつ食事を摂《と》っているのか、一度もピザには手をつけず、時折ナイフをちらつかせながら京介を見張っているだけだったという。

人間、自由を奪われると身体的にも精神的にも変調をきたす。ましてや、ただでさえ逆境には弱い京介である。通報するにしろメモを手渡すにしろ当初は律儀《りちぎ》に「助けてください。不審な男たちに監禁されています」とお行儀のいいフレーズを使っていたが、そのうち自棄を起こして「何やってんだ。早く来てくれ」とか「もううんざりなんだよ」「こんなところにいたくない」「出してくれ」「ステーキが喰いたい」「出してくれ。ここから出してくれ」「気が狂いそうだ」「こら。公僕。おれが幾ら住民税を払っているか知ってんのか」「どうでもいいが、なぜペパロニなんだ。理解に苦しむ」「死んでやる。いっそ死んでやる」などと泣き言のオンパレードになっていったという。

そもそも社長である自分が既に一週間も仕事場に姿を見せていないにもかかわらず、社員たちから何の連絡もこないのは、いったいどういうことだろう……ふと京介は、そんな至極もっともな疑問に遅まきながら思い当たる。自宅の番号は一戸建ての豪邸のほうしか名簿に載せていないので、こちらのマンションの電話へ掛かってこないのは当然として、隠し持っている携帯にもいっこうに連絡が入る様子がないのは不可解だ。京介の携帯の番号を社員たちが知らないはずはないのに。どうなっているのだ？

「いったい、いつまでこんなことを続けるつもりなんだ」いくら警察に通報しても宅配ガールにメモを託してもまったく埒《らち》が明かず、おまけに社員たちも含めて知人の誰も連絡を寄越してくれない状況にげんなりして、もういっそひと思いに殺してくれと真剣に願ったらしい。「おれのことを殺すって言うけど、ほんとにそんな度胸があんのかよ」

「そりゃそうさ。いまおれたちがやっていることを何だと思っているんだ。拉致《らち》監禁。立派な犯罪だぜ。伊達《だて》や酔狂で、こんなことはしない」

「じゃあ、どうやって殺すつもりなんだ。具体的に言ってみろよ、具体的に」

「へへ。知りたいか？」

「こら」にたりと笑うラクダ男を髭ダルマがたしなめる。「あなた、それまずい、我々的に。やめるよろし」

「どうして。どうせ死ぬんだぜこいつ。それにもうそろそろ。ん。そういや今日あたりじゃないか？　例のブツが出来るのは」

「ブツ？　何のことだ？」

「爆弾だよ、爆弾」

「バクダン？　っていうと。あ。あの。もしかして……」さっきまでひと思いに殺してくれと願っていたのも忘れ、蒼《あお》ざめる京介であった。「ば、爆発するあれ？」

「そうとも。どかーん、とな」ラクダ男は円を描くように両腕を回してみせる。「それをこの部屋に仕掛ける」

「ま、まさか……それでおれを？」

「そ。この部屋もろとも吹き飛ばすってぇ寸法さ。お判《わか》りか？」

そういえばあのオールバック男、一週間前にここを立ち去る際、この部屋も無事に済ませるつもりはない、という意味のことを言っていた。そう思い当たって京介はパニック状態。「ちょ。ちょっと。やめてくれ。そんな無茶な。ば。爆弾だなんて。いくらなんでも乱暴すぎる。日本の流儀に反するぞ。民主主義はどうなったんだ」

「あ？　おいおい。日本だの民主主義だの。錯乱するには、ちと早くないか。おたく、眼が死んでるよ。ま。それだけ恨まれているってことさ。短い新婚生活だったとはいえ、いい思いをしたんだ。諦《あきら》めな。普通の殺し方じゃ、飽き足りないんだとよ」

けけけけとラクダ男が憫笑《びんしょう》していると、いつの間にかいなくなっていた髭ダルマが寝室へ戻ってくる。

「電話、してきた」

「お。何と言ってた？」

「爆弾、今日出来る。三時に取りにくる、よろし」

「三時か。じゃあ、二時くらいにここを出れば間に合うな」

ということは、連中がどこへ爆弾を取りにゆくかは判らないが、再びここへ戻ってくるのは午後四時頃。爆弾を仕掛けた後、自分たちが安全な場所へ避難するために当然、時限装置を付けてあるだろう。爆発するのは三十分後か。それとも一時間後か。具体的には判らないが、いずれにしろ今日の夕方頃までに京介は……

「そういうこと」まるで京介の胸中を読み取ったかのように、ラクダ男は薄ら笑いを浮かべたという。「おたくの生命《いのち》も今日の夕方まで、というわけさ」

＊

寝室に独り残された京介は必死だった。なんとかしなければ、と。もがいているうちに幸運にも左手がロープから抜けたが、どういう縛り方をしていたのか右手までは自由にならず、カーテンレールに固定されたまま。ともかく使えるようになった左手で靴下から携帯電話を取り出した。もう警察は当てにできないと判断した京介は、正太郎へ助けを求めた。ざっとそういう経緯だったのだ。

「そのラクダ男と」おれは腕時計を見た。あと二十分ほどで午後二時である。「髭のふたり組は、まだそこにいるんだな」

『ああ。いる。リビングでのんびりテレビを観《み》ていやがる』

「さっきの話だと、もうすぐそいつらは出かけるわけだな。よし。その隙《すき》におれたちがそこへ——」

まてよ。ラクダ男と髭ダルマがふたり揃《そろ》って爆弾を取りにゆく、とは限らない。むしろどちらかひとりは見張りのために残る、と覚悟しておいたほうがいい。どちらが残るにせよ、おれと正太郎の手に負えるのか。正直自信がないが、警察を当てにできない以上、なんとかするしかあるまい。

「とにかく、すぐ行く。可能な限りそちらの様子を中継してくれ」

『判った。頼む』救出劇には相当のリスクが伴うことをわきまえているのか、さすがに京介も神妙な声音。『恩に着る。一生』

黒山のひとだかりになっている公園の前を通過する。何かイヴェントでもあるのかなと思って横眼で見ていると、ハンドルを操っている正太郎が「あ」と頓狂《とんきょう》な声を出した。

「なんだ。ど、どうした」

「しまった。すっかり忘れてた。今日はロケがあったんだ」

「え。ロケ？」

「俵裕貴子だよ。来年公開される彼女の主演映画。そのロケをいま、あそこでやっているんだ。すっかり忘れてた。ああ。こんなことさえなけりゃ、今日の午後は仕事をさぼって見物しにゆくつもりだったのにい」未練がましくバックミラーをちらちら覗《のぞ》き込む。「えと。戻ってもいい？　ちょこっとだけ」

「あほか。何を考えてんだおまえ、こんな時に。諦めろ」

「だよね。あーあ。ついてないなあ、ほんとに。こんなチャンス、滅多にないのに」

「京介に頼んで、俵裕貴子の写真集でも買ってもらえ」

「もう持ってるよ、全部。観賞用、保存用、布教用と、一冊につき三部ずつ」

「へ。よっぽど好きなんだな」

「これくらい常識だよ、ファンとして」

「そんなに持っているんだったら、いまさらロケを見物する必要もあるまい」

「認識不足だなあ、アタルは。俵裕貴子の横顔を左側のアングルから撮ったショットはなかなかないんだよ。だからこそこういう機会に自前の生写真でカバーしておくのが、ステータスなんだから」

などとマニアックなやりとりをしているうちに十一階建てのマンションが見えてきた。〈セカンド・フラット〉だ。

「……だけどさ」建物の前の道に車を停めながら正太郎は、そんな必要もないのに声を低めて、「運よく見張りの男たちがふたり揃って出かけてくれたとしても、ドアに鍵《かぎ》を掛けていかれたらまずいよ。どうやって部屋へ入ればいいの？」

「そうか。その問題があるな。おい京介。合鍵はないのか？」

『一階の郵便受けの中だ。ただし、連中がそれに手をつけていなければ、の話だが』

とりあえずマンションの郵便受けを調べてみることにした。各階に八部屋ずつ。合計八十八世帯分が並んでいて、なかなか壮観だ。一〇八号室の郵便受けは右端下の隅っこにある。名札が付いていないが、これが京介の部屋のものだろう。ずぼらな奴《やつ》め。ざっと見回したところ、郵便受けに名札がないのは京介のところ以外では、あと最上階の一一〇八号室だけのようだ。

「やった。あったよ」一〇八号室の郵便受けの中を探っていた正太郎、声を弾ませて、鍵を持った手を高く上げた。「あとこれで見張りたちがふたりとも出かけてくれれば、言うことないんだけどな」

むろんおれだってそう願っているが、やはりムシがよすぎると心得るべきだろう。なんとか見張りの眼を盗んで京介を救出できればそれがベストだが、いざとなれば大活劇も覚悟せねばなるまい。

腕時計を見た。既に午後二時を数分回っている。一〇八号室の玄関のドアが見える物陰に、正太郎と身をひそめる。

「鍵はあったぞ。京介」ドアに眼を据えたまま携帯電話に囁《ささや》いた。「どんな様子だ、そちらは？」

『だめだ。奴ら、まだいる』

しばらく応答が途絶えた。一〇八号室のドアが開く気配もない。もしや京介の奴、外部と連絡をとっているのがばれて携帯を取り上げられたか。そう案じていると、

『よし。いまだ』と、いきなり弾んだ声が耳に飛び込んできた。『早く。早く』

「え？」わけが判らず狼狽《ろうばい》した。「早くって何を」

『ぼさっとすんなよ。アタル。いまのうちだって。早く。早く来てくれ』

「おいおい。無理言うな」

『って。どうして。助けてくれ、早く』

「そんなこと言ったって、まだそこにいるだろ、見張りたちは」

『何を言ってるんだよ。いま出ていったろ、あいつら』

「え」

『出ていったよ、ふたりとも』

もしかして見逃してしまったのか？　正太郎に眼で訊《き》いてみたが、奴も首を横に振るばかり。

「お、おい。京介。そいつら、ほんとに部屋から出ていっているのか？」

『ほんとだよ。出ていったってば』

「しかし、おれたちさっきから一〇八号室の前にいるが、部屋からは猫の子一匹、出てきちゃいないぞ」

『どういうことだ。そんなわけ——』

「もしかして連中、出ていったふりをして、おまえを油断させようという魂胆か？」

『え。まさか』しばらく間が空いた。『——いないぞ。ほんとにいないってば』

「ん。まてよ。そうか。ベランダ側から出ていったんだな？」

『ちがう。玄関のほうから出ていった』

「ばかな。嘘《うそ》だろ」

『嘘も何も、この寝室の前を通っていったんだから。まちがえようが——』

その時であった。あの臭《にお》いが漂ってきたのは。そう。大地を揺るがす衝撃よりも、臭いが鼻に届くほうが早かった。

「ア、アタル」空を仰いで呻《うめ》いた正太郎の顔を翳《かげ》が覆《おお》った。真っ昼間なのに、まるで夕方のように暗くなる。「わ。わ。わああっ」

『どうしたんだよ』という京介の声が、ずしん、と重い衝撃に遮られた。『な。何だ。何だよ。この音は。じ、地震か？』

「ち、ちがう……」

いつの間に、どこから出現したのか、怪獣は驚くほど近距離にいた。よろよろと、酔っぱらっているみたいに巨軀《きょく》が左右に揺れている。一方の脚に体重を乗せたまましばらく固まったり、そのまま転倒しそうになったり。岩みたいにごつくて不細工な顔は三白眼気味に、にやけており、へたくそなダンスを踊っているかのようだ。

「あ、ああああ、あいつだ」

『え？　あいつ、って』再び、ずしん、と轟《とどろ》きが京介を遮る。『ひょ、ひょっとして』

おれたちと一緒に既に二回も怪獣に遭遇している京介だ、さすがに察しがいい。

『ちょ、ちょっと待て。これってあいつの足音か？　どんどん大きくなってきているような気がするけど……ま、ままま、まさか』

「その、ま、まさかだ」

よたくたしながらも怪獣は確実に〈セカンド・フラット〉へ接近する。建物の高さは怪獣の半分ほどで、のしかかるような恰好《かっこう》。

ひゃあっと正太郎が、いまどき夜道で痴漢に遭ってもこんな声を出す女の子はいないぞと突っ込みたくなるくらい、甲高くもか弱い悲鳴を上げた。

「……やばいよ、ア、アタル」

「に、逃げろっ」

『ちょ、ちょっと待ってくれ』携帯電話からは京介の泣き声が全開。『待ってくれ。待ってくれよおっ。逃げる前に、おれをここから出してくれよおっ』

悪いがそんな暇はない。断じてない。おれと正太郎は非情にも先を争ってマンションの建物から離れた。おれたちが駈《か》け出すと同時に、鼓膜もろとも頭蓋《ずがい》が風船のように膨張して破裂せんばかりの破砕音が轟いた。ばらばらっとコンクリートの破片が雨あられとばかりに降りかかってくる。たちまち視界は砂ぼこりの灰色に覆いつくされる。

『ひっ。ひえっ。ひえええええええっ』

ミキサーか乾燥機の中に放り込まれてでもいるかのように音程が激しく上下する京

介の悲鳴が携帯電話から響いてくる。振り返ってみると、朦々《もうもう》たる砂ぼこりの向こう側で、怪獣は右前脚を建物の真ん中あたりに、ざっくりと埋め込んでいた。

怪獣が一旦《いったん》それを引き抜くと、建物の残骸《ざんがい》がずるずると掻《か》き出される恰好で、さらに瓦解《がかい》する。今度は左前脚を、やはり残った部分の真ん中あたりに埋め込んだ。そうやって、まるで達磨《だるま》落としのように十一階建てのマンションは寸詰まりになってゆく。

『あ。あ。あああっ。神さまあっ』

どどん。ずしゃん。絶え間なく轟きわたる崩壊音に混じって、無神論者のはずの京介の絶叫はひと際《きわ》よく聞こえる。と思ったら、なんのことはない、この混乱の中、おれは未《いま》だに携帯電話を耳につけたままなのだった。きっと京介も同じなのだろう。

怪獣はくるんと身体《からだ》を回転させた。その勢いで巨大な尻尾《しっぽ》が、残った建物の下部を直撃する。おれたちは砂ぼこりのシャワーに足をとられ、灰色の雪ダルマ状態。正太郎などメガネの視界が完全に塞《ふさ》がれてしまって、四つん這《ば》いで右往左往。

尻尾の一撃を最後に、怪獣は何処《いずこ》ともなく去っていった。現れた時と同様、どこか千鳥足のような趣きで。ずしんずしんと。いつものことながら、なんて唐突で脈絡のない生物なんだろう。迷惑な。

一方マンションはといえば、十一階建ての面影はどこにもなく、完全に平屋と化している。瓦礫《がれき》の中に、ドアが完全に吹き飛ばされて消失しているとはいえ、まがりなりにも部屋がもとの形を保ったままのフロアが一階分残っているというのは、まるで夢の中をさまよっているかのような眺めだ。

そのドアのない出入口から、よろよろと人影が現れた。おれたちと同様、全身灰色で顔の見分けもつかない。が、右手を背中に回しており、そこから繋《つな》がったロープが、壊れたカーテンレールらしきものを引きずっている。そして左手に携帯電話を持って耳に当てたままという恰好。

ぶはっと真っ黒い煙を吐くなり、人影はその場に倒れた。もちろん京介だった。

＊

「これは密室だ。密室殺人事件だ」と京介は熱弁をふるっている。「いったいあのふたり組は、どうやってアタルや正太郎と鉢合わせすることなく、おれの部屋から出ていったのか？　謎《なぞ》だ。怪だ。ミステリだ」

ここは某病院の個室である。ベッドに横たわった京介は全身包帯ぐるぐる巻きで、まるでマンガ並みに悲惨な姿。

怪獣がマンションを倒壊させた翌日。ベッドの横の簡易椅子《いす》にはスポーツ新聞が乗っている。一面は〈セカンド・フラット〉全壊のニュースだ。それはいいのだが、見出しに躍っているのは「ガス爆発か」「地盤の緩みや建物の老朽化が原因説も」「耐震強度偽装か?」などという文字ばかり。「怪獣」の「か」の字も出てきやしない。おそらく人心を惑わさないためとか、株価が下落しないようにとか、アメリカあたりが秘密捕獲作戦を展開しているからとか、ともかく何か理由があって報道規制が敷かれているのだろうが、もしかしてほんとにあいつの存在を知っているのはおれたち三人だけなんじゃないかという妄想がぶり返す。

何はともあれ、いまベッドでミイラ男化している京介を別にすれば、死傷者がまったくのゼロで済んだのは不幸中の幸いであった。十一階建ての共同住宅がほぼ全壊した事実に鑑《かんが》みれば奇蹟《きせき》にも等しい。たまたま〈セカンド・フラット〉の住人が全員外出中だったという偶然の賜物《たまもの》とはいえ。

ちょっと待て。そんなご都合主義的な偶然なんか起こっていいのかと抗議される向きも当然あるだろう。おれだって最初に知った時には眉《まゆ》に唾《つば》をつけた。ところがこれがほんとうだったのである。正太郎が残念がっていた例の俵裕貴子の映画ロケ。あれを住人たちは大挙して見物にいっていたのだという。そのお蔭《かげ》で難を逃れたという次第。従って実質的な被害者はいま、密室だ殺人事件だと騒いでいる京介ひとりのみ。

「こら。京介。少しは落ち着け。あんまり動くと傷口が開いちまうぞ。何が謎だ。何がミステリだよ。第一、殺人事件なんか起こっちゃいないじゃないか」

「えっちゃんがまだ、あいつらに監禁されているんだぞ。どんなひどい目に遭わされているやら。うう。も、もしかしたら、もう既に最悪の事態が……」

「大丈夫だよ。だーいじょおぶ」

おれがあんまりあっさりと言ってのけたせいだろう、京介はきょとんとなった。

「え。というと……アタル、えっちゃんの無事を確認してくれたのか？」

「おれはしていない。だけど、嫁さんなら無事に決まっている」

「どうして」正太郎も腑《ふ》に落ちないという顔になって、「そんなことが判《わか》るの？」

「彼女は監禁なんかされていないからさ」

「なんだって。じゃあ、あいつらは嘘をついたのか？　おれをびらすために——」

「そうじゃない。京介。さっさと顧問弁護士に相談したほうがいいぞ」

「弁護士？　なんで」

「おれがおまえなら、さっさと離婚手続を進めるからさ」

「ア、アタル。何をいきなり——」

「まだ判らないのか。嫁さんはグルだよ。おまえを監禁していた男たちと」

「そ。そそ。そんな。おまえ、いったい何の根拠があって。第一、彼女がいったい何のためにそんなことを——」

「決まってるだろ。連中、おまえの財産が狙《ねら》いだったんだよ。おまえが死ねば遺産は自動的に、籍を入れたばかりの嫁さんのものになる。それをみんなで山分けって寸法」

「え、えっちゃんがおれを裏切るなんて。ばかな。あり得ない。そんなばかな」

「彼女、最初っからそれが目的でおまえに近づいたに決まっているじゃないか。どうも変だと思ったよ。あんなに可愛《かわい》い娘が京介にべた惚《ぼ》れするなんて。何もかも計画的だったんだ。おまえを殺して財産を奪うために」

「でも、仮にそうだとしてもだよ」正太郎は首を傾《かし》げて、「そんなにうまくいくものかなあ？　だって夫が殺されたりしたら、真っ先に配偶者が疑われるわけで」

「その通り。だから連中、京介に直接手をかけるつもりはなかった」

「ちょ。ちょっとちょっと。そうころころと言うことを変えないで欲しいんだけど」

「別に変えちゃいない。要するに京介を自殺に見せかけようとしたんだ。いや。正確に言えば、自殺をさせるつもりだった」

「自殺？」京介、ぽかんとなって包帯を巻いた手で鼻を撫《な》でた。傷にさわったのか、痛そうに顔をしかめる。「って。おれが？」

「そうだ。それこそが、あの監禁という茶番の裏に隠された真の目的だったんだ」

「……どうもよく判らんが」

「連中、爆弾を仕掛けると言ったんだよな。部屋もろとも京介を吹き飛ばすと。その準備ができるまでおまえを監禁しておいたということらしいが、しかしそれって、おかしくないか？　具体的にどういう爆弾を使うのか判らないし製造にどれくらい時間がかかるのか専門的なこともよく知らないが、本気でそうするつもりがあったのなら、先《ま》ず爆弾の用意をしておいてから京介の部屋へ乗り込めばいい。そうだろ。なんで監禁なんて面倒な手間をかけなければいけない？」

「おれが怯《おび》えているのを見て鬱憤《うつぷん》を晴らしたかったんだろ。サディストの発想で」

「だったら、なぜ肝心のオールバック男がいなかったんだ。意味ないじゃないか」

「そうか……それもそうか。だったら、どういうことになる？」

「最初から爆弾なんか用意するつもりはなかったんだろうな。そのかわり、ただの時計を持ってきて京介の傍へ置く。そして時限装置を作動させた、あと何分後に爆発する、おまえはこれで終わりだ。そう脅しておいて連中は立ち去る。一方、時計が本物の爆弾だと信じ込んだ京介はなんとか逃げようともがく。もがいているうちに腕を縛っていたロープがほどけて――」

「って。なんでほどけるんだよ、急に」

「そうなるように、わざと連中が緩めておくからさ。逃げられないよう念を入れてきつく縛りなおしておくとか何とか言いながらその実、逆の処置をしてゆくんだ。冷静ならロープがほどけてしまうのはおかしいと気づくかもしれないが、爆弾が爆発する前に逃げ出そうと焦《あせ》っている京介は、これ幸いとばかり寝室の窓を開けて外へ飛び出す。それで一巻の終わりって段取りさ」

「え。なんで終わりなんだよ。うまく逃げ出せたんだろ」

「京介は墜死してしまうんだ。マンションの駐車場へ落下して」

「おいおいおい。いくらおれの運動神経がぶち切れてるからって、窓から落ちたくらいで死にゃしねえよ」

「一階の窓からなら、な。しかし、それが十一階だったらどうする？」

顔を見合わせる京介と正太郎。

「京介がいたのは一階じゃない。おそらく十一階、つまり最上階の部屋だ」

「ど、どうしてそんなことが……」

「部屋の造りが同じ角部屋で、なおかつ郵便受けに名札が付いていなかったのは、一〇八号室を除けば、あとは一一〇八号室だけだったからさ」

「意味が判らん。全然。おれはたしかに一〇八号室に監禁されたんだ。一階と十一階をまちがえるわけないだろ、いくらなんでも。酔っぱらってもいなかったのに」

「おまえが一〇八号室にいたのは監禁された最初の夜だけさ」

「え」

「そしてその夜、おまえが眠り込んでいるあいだにこっそり一一〇八号室まで移動させられたんだ。あらかじめ一〇八号室とまったく同じ家具やインテリア——携帯電話の充電器に至るまで——を施しておいた部屋へと」

「眠っているおれをかかえて一階から十一階まで運んだというのか？　あほらしい。いくら熟睡してたって、そんなことをされたら目が覚めるよ」

「ところが覚めなかったんだ。睡眠薬を盛られていたから」

「睡眠薬？」

「おそらくドクダミ茶だ」

「あ……そういえばあのお茶、普段よりももっと変な味がしたような気がっ」

「連中、事前に同じマンションの一〇八号室と一一〇八号室のふたつの部屋を押さえておいてから今回の計画を練ったんだ。おまえの嫁さんがグルだとさっき言った根拠はここにある。新居の物件を見つけてきたのは嫁さんのほうだったからだ。そうだろ？」

京介は無言で頷《うなず》いた。いろいろなことに思い当たり始めたのか、眼が虚《うつ》ろに宙をさまよっている。

「ドクダミ茶をおまえに飲ませる習慣をつくったのも嫁さんだ。うまく味をごまかして睡眠薬を盛るための伏線だったことは言うまでもない。もちろんラクダ男のお茶には何も混入されていなかった。そもそもだ。話を聞く限りでは連中、京介を一〇八号室へ連れ込んだ際、室内をろくに調べもせずに、いきなりおまえを縛ってカーテンレールに括《くく》りつけたんだよな。しかしそれは変じゃないか。まるで、ロープにどの程度の余裕を持たせればカーテンを開けられる心配はないとか、そういうことをちゃんと知っていたみたいで」

「う」

「つまり事前にチェックしていたわけだ。それも嫁さんの協力なしにはできまい。加えて出窓のカーテンが二枚組じゃなくて一枚だったのも連中に便宜を図ったからだ。いくら小振りの窓とはいえ、普通は二枚組にしそうなものだろ。いや。これは個人の趣味があるから一概には言えないが、いずれにしてもカーテンが一枚なのが連中にとって好都合だった事実に変わりはない。そしてそういう内装にしたのは他でもない、嫁さんだったはずだ。そうだろ？」

　京介は口を半開きでただ頷くばかり。

「おまえは自分が一〇八号室に住んでいると思い込んでいたわけだが、実際に夫婦名義で借りられているのは、おそらく一一〇八号室のほうだ。そのからくりは判るだろ？　連中の計画通りにことが運んだ場合、転落死した寝室の窓が他人の部屋のものだったりしたらアウトだもんな。京介はあくまでも自殺に見せかけられるはずだったんだから」

「じゃ、一〇八号室のほうは？」

「仲間の誰か、ともかく別人の名義で借りられているんだろうな。だからそのふたつの部屋の郵便受けには名札が付いていなかったんだ。もし一〇八号室に京介の苗字《みょうじ》を付けて万一マンションの管理人に見咎《みとが》められたりしたらまずいし、一一〇八号室に本来の契約通り世帯主の名札を掲げたら京介本人が気づいて不審に思うかもしれない。おおかた嫁さんは防犯上の理由からとか何とかもっともらしい口実を並べて郵便受けにも玄関のドアにも名札を付けることに反対した。そうだろ？」

もはや京介は頷く気力もないようだ。ただ口をあんぐり開けている。

「挙式も披露宴も無し、結婚報告の挨拶《あいさつ》ハガキすら出さなかったのも同じ理由からで、すべて嫁さんの協力なしにはできない策略ばかりだ。おれたちに彼女を紹介してくれた時、当初は新婚家庭へお邪魔するはずが途中でフレンチレストランに変更になったよな。あれも嫁さんが反対したことだったろ。当然だ。おまえが飛び下り自殺を図ったとされた後、おれや正太郎の口から、京介が住んでいたのは一階の部屋だったはずだ、なんて証言が出てきたりしたらまずいからな」

「でもアタル。ぼくたちはそれでいいとしても、会社の人間をどうやってごまかすつもりだったの、奴《やつ》らは？　社長が長期にわたって無断欠勤していたら、社員は連絡を取ろうとするだろう。自宅は豪邸のほうしか名簿に載せていなかったからいいとしても、京介の携帯へ社員が電話を掛けてくる事態を想定していなかったのかな？」

「もちろんしていたさ。だからこそオールバック男は一番最初に京介からセカンドバッグごと携帯電話を取り上げたんじゃないか」

「そうか。あ。いや。待ってよ。京介はもうひとつ携帯を隠し持っていたのに、そちらにもついに一度も電話が掛かってこなかっただろ。それはなぜなの？」

「おれが想像するに、社員はオールバック男が取り上げたほうの携帯の番号しか知らなかったんだろうな」

「え」

「当然オールバック男は携帯の電源を切って無視していただろうから、京介と連絡が取れるはずもなかった」

「どうして社員は、京介が隠し持っているほうの携帯の番号を知らなかったの？」

「間抜けな話だが、京介が教えていなかったからさ。多分意識してのことじゃないだろうけどな。まったく同じ機種、同じ色のふたつの携帯電話。どちらかを解約すればいいものを京介はそのまま両方を使っていた。その時の気分で手近にあるほうを持ち回っていたんだろう。どうせ充電器は〈セカンド・フラット〉と仕事場の両方にある。その時その時の気分でどちらの携帯をいま自分が持っているのかをあまり頓着《とんちゃく》せず、極端なことを言えば同じひとつの携帯電話を使っているような気持ちだったんだろう。その証拠に最初に監禁された朝のことを考えてみろよ。京介はベッドの下へ蹴《け》り込んだ携帯をそのままにしていったんだろ。いくら急いでいたからといったって、それほどの手間じゃない。取り出すだろ普通は。それをしなかったのは京介の中でふたつの携帯電話が別々のものだという認識が稀薄《きはく》だったからで、従って一方の番号しか社員には教えていなかった。そちらをオールバック男に取り上げられることになったのは意図してのことじゃない。純然たる偶然の産物だったのさ。そんなところだろ？」

「しかし、まてよ。おい。アタル。待てったら」ようやく我に返ったらしい京介はこちらの強引な仮説を否定もせず、別方向から反論した。「おかしいじゃないか。おれは一階にいただろ。マンションが倒壊した時。外へ出たら、そこは地面だったぜ」

「十一階が一階になってしまったからな」

「え……？」

「さっきおまえが密室だ密室だと騒いでいただろ。その真相がこれさ。あの怪獣がつくってしまったんだ。密室を。各階が潰《つぶ》れる形で崩落した建物は、十一階が一階になってしまったんだ。あたかもアコーディオンが縮んだかのようにな」

「そんなばかな。じゃ、おれは部屋ごと十一階の高さから地上まで落っこちたことになってしまうじゃないか。なのにこうして生きているっていうのか。考えられん」

「よっぽど悪運が強かったんだな。おれだって納得し難いが、でもそれしかあり得ないんだ。よく考えてみろ。見張りの男たちがほんとうに一〇八号室から出ていったのなら、おれと正太郎に遭遇しないはずはない。しかし実際には、おれたちは誰も見ていない。それこそが連中が出ていったのは一〇八号室ではなかったという事実を示しているんだ」

「奴らは十一階の一一〇八号室から出て、エレベーターで下まで下り、マンションを後にした」正太郎もようやく納得したみたいに何度も頷く。「一〇八号室にばかり注意を払っていたぼくたちは、その姿にまったく気がつかなかったというわけなんだね」

「そういうこと。それに京介、おまえ何回も警察に通報したのに、取り合ってもらえないと言ってただろ」

「そうなんだよ。ひどいだろ。市民の安全を守る立場にあるまじき――」勢い込んだ京介の声が途中からしぼむ。「え。あ。あら。ひょ。ひょっとして、あれは……？」

「その通り。警察はちゃんと様子をみにきていたんだ。一〇八号室へ。少なくとも最初のほうは。誰が警官たちに応対したかは判《わか》らない。あるいは一階の部屋は無人にしておいたのかもな。どちらにしろ、いくら警察が管理人に鍵《かぎ》を借りて室内を調べてみたところで、男性が監禁されている様子などない」

「そ、そうか。なのにしつこく通報していたら……これは悪戯《いたずら》だと思われて当然か」

「そういうこと。納得したか」

「ん。いや。待てよ。アタル。おまえの考えによれば、おれは監禁の二日目にはもう十一階のほうへ移動させられていたんだろ。にもかかわらず自分がいるのが一階じゃないことに気づかないというのは、おかしくないか。おれは何回もピザの宅配を受け取るために玄関のドアを開けているんだぜ。この手で。そこが十一階だったら、いくらおれが鈍くても気づくだろうに」

「ところが気づかなかった。京介。よく憶《おも》い出してみろ。おまえ、ドアを開けても外の景色なんか見やしなかっただろ。宅配ガールのお色気にばかり注意を奪われて」

「あ。あは。あははは。そういえば。え」京介の笑顔がひきつる。「す。すると……あのお姐《ねえ》さんもグルだったの？」

「そういえば」正太郎、腕組み。「〈ハニーバンズ〉にコスプレ宅配ガールがいるなんて話、聞いたことないもんね」

「て。てことは、おれに外の景色を見させないためにわざわざ彼女を寄越した、と」

「おいおい」おれは苦笑した。「考え方があべこべだぞりゃ。おまえに外を見させたくなかったら、そもそもピザなんかを取らなきゃいいだけの話だろ。食事は惣菜《そうざい》でも買ってくるなり、室内で調理するなりすれば」

「そうか。そうだよな」

「彼女がグルだったのはまちがいないが、目的はまったく別さ。わざとおまえに外部の人間と連絡を取らせようとしたんだ。もちろん宅配ガールは連中の仲間だから、厳密に言えばおまえが外部の人間だと思い込んでいる相手とコンタクトを取らせようとした——そういう目論見《もくろみ》だったんだ」

「しかし、なんでわざわざそんなことを」

「ポイントはメモだろうな」

「メモ？」

「京介はメモパッドとボールペンをトイレの収納に隠した。それは一階の部屋での話なのに、十一階へ移動させられた後もそこにあったということは、連中がこっそり運んでおいたわけさ。おまえが助けを乞《こ》うメモを外部の人間に手渡そうとする展開を読んでいた。というより、わざとそう仕向けたんだ。書物机の引出しという判りやすい場所にあったのも作為が感じられる」

「おれがすぐに見つけられるようにしておいた……というのか？」

「まずまちがいない。その証拠に、ラクダ男は監禁の最初の夜、京介のボディチェックはしているのに、室内の家具、とりわけ書物机の引出しの中などをあらためたりはしていないだろ？」

ぐもっと京介の喉《のど》が変な音を立てる。

「連中がほんとうにあの部屋へ入るのが初めてならチェックしないわけがない。縛られているとはいえ京介は室内を歩き回る程度のことはできたわけだからな。にもかかわらず引出しの中味を調べたりしなかったのは、そこに入っているものをおまえに見つけてもらいたかったからに他ならない。たまたま京介は一日目にすぐに見つけたわけだが、そうならなくても連中は困らなかった。同じメモパッドは両方の部屋に用意してあっただろうからな。十一階に移った後で気づいてくれても全然遅くない。トイレの収納に隠したのを察した連中は、京介と一緒に一一〇八号室へと移しておいた。もしくは十一階の書物机の引出しに用意しておいたものをトイレの収納へ移したか。どちらかだったんだろう」

「しかし、いったい何のために？　おれが外部の人間に連絡を取ったとして、それで奴らに何かメリットがあるのか」

「遺書を用意するためだろう」

「え。い。イショ？」

「だって連中、おまえを自殺に見せかけて殺すつもりだったんだぜ。だったら、遺書があるに越したことはあるまい。それもおまえ自身の筆跡で」

「あんなメモがどうして遺……あ」

「いくらメモを宅配ガールに渡しても反応がなくて苛立《いらだ》ったおまえは、しまいのほうはめちゃくちゃなことを書いていただろ？　連中が一週間という長期に渡っておまえを監禁した意味はここにあったんだと思う。監禁されているので助けて欲しいという文面では、遺書に使えないからな。追い詰められた精神状態が反映される内容になるのを、じっと待っていたんだ。いっそ死んでやるとか。ここから出してくれとか。な。一週間も無断欠勤している社長の身を案じていた社員たちが、走り書きにしろそういう文面のメモを多数部屋に残しておまえが墜死体で発見されたとなったら、どう解釈する？　何かに行き詰まりを感じて悩んだ挙げ句の自殺——そういう結論にしかならないだろ？」

「おれがそういう文面を書くまで、いつまでも待つつもりだったというのか？」

「最初から持久戦のかまえだったんだろう。どうせ睡眠薬が完全に京介の身体《からだ》から排泄《はいせつ》されるのを待たなければいけないわけだし」

「睡眠薬が……？」

「自殺に見せかけるためには十一階の部屋へおまえを運ぶ必要がある。そのためには睡眠薬を盛らなければいけない。その後、すぐに偽《にせ》の爆弾を使っておまえを墜死に追い込んだ場合、司法解剖で遺体から睡眠薬の成分が検出されてしまう。投身自殺をする者が事前に睡眠薬を服用するのはよくあることらしいから、それ自体は不自然ではないが、例えば京介に通院歴がないと判明したら、薬の入手先が問題になる可能性はゼロではない。嫁さんが不眠を訴えて処方してもらった睡眠薬がたまたま自宅にあった——という設定も使えないわけではないが、それこそさっき言ったように、変死事件が起こったら配偶者に疑惑の眼が向けられるのが世の常だからな。少しでも不審を抱かれかねない、あらゆる危険性を排除しておこうとしたんだ」

「するともしかして、一週間ぶっ続けでピザばっかり喰わされたのはあのラクダ男が特別に好きだからじゃなくて、おれを精神的に追い詰めるためだった……とか？」

「あるいはな。相手を自暴自棄にするために効果的な方法はなんといっても暴力だが、連中は睡眠薬と同じ理由からそれを控えたんじゃないかな。投身自殺したとされる遺体から墜死した際にできたものとは別に暴行の痕跡《こんせき》が発見されたら、これは誰にやられたものなのかが警察に問題にされかねない。だからピザ攻めにした、というのはあり得る」

「ちょっと待って。おかしいよ」正太郎が口を挟んだ。「アタルは、爆弾で脅された京介は寝室の窓から逃げるはずだと奴らが予測していたという前提で考えているけど、それはおかしい。だってそういう状況下でロープがほどけたら、玄関へ向かうのが普通の反応だろ。あるいはベランダとか。それだけ綿密に計画を練った奴らが、そんなことも判らないはずないと思うけど」

「なんでもないことさ。怪獣の闖入《ちんにゅう》によって計画は頓挫《とんざ》したわけだが、仮に成功していたら、どういう展開になっていたか。奴らは爆弾を装《よそお》って時計を置き、こう言っていただろう――爆発するシーンを建物の前と後ろでゆっくり見物させてもらう、と」

「前と後ろ……つまりマンションの玄関側とベランダ側、か」

「それを聞いた京介はどうするか。玄関やベランダから脱出を図ればたちまち連中に捕まってしまう。そう判断していたはずだろ。へたしたら髭《ひげ》ダルマのナイフで串刺《くしざ》しだ。ここは建物の横、すなわち駐車場に面した寝室の窓から逃げ出すしか道はない、と。咄嗟《とっさ》のこととはいえ、いや咄嗟のことだからこそ、それぐらいの計算は働かせるだろうと連中は読んだのさ」

「仮にそういう計画だったのだとしたら、奴らは京介が飛び下りる時間帯に自分たちのアリバイを確保しておかなければいけないはずだよね。少なくとも奥さんの悦子さんには絶対にアリバイがないとまずい」

「まさしくそういうこと。万一作為があると疑われたら何もかも水の泡だ。嫁さんだけではなく彼女とかかわりのある者、すなわち彼女に協力できそうな人間たちもすべてアリバイを整えておかなければ、な」

「つまり、墜死事件発生前後の時間帯、連中は誰も〈セカンド・フラット〉界隈《かいわい》には近寄れない、ということだよね。換言すれば現場となった一〇八――じゃなかった、一一〇八号室に残された証拠品を始末する余裕も奴らにはないわけだ」

「そこに抜かりがあるもんか。証拠品なんか残してゆかないさ」

「もちろん、立ち去る際にできる限り処分してゆくんだろうけど。墜死事件が起こる前には処分したくてもしようのないものがあるだろ。ひとつは爆弾を模した時計。まあこれは単なる時計なんだから、以前から京介が使っていたものだと奥さんが偽証すればそれで済むかもしれない。でも、どうにもならないのがロープだよ。事件直後に奴らがマンションに近づけない以上、当然警察が先に発見することになる。このロープはいったい何だ、という話になる。まずいだろ」

「全然まずくない」

「え」

「そのためにこそ、ロープをカーテンレールに括《くく》りつけたのさ」

「というと……」

「京介は飛び下り自殺を図る前に、先《ま》ず首吊《くびつ》りを試していた――警察がそう判断することを見越して、な」

「あ」

「しかし、いざロープを括りつけたものの結局、首吊りはできなかった。普通のカーテンレールが成人男性の体重に耐えられるほど丈夫じゃないなんてことは、ちょっと考えたら判るもんな。従って最終的に京介は飛び下りを選んだ——警察の見解はそういうところに落ち着くはずだったんだ」

「もうひとつ疑問がある」珍しく意地になっているみたいに正太郎は言い募る。「奴らは一日目の夜に眠りこけている京介の身体を十一階へ運んだんだろ。その際、靴下に挟んでズボンの下に隠しておいた携帯電話に気がつかなかったのかな。それとも携帯も奴らの計略の一環とか？」

「いや。あれに関しては連中にも予想外だったと思う」

「そりゃそうだ」京介は憮然《ぶぜん》。「あの携帯はおれが自分でうっかり蹴飛《けと》ばしたままベッドの下に放置してあったものなんだし」

「ただ、連中が例えば十一階へ移動する途中で、京介が携帯を隠し持っていることに気づいたということはあり得るかもな。しかし、そのまま放っておいた」

「え。え。どうして？」

「実際に起こったことを考えてみろよ。京介は警察に通報したけど、何の役にも立たなかっただろ？　取り合ってもらえず、かわりに友だちに連絡したわけだが、仮に怪獣が出現しなかったとしたらどうなっていたか。おれたちは言われた通りまっすぐに一〇八号室へ向かっていただろう。しかしそこに京介はいないわけだ。お互いどういうことなのかわけが判らず、救出もできなかっただろう。今回京介はたまたま自分のほうから会社へ救助は求めなかったが、もしも社員に連絡を入れていても結果は同じだったろうさ。これらの出来事が墜死事件が起こった後でおれたちを含む各関係者たちの口から語られた場合、どういう意味を持つと思う？」

「つまり……」

「つまりおれは」口籠《くちご》もる正太郎の後を京介本人が引き取る。「監禁事件なんか起っていないにもかかわらず変な電話をあちこちに掛けまくるほど錯乱していた……そう解釈されることになっていたんだな。それもおれが自殺したという説を裏づけることになっていたんだな」

「おそらく。実際には一一〇八号室に住んでいるにもかかわらず、一〇八号室へ来てくれと繰り返すんだからな。例えばおれたちが以前に一〇八号室のほうへ招かれたことがあるなら話は別だったんだが。さっきも言ったように、それは嫁さんが巧妙に阻止した。たしかにもうひとつの携帯電話の存在は連中にとっては計算外だったろう。

しかし外部に連絡してみたところで何の効力もないと見越し、知らん顔をして京介に好き放題、電話を掛けさせていた——としても驚かないねおれは。確証はないが」

「ま。待てよ。するとつまり」京介はさらに口惜《くや》しそうに顔を歪《ゆが》めた。「監禁された最初の日。携帯電話を見つけた時、すぐに警察に通報してさえいれば……？」

「うん。いきなり事件は解決していただろうな。その段階で京介はまちがいなく一〇八号室にいたんだし。連中もまだもうひとつの携帯電話には気づいていなかった。即座に警官たちがやってきて、すんなり救出されていたはずさ。だが、連中にとって幸いなことに京介は用を足したばかりですぐにトイレに立つと不審に思われると警戒し、宅配ガールに渡したメモに希望を託した。その夜、再びトイレに立つ機会があれば京介も携帯を使っていたんだろうが、ピザと一緒に飲んだドクダミ茶の睡眠薬が効いてしまい、十一階へと運ばれてしまった。そういうわけだったのさ」

書店、ときどき怪人

「——よくもまあおまえ、こんなに」ずらりと文庫本が詰め込まれたカラーボックスを覗《のぞ》き込みながら京介は、揶揄《やゆ》するべきか呆《あき》れるべきかを決めかねているような表情で腕組みをした。「読みもしない本をたくさん集めたもんだな。え」

「読みもしない、とは何だ。失敬な」おれは炬燵《こたつ》に頬杖《ほおづえ》をついて齧《かじ》りかけていたピーナッツを京介に向けて投げつけるふり。「ちゃんと読んどるわい」

「へ。これ全部を、かよ？」

「いや。半分くらいかな」と見栄《みえ》を張ってサバをよむ。ほんとに読み切っているのは全体の約三分の一だ。「まあ見てろ。残りのやつもいずれ読破してやっから。いまはいわゆる積《つ》ん読状《どく》態ってことで」

「まあ大したものだよ、いずれにしろ」京介は炬燵へ戻ってくると自分のコーヒーカップに日本酒の冷やを注いだ。「塵《ちり》も積もれば山。って。ちょっと意味がちがうかな。ともかく。こうしてこつこつ努力したお蔭《かげ》でアタルにも、ちゃんと彼女ができたんだもんなあ。しかも欧米系の金髪美女とくるんだから、何が起こるか油断のならん世の中だ」

「まだまだ、おれの彼女ですと堂々とひとさまに紹介できる段階じゃあない」

「でも、いい雰囲気なんだろ。付き合っていて。まんざらでもなさそうなんだろ、彼女のほうも？」

「うーん。まあ、そうだな。そう言ってもいいとは思うんだが」

「信じられん」

「自分が一番信じられないよ」

「しかし文庫とはいえ、これだけ集めると、けっこう場所を取るよな。特にこんな狭苦しいアパートだと。ばかにならん」

よけいなお世話だ。だいたい何かといやその狭苦しい部屋へわざわざ飲みに集まっているのはどこのどいつだよ。こちらから頼んだわけでもないのに。特に京介め、経営しているアパレルメーカーの業績が順調で、若くして豪邸を建てた身分のくせして。

「それは心配ない。アタルのことだから」正太郎はカキのタネを齧るのも忘れて、おれのカラーボックスから抜き取った斎藤綾子《さいとうあやこ》著『ルビーフルーツ』をさっきから一心不乱に読み耽《ふけ》っている。そのくせこうして会話の節々には律儀《りちぎ》に口を挟んでくるのだから、せわしないやつだ。「読み終わった本は全部まとめて〈ブック・スピン〉へ持っていって、飲み代に換えちゃうつもりなのさ。ね？」

〈ブック・スピン〉は破竹の勢いで全国展開している古本屋チェーンで、最近支店が地元にも進出してきたのだ。『レッツ！　文化をリサイクル、書籍、CD、DVD、なんでも買うよ、なんでも売るよ』という有名なキャッチコピーがどでかい看板に躍っている。状態さえよければ通常の古本屋よりもかなり高値で引き取ってくれるので学生などを中心に重宝されているらしいが、それを目当てに新本書店で万引きした商品を持ち込む不届き者が増加し、社会問題になっているという。綺麗《きれい》で安い古本がどかどか供給されるため新刊がますます売れなくなって出版不況深刻化の一因になっているとする説もあるらしいが、まあおれには関係のない話だ。

「ばか言うな。読み終わった本もそうでない本も、全部こうしてちゃんと並べておくんだよ。だって、いつチャンスが巡ってくるか判《わか》らないだろ」

そう反論しても正太郎のやつ、既に斎藤綾子の世界に没入してしまったらしく、てんで聞いちゃいない。今度は『ヴァージン・ビューティ』のページを喰い入るように捲《めく》っている。忙しい野郎だ。童顔でメガネを掛けたガリ勉ふうの風貌《ふうぼう》が鼻の穴を膨らませている図と、安野モヨコの装画のコントラストがけっこう笑える。こんなに真剣な正太郎を見るのは初めてだ。

「チャンス？」かわりに京介が訊《き》いた。「ってえと何の」

「もちろん、モニクがこの部屋へ遊びにきてくれる気になるというチャンスさ。その時、買ったはずの本がここに並んでいなかったら変に思われるだろ」

「え。おまえ、ここへ呼ぶつもりなの、彼女を？　この狭くて汚い部屋に？　それはちょっとさあ。まずいっていうか、逆効果ってもんじゃないの」

「恰好《かっこう》をつけても始まらん。モニクには、ありのままのおれを見てもらいたいんだ」

「やれやれ」京介はまるで自分が外国人になったかのような仕種《しぐさ》で大仰《おおぎょう》に両腕を拡《ひろ》げ、肩を竦《すく》めてみせた。「これがいわゆる恋の病ってやつか。あのアタルがねえ。まさか、こんなふうになるとはなあ」

「ひょっとして」文庫から顔も上げずに正太郎、ぼそり。「世界滅亡の前兆かもね」

ふたりして言いたい放題だが、恋の病云々《うんぬん》についてはこちらも否定できない。書店といえばもっぱらエロ雑誌か水着写真のグラビア付き青年誌しか用のなかったはずのおれが、こうして文庫のみとはいえ、活字の本を買い揃《そろ》えるようになるなんて。去年の同じ日のおれ自身が聞いたら転げ回って大笑いし、絶対に信じようとしなかったろう。

「何にしろ、おめでたいことだよ」京介にしては珍しく分別臭い口調で冷やを干す。

「これまでナンパしようとするたびにさ、やれ怪獣だの、宇宙人だの、改造人間だのが何の脈絡もなく出現しては邪魔されてきたことを考えれば、まるで夢のような展開じゃん。天国ですよ。桃源郷だよ」

この言葉にはちょっと注釈が必要だろう。京介は別に、例えば人生の山あり谷ありの艱難辛苦《かんなんしんく》を表現するために比喩《ひゆ》やアナロジーの類《たぐ》いを使っているわけではない。「怪獣」にしても「宇宙人」にしても、はたまた「改造人間」にしてもこの場合、いずれもそのまんまの意味なのである。

おれ、京介、正太郎は学生時代からの遊び仲間だ。現在おれが会社勤め、京介が青年実業家、正太郎が市役所勤めとそれぞれ仕事は別々だが、お互い独身の気儘《きまま》な身、学生気分が抜けきらず、暇さえあれば三人つるんで繁華街に繰り出しナンパに明け暮れるという、我ながら困った輩《やから》なのである。ただし成功率はあまり高くない。というか、はっきりゼロと言ったほうが事実に近く、その原因はおれたち三人とも女性にもてるタイプではないからだが、実はもうひとつ、不可解な要素が絡《から》んでいる。

おれたちが主にナンパという形で女性にかかわると、なぜかいろいろ奇怪な現象が起こるのだ。孤島や高原あるいはマンションで大怪獣に遭遇したり、町なかで地球侵略のためにやってきたと自称する宇宙人に出会ったり、はたまた謎《なぞ》の組織の戦闘要員としか思えないグロテスクな改造人間に襲われたり、と。こうして羅列してみるにつけ自分でもタチの悪い冗談としか思えないが、これらはすべてほんとうのことなのである。加えて、事実だからといってシリアスだとは限らないのがなさけない。毎回まいかい思わず脱力しそうになる間抜けさで、それらの詳細はこの物語とはあまり関係ないので割愛するが、なぜそんな荒唐無稽《こうとうむけい》なことが起こり得るのかと訊かれても困る。おれたちにだって判らないのだ。こういうのも目撃運が強いというのか、はたまた女難《じょなん》難癖《へき》というのかは知らないが、おれたち三人がそうした超常現象との遭遇率が異様に高い体質の持ち主であることだけはたしかだ。

共にそんな幾多の悲劇だか喜劇だかよく判らない修羅場をくぐり抜けてきた悪友——おれのことだが——にどうやら恋人ができそうだという椿事《ちんじ》は、普段は負けず嫌いでええ恰好しいな性格の京介にとっても慶賀に堪えないらしく、いつになくしみじみとした口ぶり——と思っていたら、こいつまた。

「ま。仲間うちで一番先に幸せになれそうなのが、知的で男前なのに加えて金持ちというパーフェクトなこのおれじゃなくて」と肩まで伸ばした髪を掻《か》き上げながら、ふっと鼻に抜ける声音《こわね》で厭味《いやみ》たらたら。「教養もなければ金もないアタルだったという点は大いに納得いかんが。それはそれということで。よかったよかった」何か言い返してやろうとしたおれに先んじて続ける。「で、今度のデートはいつなんだ？」

「明日。実はその席で、思い切って彼女にプロポーズしようと思っている」

「え」と正太郎、さすがに眼を丸くして文庫から顔を上げた。「ほう」「ほうほう」「ほへー」などと京介と一緒に口をO形に開けてのフクロウ合唱状態。

＊

彼女との馴《な》れ初《そ》めは、いまから半年ほど前に遡《さかのぼ》る。その日、残業を免《まぬが》れて珍しく午後六時という時刻に退社できたおれは、まっすぐ自宅のアパートへ向かっていた。最近かなり多忙で睡眠不足だったので、あちこち飲みに出歩くよりも何よりも、一刻も早く自分の布団《ふとん》にもぐり込みたかったのだ。

駅からの途上、商店街を抜けたおれはふと一軒の本屋に気がついた。〈つつ書店〉とお洒落《しゃれ》な看板が掲げられている。学生時代から同じアパートに現在も住んでいるおれにとって見慣れた店名だが、実際に利用したことはあまりない。その由来となった豆豆《つつ》という苗字《みょうじ》の老主人が昔気質《かたぎ》の頑固オヤジで、とにかく客に厳しいのだ。雑誌や書籍を拡げて立ち読みしようものなら、埃《ほこり》を払うふりをしてハタキで容赦なくぶん殴る。客に向かって何をすると文句を言うと「そっちこそ立ち読みは窃盗罪じゃ。警察を呼ぶぞ」などと極論でもって反撃してくる。後を絶たぬ万引きに業《ごう》を煮やして現場を隠し撮りし、そのビデオを犯人の顔にモザイクも掛けずに店内のモニターで延々再生して物議を醸《かも》し、マスコミに取り上げられたこともある。なんとも過激なオヤジなのだ。

そんな豆豆オヤジを「気骨ある苦労人」として支援者を自任する住人たちも少数ながらいるらしいが、こちとら根っから軟弱ないまどきの若造だったため自然に〈つつ書店〉からは足が遠のいていた次第。そんなおれがこの日、めちゃくちゃ疲れていたにもかかわらずひさしぶりに店へ立ち寄ってみる気になったのは、建物が全面的にリニューアルされていたからである。以前は木造の平屋だったのが、いまは三階建ての立派なビルに変貌している。店内も格段に広く、綺麗でお洒落な雰囲気。これは察するに豆豆オヤジが急死してその生命保険で改装したか——などと無責任な想像を巡らせていたのだが、実情は全然ちがっていた。

三階部分はどうやら住居か倉庫に当てられているらしく、店舗は二階、一階、そして地下の三箇所。それぞれのレジにはいずれもバイトらしい若い男女が入っているが、例の豆豆オヤジもちゃんといて、店内をうろついていた。おれの記憶にあるイメージよりもずいぶん老《ふ》け込んでいる。足腰も弱っているのだろうか、杖をついている。いつまでも現役気分が抜けないのだろう、商品の整理とか仕事をするわけでもないのに、客の様子をじろじろと眺めながら延々と店内を練り歩く。さながら近所の惚《ぼ》け老人徘《はい》徊《かい》の図で、事情を知らない者が見たら、この店のオーナーとはとても思うまい。

おれは豆豆オヤジを避けて二階から順番に見て回った。二階はコミックスと児童書が中心。一階が文芸、実用書、雑誌など。そして地下が文庫コーナーという構成だ。後から知ったことだが、やはり豆豆オヤジが一線から退いた後、息子夫婦が店の経営を引き継ぎ、銀行から金を借りて新装開店したという事情らしい。昔と比べると破格の品ぞろえで、店員たちの愛想も至っていい。

本来おれは本など読む習慣はない。せいぜい雑誌かマンガを眺める程度。従って『文庫コーナー』と階段の出入口にプレートが貼《は》られている地下へは降りてゆかずに済んでもおかしくなかった。なのに覗いてみる気になったのは、すっかり新しくなった店が醸し出す物珍しさゆえだ。

何の気なしにレジのほうを見た刹那《せつな》、おれは雷に打たれたようになった。そこには若い女性店員がふたりいたのだが、背の高いほうの彼女。一八〇はあるだろう。透き通るような白い肌に青い眼。金髪を後頭部で団子にまとめている。欧米系で年齢は二十歳前後か。いまどきおっさんでも掛けないような無骨なフレームのロイド眼鏡が形よく突き出た鼻に乗っている。

いつまでも見つめていたかったが、さすがにそのままだと不審人物と看做《みな》されそうだと我に返り、文庫本を一冊手に取って内容を確認するふりをしながら横眼でちらちらとくだんのブロンド美女の様子を窺《うかが》う。といっても彼女を美女と呼ぶのが適当なのかどうかはよく判らない。もちろん不細工ではないが、一般的な美人の範疇《はんちゅう》には分類しにくいかもしれない。ミスコンテストの予選には残れても本選では絶対に落とされそうな、そんな感じとでも言おうか。いい意味で庶民的な、愛嬌《あいきょう》のある泥臭さ。

あまり自覚はないのだが、おれは女性の好みが変わっているとよく言われる。たしかに女性の顔にはまったく頓着《とんちゃく》しないほうだ。十人並みなら御《おん》の字だし、極端な話、きちんと眼や鼻、口が揃っていれば文句はない。いわゆる醜女《しこめ》でも全然ＯＫというクチだが、そんなおれにもこだわりはある。女性のプロポーションだ。思い切り簡単に言えば、ひと昔前のピンナップガール・タイプに燃えるのである。グラマーはグラマーでもトランジスタでは駄目。上背《うわぜい》があって、できれば自分よりも背の高い女性がいい。そういう趣味だ。

こうした好みがどれだけ普遍性を獲得しているのか自分では判断がつかないが、少なくとも京介と正太郎のふたりは口を揃えて「アタルの趣味は変だ。付いていけん」と罵《ののし》る。ほっとけよってなものだが、この嗜好《しこう》が変かどうかはさておき、願望に釣り合う相手を見つけにくいことはたしかだ。おれは身長が一七五あり、それよりも長身の女性となるとなかなかいない。バレーボールやバスケットの選手なら珍しくないのだろうが、当方「スポーツは身体《からだ》に悪い」と公言してはばからない天下御免の運動音痴なので、そちらの方面にはとんと縁が薄い。

そんなおれが外国人女性に魅了されるのはある意味、自然な流れかもしれない。金髪だからいいとは思わないが、長身だから惹《ひ》かれたという側面は確実にある。くだんのブロンド美女は、ギャグすれすれのメガネといい、アップにした髪といい、そして白いブラウスと紺のロングスカートといい、なんとも禁欲的というか、野暮ったさ丸出しだが、それが却《かえ》ってそそる。時折レジから出てくる彼女の後ろ姿。たまらん。信じられないくらい高い位置にあるヒップの形のよさに頭がくらくらする。

そんな彼女を永遠に眺めていたかったのだが、ふいに視界が別のものに遮られる。灰色のすだれ頭、分厚いメガネの奥の上眼遣い。よたよたと杖《つえ》をついて近寄ってくるのは、やばい、豆豆オヤジだ。いまはハタキを持っていないが、このまま立ち読みのふりを続けていたら、あの杖を振り上げてくるかもしれない。いや、マジで。それくらいの無茶はやりかねないオヤジだ。おれは慌《あわ》てて、手に持っていた文庫本を、タイトルを確かめもせずにレジへと持っていった。

運がいいことにはその時レジに入っていたのは金髪の彼女のほうだった。おれが差し出した文庫本を見て、にっこり頷《うなず》きながら話しかけてきた。「グッドブック」英語なんか全然判らないのだが、多分「これ、おもしろい本よ」とか「あなたって趣味がいいわね」とかそういう意味なのだろうと多少の願望を込めて意訳する。それだけおれは、社交辞令だろうとはいえ彼女が親しげに振る舞ってくれたことに、すっかり舞い上がってしまった。単なるエッチな妄想からは得られない、ひさしく忘れていた甘酸《あまず》っぱいときめきが胸に拡がる。そうか。これは恋。恋かもしれない。カバーをかけてもらった本を受け取る際、しっかりと彼女の胸もとのタグを見る。「モニク・サンダース」とあった。

自宅のアパートへ辿《たど》り着いても、しばらくは足が地につかない。夢見心地だった。モニクか。いい名前だなあ。って。いや、よく知らんけど。ひととおりでれでれしてから、買ってきた文庫本のタイトルをようやく見た。『魔術はささやく』とある。作者は宮部みゆき。小説なんか読まないおれでも知っている名前だったが、この夜は本を開く気にはならず、そのまま放っておいた。

翌日から〈つつ書店〉通いが始まった。もちろんお目当てはモニク嬢である。なんとか彼女と親しくなりたい一心でおれは、赤い背表紙の宮部みゆきの小説を一日に一冊ずつ買うことにした。なるべくモニクがレジにいる時を狙《ねら》って持ってゆくのだが、運悪く別の店員が会計してしまうこともある。それでも根気よく続けているうちに顔を憶《おぼ》えてくれたのか、地下売場へ降りてゆくと、そっと手を振って寄越してくれるまでになった。

ついに〈つつ書店〉に置いてある宮部みゆきの文庫本を全部買ってしまったおれは、ある日、思い切ってモニクに話しかけてみることにした。「ええと。何かお勧めの本があったら、その、教えて欲しいんだけど」

「お勧め、ですか」初めて聞く彼女の日本語。見かけによらず低めで渋い。セクシーだ。おまけに、ひょっとしてほんとうは日本人じゃないのかと疑ってしまうくらい流《りゅう》暢《ちょう》なイントネーション。「いつも宮部みゆきさんの本を買っていかれる方ですよね」商売とはいえ、よく憶えているものだ。「ということは、ミステリがいいんでしょうか」

「いや。ジャンルは何でもいいんだ。きみが好きな作者なら」

「わたしが好きな、ですか。じゃあ」こちらの馴れなれしい言い方にも気を悪くしたふうもなく、幾つか選んでくれる。「だいたいこんなところかしら」

連城三紀彦《れんじょうみきひこ》、小野不由美《おのふゆみ》、斎藤綾子、北村薫、泡坂妻夫《あわさかつまお》、筒井康隆《やすたか》、小林信彦《のぶひこ》といった名前が並ぶ。運動音痴に加えて文学音痴のおれにとっては聞き慣れない名前ばかりだったが、必死で暗記する。

「ずいぶん日本語がじょうずなんだね」とりあえず連城三紀彦の文庫本を一冊選んで彼女に手渡した。「学生さん？」

「ええ。いま留学中」いつもの笑顔でレジへ持ってゆき、カバーをかけてくれる。

「現代日本文学が専攻なの」

「このお店はバイトで？」

「そう。学費の足しにと思って」

「おくにはどちら？」

「スイス。父はアメリカ人だけど」

「この前、たしか英語を話していたような気がするけど」

「いまのところ、日本語以外ではドイツ語、英語、フランス語が話せるの」

「へーえ」

感心すると同時に急に危機感を覚えた。彼女とおれとでは住んでいる世界がちがう、という気がしたのである。もともと理知的な印象を抱いていたが、こちらの想像以上にアカデミックな感じ。おれも勉強しなきゃ、モニクとは対等に付き合えないかも。唐突にそう思い詰める。といっても何を勉強すればいいのか判《わか》らないので、とりあえず買い揃《そろ》えたばかりの宮部みゆきの著作から読んでみることにする。なんだか脈絡がないような気もしたが、とにかく努力は手近なところから始めなきゃ。うん。

そういうわけで、以前は暇さえあれば京介と正太郎とつるんでナンパに明け暮れるばかりだったおれの生活は、がらりと一変したのであった。仕事が終わったらまっすぐに〈つつ書店〉へ向かい、モニクお勧めの作者の文庫本を日に一冊ずつ買う。遊び歩いたりせずに自宅に籠《こ》もって読書。

おれが宮部みゆきの著作にとりかかったちょうどその頃、最初の事件が起こった。夜の路上で若い女性が何者かに喉《のど》を掻《か》き切られて絶命したのである。被害者の名前は石栗真紀子《いわくりまきこ》。平凡なOLだったという。

石栗真紀子は勤め先からの帰宅途中、襲われたらしい。ただの一撃によって被害者の首がほとんど胴体から切り離されるという惨状で、このことから犯人は相当な怪力の持ち主であると思われる。切断面からして凶器も普通の刃物とは考えられない鋭利さだが、具体的に何かは不明。

現場は住宅街の真ん中で、被害者の悲鳴を聞いた住人が即座に飛び出してきている。しかしその時には既に石栗真紀子は路上に倒れて絶命していたという。犯人らしき姿はどこにも見当たらなかった。犯人は怪力ばかりでなく駿足《しゅんそく》の持ち主でもあるらしい。

テレビのニュースで詳細を知ったおれは、すぐ近所での猟奇事件発生に驚いたものの、その段階ではまださほど興味を抱いていなかった。それよりもせっせと文庫本を読むのに忙しくて。

本というのは要領が呑《の》み込めるまで、なかなか読み進めないものだ。当初は買った順番に読破してゆこうとしたのだが、なかなか思うようにいかないので、自分の手に負えそうな、あるいは手ごわそうでも興味が持続しそうなタイトルを適宜選んでゆく。そのうち時間が足りなくなって会社でも昼休みに文庫本を拡げるようになった。何を血迷ったのかと不安になったのだろう、そんなおれを課長は気味悪げに遠巻きにして見つめる。

「わ。すごい。アタルくんが。小野さんの本を読んでる」某女性社員など『屍鬼《しき》』というタイトルの文庫本と格闘するおれを珍獣のように指さしたり。「知らなかったなあ。意外にセンスいいんだ」

意外で悪かったな。もちろんおれは伊達《だて》や酔狂で小説を読んでいるのではない。いつかモニクをデートに誘うのだ。その際、小説の話ひとつもできないようでは場が持たないではないか。作家論や文学論を戦わせるのは無理だが、ストーリーくらい知っておかないと話にならない。ほとんど受験勉強のノリである。恋の力って偉大だなあ。

文庫で全五巻という超大作『屍鬼』の二巻目におれがとりかかった頃、第二の事件が起こった。被害者は呰部豊樹《あざべとよき》という名前の男子高校生。最初の事件と同様、夜間の帰宅途中で何者かに襲われたらしい。やはり喉をぱっくりと、ほとんど首がちぎられんばかりの勢いで掻き切られていたという。しかもたった一撃で。普通の刃物とは思えないような鋭利な凶器によって。

警察は公式見解を出していなかったが、既にこの段階で複数のメディアが、殺害方法や現場の状況などから同一犯人による無差別殺人の可能性を示唆《しさ》していた。実際、最初の被害者である石栗真紀子と呰部豊樹のあいだには何の個人的繫《つな》がりもなかったことが後日判明する。

この前後、さっぱり遊び歩かなくなった悪友を心配したらしい京介と正太郎に、むりやり飲みに連れ出された。

「いったいどうしたんだよ、アタル」京介は近所の居酒屋へ入るなり、まるで熱でも測るみたいにおれの額に手を当てる。「最近、付き合いが悪いじゃないかよ」

ちょうど〈つつ書店〉へ寄った帰りに拉致《らち》同然に捕まったものだから、おれの手の中にはモニクにカバーをかけてもらったばかりの北村薫著『ターン』の文庫本があった。それを無遠慮に取り上げて開いた京介は、さらに眉《まゆ》をひそめる。

「おいおい。何だこりゃ。アタルのことだから、てっきりフランス書院か何かかと思ってたら。フツーの小説じゃん。まさかおまえ、これを読むつもりじゃないんだろ？」

「って。どうして決めつけるかな。おい」

「アタルって牧瀬のファンだったたっけ？」と首を傾《かし》げる正太郎に、おれと京介の声が期せずして重なる。「何の話だ」

「だからさあ」困ったやつらだとでも言わんばかりに正太郎は溜《た》め息。「牧瀬里穂の主演で映画化された小説でしょ、これは」

「へー。それは知らなかった」

「って。ちょっとちょっと。それならなんでこんな本を買ったわけ？　それとも何、ほんとに読むつもりとか。そうじゃないよね。なんだか想像を絶する組み合わせだもん、北村薫とアタル、なんて」

「だからね、どうして決めつけるかな。おれだって本くらい読みますよ。ええ。読書は心の糧《かて》なんだから」

「嘘《うそ》つけ」さすがに長い付き合いだ、京介、ずばりと言い当てる。「アタルが本を買う理由なんかひとつしかない。おおかた書店の店員さんが美人だとか。え。そういうことなんだろ。正直に言え」

仕方なく〈つつ書店〉でアルバイトしているスイスからの留学生、モニク・サンダースのことを説明するはめに。その居酒屋は〈つつ書店〉の近所だったので、気の短い京介は「ちょっと待ってろ。見てくる」と、すっ飛んでゆく。話題に乗り遅れまいと正太郎もあとに続き、しばらくおれ独りが座敷席に取り残されてしまった。ばかばかしい。ふたりを放っておいて帰ってやろうかとも思ったが、そんなことをしても後でアパートへ押しかけてこられるのがオチだ。

「なるほど、ね」居酒屋へ戻ってきた京介、妙に腑《ふ》抜《ぬ》けた表情。「まあね。可愛《かわい》いよ。うん。ちょっとファニーフェイス系だけど。美人と言ってもいいだろう。少なくとも嘘にはならん。ただ、あのメガネはどうもいただけないけどな」

「そうだよね」正太郎も肩透かしを喰わされたとでも言いたげだ。「もっとお洒落《しゃれ》なフレームにすればいいのに」

「メガネはまだいい。それよりも、あの身長だよ、問題は。ちょっと如何《いかが》なものか。

タッパがありすぎる女というのも」
「見る目がないなあ、まったく」やっぱりこいつらとは趣味が合わん。「彼女はすご
くスタイルがいいんだぜ」
「たしかにスタイルはいいよ。抜群に。しかし、おれは嫌だ」何か長身の女性に関す
るトラウマでもあるのか、他愛《たわい》ない話題に京介は変にムキになる。「こちらが見上げ
なきゃいけない大女なんて。考えるだに萎《な》える」
「そうかねえ。おれなんて、あのナイスバディと長い脚に傲然《ごうぜん》と見下ろされるところ
を想像するだけで燃えるけどな」
「やっぱ、アタルの趣味は判らないよ」正統派アイドルおたくと自称する正太郎には、
たしかに理解できないだろうが。「申し訳ないけど。ぼくもあれはパス。可愛いとい
う以前になんだか、ごつい感じで。彼女に限らず一般的に白人女性って綺麗《きれい》といって
も、つくりものめいていて生活感がないんだよね」
「別にいいじゃないか。おれにとっては彼女は最高にいい女なんだから」
「じゃ、国際結婚でもするつもりか？」
「それは――」できればしたい、そう考えている自分に初めて気づいて、ちょっとび
っくりしたが、こればっかりは相手の意向や事情があることだし。「まあ一回くらい

はエッチしたいな、とは思っているけど」

「出たな、鬼畜の本音が」

「どこが鬼畜だ、どこが。惚《ほ》れた女とエッチしたくないなんて男がどこにいる」

「だってさ、アタルの場合、普通の意味でのエッチがしたいわけ？」

「そりゃおまえ——」不覚にも考え込んでしまった。どうなんだろうと。自分で言うのもなんだが、おれの性愛的嗜好《しこう》は一般的にはアブノーマルなほうに分類されそうだ。

「うーん。とりあえずは、彼女のあの足で踏まれてみたい……かな」

「ほらみろ。変態」

　その点に関しては否定しても始まらない。長身のグラマー美女にうりうりと苛《いじ》められたいのだから、これはどう考えてもマゾである。その被虐《ひぎゃく》願望を満たすに相応《ふさわ》しい外見的特徴を具《そな》えていたからこそモニクに惹《ひ》かれたとも言えるわけだが、同時に心のどこかに、彼女とは別にセックスしなくてもいいという気持ちもあって我ながら戸惑う。甘やかで心安らぐ時間を共有すればそれでいい、みたいな。いったいどうしちゃったんだろうなあ、おれ。やっぱり恋かしらこれは。さりとて己れの心情がそれほどプラトニックなものとも思えず、困惑しきり。

「おれには判らんよ」自分でも混乱しているのだから他人に説明しようとしても無駄

だと割り切ろうとしているのに、京介は追い打ちをかけてくる。「ハイヒールの踵《かかと》で踏みつけられて悦《よろこ》ぶなんて。なあ。そんなの痛いだけじゃんかよ」

「おいおい。そっち方面のフェチと一緒にしないでもらいたいな。おれは靴には興味がないんだよ。彼女には八〇デニールくらいの黒タイツを穿《は》いてもらってだな、それで顔や股間《こかん》をこうぐりぐりと」

「判ったわかった。そんなに熱く語らんでもいい。とにかく、そういうよこしまな下心でせっせと本屋へ通って、その都度一冊ずつ文庫を買うというのが、どうもなあ。了見がせこすぎやしないか」

「どうして。モニクは現代日本文学専攻だから、彼女と共通の話題を探しているだけじゃないか。恋愛の糸口としては、これ以上ないくらい正攻法だろ」

「共通の話題といったって、所詮《しょせん》は付け焼き刃。実際にデートしても話が嚙《か》み合わずにボロが出るだけだぜ」

そんなやりとりがあったせいで、おれもムキになっていたのだろう。後日、思い切ってモニクをデートに誘ってみた。「よかったら今度の休み、飲みにいかないか？」

「あら。いいわね」

「え。い、いいの？」

「喜んで」

あまりにもあっさり彼女が微笑《ほほえ》んでくれたものだから、こちらはへどもど。「そ、そうかい。よかった。え。えーと。きみはどんな店がいいの？」

「おまかせするわ。あなたが好きなところなら。どこでも」

高級どころを奮発しようかと思ったが、あんまり慣れない真似《まね》をすると要らぬ失敗をするかもしれない。ここは無難に、普段よく行く小料理屋へ彼女を連れてゆくことにする。モニクの食事ぶりは全然外国人らしくなかった。刺身でも何でも抵抗なく食べるし、箸《はし》の使い方なぞおれよりもうまいくらいだ。酒も強く、冷やでぐいぐい。

彼女のメガネの奥の眼がとろんと色っぽくなった頃合いを見計らい、下心満杯で二軒目に誘うと「明日が早いから。今夜はこれで失礼するわ」と断られた。少なからずがっかりしているおれの頬に彼女は「とっても楽しかったわ。また誘ってね」と軽くキスして去ってゆく。

この時、嫌な予感が頭をちらりとも掠《かす》めなかったと言えば嘘になる……おかしい。どうもおかしい。変だ。こんなに順調にことが運んで、はたしていいのだろうか。これはもしかして何か途轍《とてつ》もなく巨大な不幸の前兆なのではあるまいか。こと女性に関してはあまりいい思いをした経験のない身の哀《かな》しさ、どうしても悲観的に勘繰ってしまう。

とはいえ、せっかく向こうが「また誘ってね」と言ってくれているのに遠慮する必要もあるまい。どうせ人生、駄目になる時は駄目になるのだ。自慢じゃないが失恋悲恋の類《たぐ》いには免疫《めんえき》があるほうなので、雑念は追《お》い払って、時間と金が許す限りモニクをデートに誘う。投資と勉強の成果を活《い》かそうと宮部みゆきや小野不由美の話題を振ると、彼女のほうも喜んで乗ってくる。なるほど。これまで女性と見ればエッチのことしか頭になかったおれだが、こんなふうに趣味的な話題を共にするのもなかなか楽しい。

そんなふうにおれがモニクとデートを重ねているあいだ、第三の事件が起こった。被害者は江野財龍雄《えぬまたつお》。四十代半ばの自称文筆業の男だが、実態はほぼ無職だったらしい。殺され方や現場の状況などは先の二件とまったく同じ。帰宅途中に何者かに襲われ、喉《のど》を掻《か》き切られていた。凶器が何かはやはり不明。

ここにきて複数のメディアが、三件の事件は同一犯人の仕業であると断定。石栗真紀子と皆部豊樹、そして江野財龍雄の三人のあいだには、いくら調べても個人的な繋がりが見出《みいだ》せない、従って通り魔による無差別殺人であるとの見解が主流だ。なかなかショッキングだが、この段階でもまだモニクのことで頭がいっぱいのおれにとって、事件は他人事《ひとごと》であった。

「あのさあ」ふと恋愛ドラマによくあるパターンに思い当たり、訊《き》いてみた。「きみは郷里に恋人とかはいないの？　もしかして結婚しているとか？」

「ううん」モニクは首を横に振る。「そういうのは全然なし。わたしは恋愛とか結婚とかするタイプじゃないから」

「それはまたどうして？」

「そうねえ」大きなメガネをなおして、しばし考え込む。「敢《あ》えて言えば、他のことで忙しいから、かな？」

「じゃあこうしておれと会っているのは何なの？　こちらはけっこう、恋愛しているつもりなんだけれど」

「なぜなのか自分でも判《わか》らないんだけど」小首を傾げた。「わたしね、アタル」と顔を近づけてくる。「あなたに惹かれるのよ。とても。引きつけられる感じ。なぜなのかが、まだよく判らないんだけど」

たしかにおれは女性問題に関しては悲観的な考え方の持ち主だけれども、彼女のこの言葉を素直に受け入れてはいけない理由には思い当たらなかった。他に解釈の仕方なんてあるはずはない、と。だからこそ真剣にモニクとの結婚を決心したのだ。

＊

「――それで、アタル」京介は浮きうきと勢い込んでくる。「明日のプロポーズはどういう言葉で決めるつもりなんだ？」

「それは成り行き次第だな。とりあえず〈ビストロめいろ〉で会う」

「お。あの店か。知ってるしってる。おれも商談に使ったことがある。無国籍料理レストランだろ。ビルの五階にあって、知るひとぞ知るという。隠れ家的で、けっこう渋いムードだ。へえ。やっぱりなかなか気合が入っているんだな」

「まあそこそこ、な」

ほんとは初めて行く店で、そんな特徴も知らずにガイドブックを見て適当に決めたのだが、正直にそう言うのがはばかられそうな勢いだ。

「で、指輪は？」

「え。何だって？」

「買っていないのかよ。指輪。プロポーズの定番だろ。こうおもむろに差し出してケースの蓋《ふた》を開けるとだな、そこにはダイヤモンドの輝きが」

「そんな気障《きざ》な真似までして、断られたらどうするんだよ」

「ばかだな、アタル。断られないようにするために指輪を用意しておくんじゃないか。ふたりの愛を既成事実化して」

「冗談じゃない。姑息《こそく》な」

「買おうにも金がないと正直に言え。なんなら貸してやってもいいぞ。無利子で」

「待てよ、そういえば」斎藤綾子の『愛より速く』を取ってページを捲《めく》りかけた手を、正太郎はふと止めた。「〈ビストロめいろ〉っていうと、あの近くじゃない？　ほら。さっきも話に出た〈ブック・スピン〉の」

「ええと。そうだったっけ」京介は口もとに運びかけていたカップを宙で止める。

「それがどうかしたのか」

「ちょっとね。この前、週刊誌か何かで読んだことを憶《おも》い出して」

「週刊誌？　何の話だいったい」

「ふたりとも知ってるだろ、いま話題の謎《なぞ》の無差別連続殺人事件」

「喉を掻き切られるってやつか。えと。ＯＬに男子高校生、無職の男と。もう三人も殺されている」

「あれって、通り魔による無差別な犯行だとほぼ断定された感があるけど、実は隠された動機があるんじゃないか、という説も囁《ささや》かれているんだって」

「隠された動機？　だっておまえ、被害者たち三人のあいだには何の繋《つな》がりもないっていうんだろ。なのにどうして——」

「だから、みんなは気づいていないけど、ほんとうは被害者たちには重要な共通点があるんじゃないか、と」

「なるほど」ピンとこないと言いたげな京介を尻目《しりめ》におれは胸を反らした。「ミッシングリンクというやつか」

「そう。そうそうそう」正太郎は眼を丸くしている。「まさかアタルの口から、そんな専門用語を聞くことになるとは」

「伊達《だて》にこの半年、みっちりと小説を読んじゃいないぜ。ミステリ作品もかなり数をこなしたからな。マニアと呼んでくれ」

「何なんだよそれ」仲間外れにされた京介は焦《じ》れたように貧乏揺すり。「その、何だ、ミッションインクとかいう代物《しろもの》は？」

「ミッシングリンク。失われた環《わ》という意味だ。ミステリでいえば、明らかに同一人物による連続殺人事件なのに被害者たちがお互いにどういう関係性があるのかよく判らない、という謎にポイントが置かれるタイプの作品を指す。パターンはいろいろあるが、一見無関係と思われていた被害者たちのあいだに意外な共通点があったことがラストで判明するというのが一番オーソドックスかな」

「ふうん」得々と説明するおれに京介、どこか居心地悪げに引き気味だ。「で？　問題の連続殺人事件も実はそのミッシングリンクじゃないか、というのか。でも、三人の被害者たちに、いったいどんな共通点があるっていうんだ？」

「それこそが、さっき話に出た〈ブック・スピン〉なんだ」正太郎はそんな必要もないのにもったいぶって声を低める。「断っておくけど週刊誌の記事の受け売りだから、どこまで正しいのかは知らないよ」

「いいから。さっさと説明しろ」

「被害者たちの足取りを調べてみるとね、三人とも襲われる直前に〈ブック・スピン〉に立ち寄っていたことが判明したらしい。いずれも何冊か本を売った帰り道だったんだってさ、被害に遭ったのは」

「それが共通点か？　しかし」京介は拍子抜けしたようだ。「だからって犯人の動機とどう繋がるっていうんだよ。単に犯人は〈ブック・スピン〉内でめぼしい獲物に目をつけてはあとをつけ、殺している。それだけの話のようにおれには聞こえるが」

「そうかもしれないけどさ、なぜ他の店じゃなくて〈ブック・スピン〉なんだろうね。

何か意味があるのかな」

「ゲンでもかついでるんじゃないの。犯人なりにさ。だいたいそんなこと、本人に訊かなきゃあ判りっこねえよ。そんなことより、おい、正太郎」

「何？」

「おまえ明日の夜、暇だろ」

「特に予定はないけど」

「だったらおれと付き合え。どうせアタルは彼女とデートだし。おれたちはおれたちで飲みにいこうぜ。奢《おご》ってやるから」

京介が自分から奢ってやると言い出すなんて、珍しいこともあるもんだ。やはりモニクのことに気をとられていて頭が回らなかったのだろう、その時おれはその程度にしか思わなかったのだが。


大切な日に限って、予想もしない残業が飛び込んできたりするものだ。〈ビストロめいろ〉での待ち合わせの日、念のため約束は午後八時にしていたのだが、それでも三十分近く遅刻してしまった。

エレベーターが五階へ上がるまでの時間が果てしなく長く感じられる。息を切らして店内へ飛び込むと、モニクは既に窓側の席にいた。すっきりと背筋を伸ばした姿勢が、まるで修道女のような清潔感を醸《かも》し出す。いつものメガネ、団子にまとめた金髪に加え、今夜は彼女なりにおめかしのつもりなのだろう、長身で大柄な娘が着るには場違いなほど少女趣味でゆったりしたフリルのワンピースを着ている。見る者によっては田舎娘丸出しのその泥臭さに思わず失笑するかもしれないが、おれの眼にはすべてが好ましく、そして愛《いと》しく映る。

「ごめんごめん」少し息を整えてから彼女の前へ座った。「待った？」

「ううん。それほどでも」ほんとは苛々《いらいら》していたのかもしれないが、そんなことを微《み》塵《じん》も感じさせない、いつもの笑顔。「あなたこそ大丈夫？　水でも飲んで。落ち着いたほうがいいわ」

言われた通りにして、ふと窓から外を見下ろすと、〈ブック・スピン〉という看板が眼に飛び込んできた。いつも深夜まで営業している二階建ての古本屋は、コンビニ顔負けの煌々《こうこう》とした照明に引き寄せられてか、若者たちの出入りがひっきりなし。〈ビストロめいろ〉のすぐ近くどころか、道路を挟んで真向かいに在る。建物の前には商品の配送用だろうか、〈ブック・スピン〉のロゴマーク入りのバンが停められていた。

地上から五階まで届くほどかしましくお喋《しゃべ》りしながら三人組の女の子たちが現れた。見覚えのある某女子高の制服を着ている。〈ブック・スピン〉の店内へ入っていった。CDでも買いにきたのか、それとも売りにきたのか。

「——実は、今日は」飲み物と料理をオーダーして、おれは咳払《せきばら》いした。めちゃくちゃ緊張する。「大事な話があるんだ」

「あら。偶然ね。わたしもなの」

「え。っていうと」

「あなたに大事な話があるのよ」

「そ、そうなの。じゃ、どうぞ」

「ううん。あなたからどうぞ」

「え、えーとね」結婚してくれないかとストレートに言うのはどうも芸がないような気がしたので、こう切り出す。「どうだろう。おれたちお互いに、いいパートナーになれると思うんだ」

「ほんとにすごい偶然だわ」

「……え？」

「わたしもまさに、それと同じことを言おうと思っていたの」

その言葉にどう反応していいものやら困惑してしまう。もちろん大喜びするべきなのだが、もうひとつ素直になれない。おかしい。またもや疑念が湧《わ》き起こる。変だ。いくらなんでも、これでは話がうますぎる。まてよ。ひょっとして双方に何か誤解があるのではなかろうか。そう思い当たり、おそるおそる訊《き》いてみた。

「あのう、ちょっと確認させてもらってもいいかな。モニク。きみの言う、いいパートナーというのはいったいどう――」

ふとモニクの視線が窓の外に流れたのにつられて、おれは声を途切らせた。「あら。こんなところで」と彼女は呟《つぶや》く。道路を見下ろすと、そこに豆豆オヤジが立っていた。その姿がいつになく、こちらを落ち着かない気分にさせる。この違和感はいったい何だろうと考えて、気がついた。豆豆オヤジ、杖《つえ》をついていないのだ。しかも腰もしゃきんと直立不動で、まるで別人のようである。

「いったい」モニクも同じような違和感を覚えているのか、珍しく厳しく、怖い顔つきをしている。「何をしているのかしら」

「さあ……」

さきほど店へ入っていったばかりの女子高生三人組が、〈ブック・スピン〉から出てきた。相変わらずわいわい騒ぎながら豆豆オヤジの前を通り過ぎようとする。と、そのうちのひとりが胡散《うさん》臭げに豆豆オヤジのほうを振り返る。あとのふたりも、つられるように振り返った。どうやら豆豆オヤジが彼女たちに何か声をかけたようだが——

「いけない」

「えっ……？」

おれは我が眼を疑った。モニクは立ち上がるや、メガネを外して放り投げる。まるでそれがスイッチだったみたいに団子にまとめていた金髪が手品の如《ごと》くほどけ、黄金色のきらめきとともに宙を舞う。間髪を入れずにふりふり少女趣味のワンピースの胸もとに両手をかけて引き裂いたものだから、こちらは度肝を抜かれた。生地の残骸《ざんがい》の下からレモンイエローの全身タイツに包まれた、おれのようなタイトフィット系フェチにとっては、わ、うわわわ、鼻血卒倒ものの見事なボディラインが出現する。

いつものおれならただはしゃぎまくるところだが、喜んでばかりはいられない。プレイボーイ誌のセンターフォールドも真っ青のダイナマイト・セクシーボディのモニク、なぜか真紅のマントを羽織っている。足元はさっきまでローヒールの靴だったはずが、やはり真っ赤なロングブーツに変わっている。彼女の顔つきもメガネを外して髪をおろしただけで造作自体に変化はないはずなのに、いつもの田舎娘のような茫洋《ぼうよう》さは跡形もない。辛酸《しんさん》を舐《な》め尽くしたハリウッド女優ばりに鋭く、艶《つや》やかな美貌《びぼう》が、きらりと輝く。あっという間の〝変身〟だった。

それと同時に、眼下の道路でも異変が起こっていた。女子高生三人組と何やら言い争っていた豆豆オヤジ、いきなり左腕を振り上げた。その腕がなんと、持っていないはずの杖に化けたのだ。そのまま一番近くにいた女の子に殴りかかる。いや、正しくは切りつけたのだと後で知ることになる。杖と見えたのはサーベルだった。豆豆オヤジの左腕は銀色に光る特大の凶器に変貌したのだ。

何もかもすべてが一瞬のうちに起こる。モニクは窓へ向かって身を躍らせた。ピクチャアウィンドウが破砕される大音響とともに、彼女の肢体はまるで鳥のように、ふわりと宙へ舞い上がる。

「な……お、おいっ」

彼女を追いかけて五階の窓から飛び下りかけたことに気づき、危うく踏み留まる。真紅のマントをはためかせたモニクは、重力に逆らっているとしか思えない、適度に緩慢《かんまん》なスピードでぐんぐん降下してゆく。

〈ブック・スピン〉の前では、しかし既に惨劇が起こっていた。豆豆オヤジのすぐ近くにいた女子高生が、振り上げたサーベルによって喉《のど》を掻《か》き切られたのだ。切断面から血がシャワーのように噴き上がり、周囲の空気が凍りつく。どうやら通行人はまだ、何が起こっているのか理解していないらしく、異様なほど静かだ。

と、数人の若者たちが何やら怒声を上げながら豆豆オヤジへ詰め寄った。勇敢というより単に血の気が多かっただけのようだが、先頭にいたスキーキャップを被《かぶ》った男の子の身体《からだ》が、ふいに宙に浮き上がる。

いつの間にか豆豆オヤジの右腕もサーベルと化しており、その先端が若者の腹部を串刺《くしざ》しにしたのだ。それまで、いまひとつ現実感が伴っていなかったらしい群衆はようやく悲鳴と怒号に包まれ、蜘蛛《くも》の子を散らしたかのように逃げ惑う。

「ゆるさん」串刺しにした男の子の身体を突き飛ばすようにして投げ棄《す》てると、既に絶命しているとおぼしき女の子の身体を踏みつけんばかりの勢いで豆豆オヤジは、残りのふたりの女子高生に襲いかかる。「まんびきはゆるさあんっ。まんびきしたほんをうっぱらってこがねをかせぐようなやからはわしがわしがのこらずちょうばつせいばいしてくれるうううううううっ」

どうやら豆豆オヤジこそが問題の無差別連続殺人鬼だったらしい。女子高生三人組がそうしたであろうように、これまでの被害者たちも〈つつ書店〉で万引きした本を

〈ブック・スピン〉に売り払い、小遣いに換えた。それに怒って追いかけてきた豆豆オヤジに惨殺《ざんさつ》された。それが真相だったのだ。

ただ、豆豆オヤジがどうしてこんな異形の化け物になってしまったのかは事情がよく判《わか》らない。悪魔にでも魂を売り払ったのか、それとも自らの意志だったか無理やりだったかはともかく、世界征服を狙《ねら》う悪の秘密組織によって生体改造手術を施され戦闘要員になっていたとか……うわ。なんてベタな設定だと思いながらも、眼前の血の惨劇を前にしては笑うこともできない。

異変に気づいたモニクが〝変身〟して五階の窓から道路へ飛び下りるまでの数秒のあいだに、これだけのことが起こったのだ。ふわりと道路に着地した彼女、女子高生たちと豆豆オヤジのあいだに割り込んだ。

「ぬおっ」まさにいま女子高生ふたりを捕らえんとしていた腕サーベル二本を、いきなり現れた謎《なぞ》の金髪美女にはじき返された豆豆オヤジ、怒りに顔を真っ赤に染めて珍妙な唸《うな》り声を上げた。「じゃじゃじゃじゃじゃま。じゃまするぬあああっ」

モニクは相手の頭上を越える勢いでジャンプするや、惚《ほ》れぼれするような形のよい長い脚を閃《ひらめ》かせ、豆豆オヤジの顎《あご》を蹴《け》り上げた。煉瓦《れんが》の壁も突き破りそうな一撃だ。オヤジは腕サーベルを天に向け、仰向《あおむ》けに転倒。後頭部が路面に激突する、嫌な音が響いた。普通なら死んでいるだろう。しかし豆豆オヤジはいまや普通ではなかった。人間ですらなかった。

いきなり豆豆オヤジの身体が爆発した。いや、一瞬そう見えただけで、実際は人間の表皮を突き破り、その下から巨大生物が出現したのである。胴体が何重にもくびれたその異様な姿はひとことで形容すれば、巨大な蟻《あり》といったところか。全長は優に十五、六メートルはある。

奇怪な叫び声とともに怪物はモニクに飛びかかった。彼女は〈ブック・スピン〉の建物よりも高くジャンプして避《よ》ける。勢いあまった怪物は店へと突っ込んだ。中にいた従業員や客たちがいっせいに悲鳴を上げながら、道路へと逃げ出してくる。

身体を反転させて群衆に襲いかかろうとした怪物に、モニクが飛びついた。鼻面《はなづら》をつかんでそのまま空中へと垂直に飛び上がる。信じられない光景だった。彼女の身長の十倍近くもある怪物、その巨体が空中に浮かんでいるのである。怪力無双《むそう》とはこのことだ。

怪物をつかんだままモニクは少し横へと移動した。下の道路に誰もいないことを確認してから、手を離す。蟻の怪物は落下していった。すさまじい轟音《ごうおん》とともに道路のアスファルトが陥没する。

空中で反転すると、モニクは地上へ優雅に着地した。建物の前に停車していた〈ブック・スピン〉のロゴマーク入りのバンに手をかける。かと思うや車体をそのまま持ち上げたではないか。しかも右手一本で。軽々と。身体が半分地面に埋まり込んだ恰好《かっこう》の怪物めがけて投げつける。

ぐわっしゃーん。すさまじい金属とガラスの破砕音。五階から見下ろしているこちらの鼓膜まで破れそうになる。相当のダメージを受けたのだろう、それまでじたばた暴れていた怪物の動きが眼に見えて鈍くなる。

モニクはとどめを刺した。彼女の双眸《そうぼう》から青白いビームが出て、半壊したバンの車体に照射。ガソリンに引火。爆発。怪物は炎上した。断末魔の苦悶《くもん》の蠢《うごめ》きは徐々に弱まっていき、やがて黒焦《こ》げになった怪物の死骸だけがあとに残った。

「な……何者なんだ、彼女」

聞き慣れた声がして振り返ると、そこで京介と正太郎が腑《ふ》抜けのような面持ちを晒《さら》していた。どうやらおれのプロポーズの首尾を見届けるためにこっそりと〈ビストロめいろ〉まで付いてきていたらしい。

「何者って、そりゃ」驚いている悪友たちとは対照的に、おれは予定調和的な落ち着きを取り戻した。「スーパーウーマンとか、ワンダーガールとか。その類《たぐ》い？」

「おまえな、形容詞と普通名詞の組み合わせをわざとまちがえてるだろ」地上の炎が京介の顔にゆらゆらと陰影を刻んでいる。「そんなことより、アタル」

「ん」

「変な話だけど、おまえさ、まだ彼女に踏まれてみたいという気持ち、残ってる？」

「……死ぬな、あの怪力じゃ」

一応そう答えたものの、ほんとうにそうなのか自信がない。我ながら危ないやつだと思っていると、モニクが五階まで飛び上がってきた。割れた窓ガラスから店内へ入ると、おれの腕を摑《つか》み、再び夜空へと舞い上がる。おーいおーいと呼ぶ京介と正太郎の声がたちまち彼方《かなた》へと遠ざかっていった。

「――とんだ邪魔が入ったわね、アタル。さっきの話の続きなんだけど」

足の下に街の夜景が小さく見える。経験したことのない風圧が全身を包み込んでくる。まるで夢を見ているようだ。そういえば、こうして一緒に空中飛行をするのも、この手のヒーローもの――じゃなくてヒロインものか――の〃お約束〃だっけ。

「わたし、ご覧のように地球人じゃないの。スイス出身というのも嘘《うそ》。ごめんね」

「いや。それはいいんだけど。だったらほんとうは何者なの」

「コスモ・ガーディアンという、まあ簡単に言えば正義を守る超人軍団のひとり」

そんなキレイなオチ？　たははと力なく笑いたくなるのを、かろうじてこらえる。

「でも、わたしってメンバーの中でも出来が悪いのよ。うっかりミスが多いし。とろくてね。どうも〝感度〟が悪いみたい」

感度といっても多分セクシュアルな意味じゃないよな、などと、またもやばかなことを考えてしまうおれ。

「本来わたしたちの種族は、戦うべき敵の位置を感知する本能が具《そな》わっているはずなんだけれど。わたしの場合、その能力がどうも低いみたいなのね。だから、さっきの怪物の場合にしても〈つつ書店〉にもぐり込むところまではいくんだけど、最後の詰めが甘い。そのせいで犠牲者を出してしまう。はっきり言って劣等生なの。そこであなたにお願いがあるんだけど、アタル」

「何」

「さっきの話。わたしのパートナーになってもらう、というのはどうかしら？」

「しかし、おれは普通の人間だよ。特別な能力なんて何も――」

「それがあるの。あなたは〝感度〟がいい。〝敵〟を察知する――というより逆に、あなたがある種の信号か何かを発して彼らを引き寄せているふしもあるんだけれど」

それなら思い当たるふしはある。多すぎて困るくらい、ある。巨大怪獣、宇宙人に改造人間。何でもこいだ。

「だからね、その能力をわたしに貸して。協力して欲しいの。どうかしら？」

「もちろんだとも」

彼女のためなら何を棄ててもいい。そんな気持ちでそう答える。

「嬉《うれ》しいわ」

ふわり、とモニクは成人男性ひとりをかかえているとは思えないくらい優美な仕種《しぐさ》で地面へ着地した。いつの間にかおれのアパートへと来ている。この住所を彼女に教えた覚えはないのだが。

「じゃあこれから〝本局〟へ行って、パートナーシップの申請をしてくるわね。許可が出るまで、ちょっと待っていてくれる？」悠然と手を上げながら、再び夜空へと舞い上がる彼女。「じゃあね、アタル。百年後に迎えにくるわ」

ぽかんとしているおれを尻目《しりめ》に彼女の姿はどんどん小さくなってゆき、やがて星空に吸い込まれ、見えなくなった。どうやらモニクたちの種族の寿命は地球人とは比べものにならないくらい長いようだが、自分で言うだけあって彼女、相当のうっかり者である。しかし……

しかし、そんなところもまた可愛《かわい》い。彼女の魅力だ。ある意味、おれたちふたりは似た者同士で、こんな間抜けなオチがお似合いなのかもしれない。そう思いながら、おれは失恋の味を噛《か》みしめた。

女子高生幽霊綺譚

「今日晴れてさえいれば――か」と、アタルくん、自分の耳の裏を掻《か》きながら考え込んでいる。「てことはその日、実際には天気がよくなかったわけだ」

「そんなの、判《わか》りきってるじゃん」アタルくんに答えようとするわたしを京介くん、せっかちな口調で遮った。「問題は、そう罵《ののし》った犯人の意図が奈辺《なへん》にあったか、だ。つまり、その日の天候がそいつにとってどういう意味を持っていたのか、もしくはどういう影響を及ぼしたのか、であって――」

「ひとくちに天気が悪いといっても、いろいろあるよ」と、もっともな指摘をしたのは正太郎くん。「雨が降っていたのか、それとも単に曇っていただけなのか。はたまた台風だったのか、とかさ」

「台風っておまえ、十月の下旬の話だぞ」

「非常に稀《まれ》だろうけれど、絶対にないとは言えない」

「その日は雨が降っていたわ」と、わたしは胡座《あぐら》をかいた姿勢で、ふわふわと炬燵《こたつ》の周囲を浮遊する。「それもかなり激しく、ね。でも、どっちみち文化祭の主なプログラムは屋内行事ばかりだったし。バトン部と吹奏楽部合同マーチングにしても、パレードは中止されていただろうけれど、体育館での記念式典でバトントワリングのお披露目に変更する予定だったから。少なくとも学校関係者にとってはお天気かどうかなんて、あんまり関係なかったと思うんだけれど」

「つまり」アタルくん、湯呑《ゆの》みに入れた日本酒をくいと呷《あお》る。「雨が降っていたからといって、当日それほど影響を受ける人物はいなかったはずだ、と」

「そりゃまあ、多少の影響はあったでしょうけどね。細かい進行の修正とか。でもそんな緊迫した場面で、あれほど切実に口走らなければいけないほど深刻なものがあったとは、ちょっと思えないんだけど」

「犯人がその時、口にした言葉って、それだけなの。それとも——」

「それだけよ。お天気のことだけ。あ。そうそう。もう少し正確に言うとね。今日晴れてさえいれば、いや、せめて雨さえ降っていなければ——だった」

「せめて雨さえ降っていなければ……か」

ここでちょっと、わたしがこの奇妙な三人組とかかわることになった経緯を簡単に説明しておこう。年の暮れも押し詰まった十二月二十四日。いつものようにわたしは、ふわふわと町なかを彷徨《さまよ》っていた。壁を突き抜けて見ず知らずの家庭へ上がり込み、食卓に並べられたメニューを無遠慮に品定めしたりしても、もちろん誰も気がつかない。時折、霊感が強いとおぼしきひとが、ぎょっと振り返って連れに怪訝《けげん》な顔をされたり、犬が何もいないはずの宙に向かって吠《ほ》えたてて飼い主を困らせたりする程度。

そんなふうにあちらこちら、風任せに流れてゆくうちに、あるアパートの一室へわたしは入り込んだ。せっかくのクリスマスイヴだというのに、狭っ苦しい室内で三人の男たちが炬燵にもぐり込み、だらだらしている。酒を飲んだり、雑誌や新聞を眺めたり、映画のビデオを再生しっぱなしにしたりと、何もわざわざみんなで集まる必要ないじゃんと突っ込みたくなるくらい、やっていることはてんでんばらばら。

三人とも若いが、学生ではないようだ。ネクタイを緩めた恰好《かっこう》で寝そべっているところを見ると、仕事から帰ってきたばかりのサラリーマンといったところか。最初は単に、デートに誘う女友だちの当てもないむくつけき男たちが互いに寂しく傷を舐《な》め合っている構図かとも思ったのだが、どうもそういう感じではない。というのも、彼らが憶《おも》い出したようにぽつぽつと交わす会話が、なんとも奇妙だったからである。

「あー、やっぱりこれが一番だよな」と長髪の男はビーフジャーキーを齧《かじ》りながら、しみじみとした声音《こわね》。「何もしないで、まったり和《なご》むに限る。うん。最近ようやく悟ったよ。わざわざ外出したって、ろくなことないもんな、おれたち」

「まったくだよね。なんて、自分で言わなければいけないのが哀《かな》しいけどさ」童顔でメガネを掛けた男も、眼はヌード写真が掲載された雑誌に据えたまま、うんうんと達観したように頷《うなず》く。「何事も命あっての物種だもん。人間、平和なのが一番」

「同感だな。しかし……」三人目の男は一升瓶を取ると、自分の湯吞みに日本酒を注ぐ。彼らのやりとりからすると、彼の名前はアタルというらしい。「外出さえしなければすべて平穏無事に済む、という考え方は甘かったりして」

「おいおい。嫌なこと言うなよ」長髪の男は上半身を起こすと、一升瓶をアタルくんから受け取り、自分のコーヒーカップに日本酒を注いだ。この長髪の彼の名前は京介というらしい。「せっかくひさしぶりに心安らかなイヴを過ごしているっていうのに。それとも何か。こちらがじっとしていても、向こうが許してくれない、とでも？」

「かもしれないな、と思ってさ」

「何かがここまで押しかけてくるかもしれない、っていうのかよお」京介くん、泣きそうな顔で冷や酒を呷った。「勘弁してくれよもう。おれこの前、健康診断で、胃に影が写ってるって言われたんだぜ」

「何だったんだ。胃潰瘍《いかいよう》か」

「いや。レントゲン撮影の日なのに、朝飯を抜くのを忘れてただけなんだけどさ」

「なになに」アタルくん、寝そべったまま地元新聞を、ばさっと音をたてて拡《ひろ》げた。「勢《せ》山広海《やまひろみ》が謎《なぞ》の自殺、か。ふーん。年の瀬となると、こういう記事が目につくな。それにしても判らんものだ。あれだけ功成り名遂げた人物がねえ」

「え。誰だよ、それ」

「いや、おれもよく知らんけど。もともとは学者じゃなかったかな。それが政治の世界に打って出て。やれやれ。盛者必衰《じょうしゃひっすい》、会者定離《えしゃじょうり》は世のことわりとはいえ」

「こら。アタル。話を逸《そ》らすな。ひとの不安を煽《あお》っておいておまえ」

「大丈夫だよ、京介」とメガネの男も雑誌を置いて起き上がると、カキのタネをぽりぽり。彼の名前は正太郎というらしい。「こうして一番の楽しみを自粛しているんだからさ。変なことなんか起こりっこないって」

「そうかな。おれたちがナンパしようとするから天変地異が起こるっていう法則性が確認されたわけじゃないんだぜ」

　天変地異とはまた、大袈裟《おおげさ》な比喩《ひゆ》だこと。わたしは呆《あき》れてしまった。いや、この時はまだ、アタルくんが言っているのは単なる比喩だとばかり思い込んでいたのだが。

「だって、これまでの経験からしたら、そうとしか思えないじゃん」

「判るもんか。ナンパしようとしまいとにかかわらず災難が降りかかってくると運命づけられているのかもしれんぞ。だいたい、正太郎、おれたちって呪《のろ》われているのかもしれないという意味のことをこの前言っていたのは、おまえじゃないか」

「そりゃそうだけどさあ」

「お、おい。アタル」京介くん、不安が高まってきたらしく、そわそわ。「戸締り、ちゃんと確認してるか？」

「って。何を寝言をいってる。これまでに鍵《かぎ》を掛けたくらいで防げるような相手に遭遇したためしがあったかよ」

「まあそうだよな。鍵どころか、大銀行の金庫だってものともせずに、ぶっ壊しちまうような連中ばっかりで」

「だろ。それどころかおまえ、もしかしたら鍵やドアなんか壊さなくても、壁をすり抜けて部屋の中へ入ってこられるようなやつだっているかもしれん」

アタルくんのそのひとことが、わたしの好奇心に決定的な火を点《つ》けた。三人が交わしている会話の内容も珍妙だが、そのわりにはみんな大真面目《まじめ》なのがおかしい。いったい何を話しているのだろう。そんな彼らに対する興味が、ひさしぶりにわたしに気まぐれを起こさせた。すなわち、人間の眼の前に姿を現すという形で。

最初に気がついたのはメガネで童顔の正太郎くんだった。彼が再び仰向《あおむ》けに寝そべった拍子に、天井から室内を覗《のぞ》き込んでいるわたしと眼が合ったのだ。正太郎くん眼を剝《む》いたまま、しばし無言。驚くことは驚いているようだが、わたしを目撃した人間が通常示す反応とは根本的に質がちがっている。その証拠に正太郎くん、深々と、どことなく諦念《ていねん》まじりの溜《た》め息をついたのだ。

「……あのさ。どうやらアタルの懸念《けねん》が当たっていたみたいだよ」

「ああ？」

アタルくんと京介くん、揃《そろ》って正太郎くんの視線を追う。天井近くの壁に、床と向き合う形で腰を下ろしているわたしと、みんなの眼が合った。

しばし沈黙の後、三人はわたしから眼を逸らし、互いに顔を見合わせる。人生に倦《う》み疲れたかのような、どこか老成した溜め息が彼らの口からいっせいに洩《も》れた。

「……やれやれ」

「どうしてこうなるのかなもう」

「やっぱり呪われてるんだね、ぼくたち」

「でもさ」京介くん、身体《からだ》を捩《よ》じって、わたしの顔をまじまじと見つめた。「彼女、なかなか可愛《かわい》いじゃん？」

「可愛かろうが何だろうが、ああして重力に逆らうような姿勢を取っている以上、異形のものにはちがいあるまい」

「何なんだろうね、彼女。ひょっとして、また宇宙人かな？」

　また？　また、って何？

「さあなあ。ちょっと姿が透けて見えるような気もするから、幽霊とかそういうパターンなのかも」

「そうよ」と声をかけると、彼らの侃々《かんかん》諤々《がくがく》の議論はぴたりとやんだ。「こんばんは。いきなりお邪魔しちゃってごめんなさい。お察しのとおり、わたし、幽霊」

「ほほう」うんざりしたかのような表情から一転、京介くん、俄然《がぜん》興味をそそられたようだ。「幽霊、ね。それがこの部屋にいるということは、やっぱりあれ？　生前アタルに棄《す》てられたとか、何かひどい目に遭わされた恨みが忘れられずに――」

　どうやらアタルくんが、この部屋の主《あるじ》であるらしい。

「あほか」当のアタルくん、反論する口調も投げ遣《や》りだ。「女の幽霊にとり憑《つ》かれるなんて、そんな艶《つや》っぽい話がおれにあるわけなかろうが」

「ま、そりゃそうだわな」あっさり納得した京介くん、ごそごそと炬燵から這《は》い出てくると改めてわたしを見上げた。「きみ、なんでこんなところにいるの？」

「別に。ただなんとなく。気儘《きまま》にあちこち彷徨っていたら、おもしろそうなお話が聞こえてきたから。ちょっと寄ってみただけ」

「ふうん。どうでもいいけど。いつまでもそんなところにいないで。降りてきなよ。こっちも首が疲れる」

言われたとおり、わたしは壁から腰を浮かせると、一旦《いったん》直立させた身体を傾けて宙を舞い、ふわりと畳に着地した。

「うーん」京介くん、腕組みをして近寄ってくると、「こうして見ると、なかなかどころか、すごく可愛いじゃん」とわたしをしげしげと眺め回した。「しかも若い。ひょっとして、高校生くらい？」

「死んだ時は、ね。なにしろ幽霊だから、それ以来、歳《とし》をとらないの」

「するとそれは学校の体操服か何かかな」

「ええ」わたしはいつも通り、上はトレーナー、下はショートスパッツという恰好。「死んだ時の服装がこれだったから。以来変わらず、ずっとこれ」

「いつ死んだの、きみ？」

「十五年前」

「え」

「先々月に時効を迎えちゃった」

「じ」アタルくん、正太郎くんと顔を見合わせた。「時効？　時効って、きみ……」

「あなたたちって」わたしは再び胡座《あぐら》をかくと、ふわふわと炬燵《こたつ》の周囲を浮遊する。

「ずいぶん落ち着いているのね。こんなわたしを見ても」

「ん。ああ。そりゃ、ね」京介くん、肩を竦《すく》めて再び炬燵へもぐり込む。「いまさら幽霊に出てこられたくらいじゃあ、な」

「どうってことないよね」正太郎くん、皮肉っぽく笑った。「凶暴な怪獣や改造人間なんかに比べれば、ほんと、平穏なもので」

「怪獣？　改造人間？」わたしは呆れるのを通り越して笑ってしまった。「何の話なの、いったい？」

「文字通り、巨大怪獣さ。全長八十メートルくらいの。映画で観《み》たことない？　国会議事堂やら東京タワーを倒壊させる、でっかい恐竜みたいな。要するにああいうやつ。おれたち、そいつにもう三回遭遇している」

「あと、謎の秘密組織の戦闘要員としか思えないような、破壊の権化《ごんげ》みたいな改造人間とかね。宇宙人にも二回、出くわした」

「何の冗談なのそれ。そんな非科学的な話、とても信じられないわ」

「おっと、お嬢さん。自分の存在を否定するようなことを言っちゃいけないな」

もっともな京介くんの指摘に思わず、ぷっと吹き出してしまった。こんなふうに笑ったのは、ほんとにひさしぶり。

「それはそうと、きみ」アタルくん、ひとりだけ憮然《ぶぜん》とした表情を崩さない。「気になることを言ったね。時効って。それも十五年目にということは、ひょっとして――」

「そう。わたし、殺されたの。高校二年生の時に。それが十五年前の十月のこと」

「時効を迎えたということは、結局犯人は逮捕されなかったのか？」

「そうよ。でも、無理もない話なの。わたし自身、いったい誰に殺されたのか、どうして殺されなければならなかったのか、未《いま》だにわけが判《わか》らないんだもの」

「というと、きみは自分を殺した犯人を見ていないのか」

「残念ながら。背後からいきなり殴られて首を絞められたから。声は聞こえたけど。男だったわ。多分中年くらいの。でも、それ以外の詳しいことは全然」

「そいつは気の毒だ」京介くん、義憤にたえないとばかりに鼻の穴を膨らませる。「犯人が誰なのか判っていれば、そいつにとり憑いてやることもできるのに」

アタルくん、黙って炬燵から抜け出すと、押入れを開けた。古い新聞紙の山が積み上げられている。

「げ。何だこれ。アタル。こんなに溜めて。ずぼらなやつだなあ。もっとまめに古紙回収に来てもらえよ」

「たしか、どこかで見た記憶が――」アタルくん、京介くんを無視して、ひたすら古い新聞を探す。「あった。ね。これ、もしかしてきみのことじゃないか？」

今年の十月二十二日付の記事だ。そこに小さな記事でこう報じられている。『真覚《まざめ》いさ子さん殺害事件、ついに時効』と。

「うん。これ」

記事はこう続けている。

――十五年前、十月二十二日の朝、市内の私立清棲《きよす》女子学園のバトン部のロッカールームで、当時高等部二年生だった真覚いさ子さんが他殺死体で発見された事件は、今日で時効を迎える。

当時、真覚さんの着衣に乱れはなく、ロッカールームが物色された痕跡《こんせき》もなかった。真覚さんが特にトラブルに巻き込まれていた様子もなく、警察は動機や容疑者を絞り込むことができなかった。

事件当日、清棲女子学園は文化祭開会式を兼ね、学校創立八十周年記念式典が行われる予定だったが、急遽《きゅうきょ》中止されている。

＊

十五年前。十月二十二日。朝から雨が降っていた。早朝六時半。普段ならもう明るくなっているはずだが、あいにくの天候で未だに薄暗い。

真覚いさ子は傘を畳みながら、ひとり校内へ入った。教室へは寄らず直接、体育館に隣接した建物にあるバトン部の部室兼ロッカールームへと向かう。

部屋に入って明かりを点けようとしたいさ子は思わず舌打ちした。電球が切れたままなのだ。交換してくれるよう事務に頼んでいるのに、未だに放置されている。なんでも担当の事務員というのが元公立校教員だった爺《じい》さんで、退職時には校長まで務めていたせいかやたらに気位が高く、事務員本来の雑務を無視してまったくやろうとしないため、他の職員たちも「あれって未だに校長のつもりなんだろうな。ひがな一日、漫然と校内を威張り返って徘徊《はいかい》するのが自分の仕事だと思っているんだから」と持て余しているという。現校長と個人的に親しいものだから誰も何も言えず野放し状態らしいが、そんなことはいさ子たち生徒には関係ない。給料泥棒を雇うのは学校の勝手だが、壊れた照明くらい迅速に修理しろよ。今日みたいに雨だと、よけいに薄暗いんだからさ。物の見分けがつかないほどではない昼間はまだしも、夕方はほんとに困る。早く何とかしてくれ。

まだ他の部員は登校してきておらず、ロッカールームは無人だったが、愛らしい瞳《ひとみ》のコアラのきぐるみが、いさ子に微笑《ほほえ》みかけてお出迎え。近所の商店街が宣伝用に使っていたものを貰《もら》い受けて改造した、バトン部有志たちの労作である。今年は清棲女子学園創立八十周年記念であるとともに、オーストラリア某高校との姉妹校提携十周年でもあるため、何かそれに因《ちな》んだ企画をということで立案された。記念式典でのバトントワリングにコアラのきぐるみを参加させたら、きっと受けるよねと、みんな大張り切り。きぐるみは完成したものの、さて誰がコアラ役をやるかが問題となった。

わたしがやる、わたしがという希望者は多かったのだが、きぐるみのサイズが大きすぎるのである。バトン部の生徒は総じて小柄な娘《こ》が多い。試しに何人かが着てみたが、ぶかぶかのよれよれ。バトントワリングのシークエンスをこなすことはおろか、満足に踊ることもできそうにない。となると、あまり選択の余地はない。むつかしい技は諦《あきら》めて、とにかくバトン部では一番体格のいい楠八重亜月《くすやえあづき》か、それともいさ子のどちらかが着るしかないという結論に落ち着きかけた。

亜月といさ子がジャンケンで決めようとしたその時、「あたし、やってみたーい」と手を挙げてきたのが羽浦倫代《はねうらみちよ》である。倫代はバトン部ではなくバレーボール部なのだが、どうせむつかしいダンスシークエンスを習得する必要もない。長身の倫代にきぐるみのサイズもぴったりだ。何よりも本人が熱望しているのだから、ぜひやってもらおうということになった。

そのコアラのきぐるみの頭の部分が、愛くるしい瞳をこちらへ向け、机の上に乗っかっている。いさ子はその額をぽんと叩《たた》くと、自分のロッカーを開けた。自宅でアイロンをかけてきた記念式典本番用の衣装を、とりあえず中へ仕舞う。ラメ入りのVネックにミニスカート、フルヒップのアンダー。

いさ子はブレザーの制服を脱ぐと、普段体育の授業で使っているトレーナーとショートスパッツに着替えた。バトンを手に取ってロッカールームを出る。

「よ。早いね、いーさん」

廊下で同じバトン部の鳥遊由衣《とかなしゆい》と、すれちがった。いーさんは、もちろんいさ子の愛称である。バトン部の部長である彼女に対して敬意を表しての「さん」付けだと部員たちは言い張るのだが、当のいさ子はいまいち納得していない。なんか語感がね、おっさんみたいでさ。」

ロッカールームへ駈《か》けてゆく由衣を見送ると、いさ子はいつもの練習場である体育館の横のピロティに、部の備品のラジカセを置き、軽快なダンスミュージックをかけた。リズムに合わせて本番前の調整を始める。今日はあいにくの雨なので、バトン部にとって最大の見せ場である地元商店街を抜けてのパレードは中止。そのかわり体育館での記念式典の開会と閉会時に吹奏楽部の伴奏で、客席のあいだの通路に散らばったバトントワラーたちが創作ダンスを披露する予定だ。

ほどなくしてトレーナーとショートスパッツに着替えた由衣がバトンを持ってやってきた。しばらくふたりだけで音楽に合わせてフォーメーションの確認をしながら、最後のリハーサル。

七時になる頃には、登校してくる他の生徒たちの姿も増えてきたが、それに伴い、雨足も激しくなってきた。

「あっちゃー。これはすごいよ」練習の手を止めると、由衣はピロティから身を乗り出すようにして空を見上げる。「なんだかもう夕方みたいな暗さだね、いーさん」

いさ子が答えようとしたその時、ピロティの突き当たりに位置する保健室のドアが、そっと開いた。中から出てきたのは制服姿の楠八重亜月だ。

「あれ。アッちゃん」と由衣も気づいて彼女に声をかけた。「もう来てたの？」

「う、うん」亜月はふたりに手を振ると「あとでね」とせわしなく言い置いて、バトン部のロッカールームのほうへ駈けていった。手には剝《む》き出しのまま、丸めた式典用の衣装を持っている。

「どうしたんだろ」亜月の姿が見えなくなると、由衣は小首を傾《かし》げた。「アッちゃん、保健室にいたということは、具合でも悪いのかな。ね。いーさん」

「そうとは限らないんじゃない。教室からロッカールームへ行く途中で、保健室に寄っただけかもよ」

「何のために？」

「そんなことは本人にお訊《き》き」

「だいたい、保健の先生、まだ来ていないんじゃないの」

「そういやそうだね」

保健教諭である平館国子《ひらだてくにこ》が、朝の八時を過ぎないと学校へやってこないというのは、生徒たちのあいだでは常識である。

「ま、どうでもいいけど」

ピロティも徐々に、登校してくる生徒たちの往《ゆ》き交《か》いが激しくなってきた。最初は場所を広く取っていた由衣といさ子も、隅っこのほうへ寄って練習を続ける。そのうち他のバトン部の生徒たちも合流してくる。

バトンを回すいさ子の視界の片隅で、ふと動くものがあった。コアラのきぐるみだ。足もとをのたくた引きずりながらロッカールームから出てくるや、とっとこ保健室のほうへと消えてゆく。あれれ。いさ子は身体《からだ》を動かしながら首を傾げた。羽浦さん、いつの間に来てたんだろ？

不審に思う間もなく、再びコアラのきぐるみが視界を横切った。保健室から出てくると今度はロッカールームではなく体育館のほうへ向かう。ずいぶん慌《あわ》ただしいなあ。何をやってるんだろ。もしかして羽浦さん、本番でうまく身体を動かせるよう、きぐるみを身体に馴染《なじ》ませてるとか？

そうこうしているうちに、今度は亜月が保健室から出てくるや、体育館のほうへ小走りに駈けていった。何、あの娘。また保健室へ行ってたの？　それはともかく。本番前の練習をさぼるとは。困ったやつめ。あとでお説教してやらなくちゃ。

八時前にバトン部は練習を終えた。今日は式典に合わせて普段よりもホームルームの時間が早い。いさ子はロッカールームにバトンだけ置くと、トレーナーとショートスパッツ姿のまま教室へ向かった。この時、いさ子のロッカーの中に式典用衣装はちゃんとあり、何も異状には気づかなかった。

短いホームルームを終え、再びロッカールームへ向かおうとしたいさ子は偶然、廊下で亜月に出くわした。ちょうどいい。とっちめておこう。「こら。アッちゃん。ちょっと待ちなさい」

「え。な、なに？　いーさん」

「なに、じゃないでしょ。せっかく朝早くから登校してきていながら。本番前の練習をさぼるなんて、どういうつもり？」

「そ、それは……その」

亜月は周囲に助け船でも求めているかのように、しおれた態度だ。なんだか変だ。いさ子は思った。普段の彼女らしくない。と、そこへ――

「おおい、真覚」と、いきなり男の声で呼ばれた。しかも、それほど離れているわけでもないのに、わざとらしい銅鑼声《どらごえ》で。見ると体育教諭の郡場悟史《こりばさとし》だ。「おお。真覚。ちょっといいかな。頼みがあるんだが」

「なんですか、先生」

「その、あれだ。受付へ行ってくれ」

「は？　どうしてです」

「だからだな、そのう」なぜか郡場はやたらに口籠《くちご》もる。それをごまかそうとしているのか、さらに胴間声を張り上げる。その繰り返しだ。「ちょっと。そう。ちょっと確認してきて欲しい」

「何をですか」

「何って。今日の式典には来賓がたくさん来るだろ。え。県のお偉いさんとか」

「そうでしょうね」

「出席予定だった副知事が事故か何かで都合が悪くなって、代わりに知事が来るという話だ。うん。なにしろ今日は市営球場で県民体育大会も予定されてたって話だし。な。うんうん。ついては。そうだ。ついてはだな、来賓席の数に変更はないか、受付で確認してきてくれ」

「はあ」

　いったい何を言ってんのかなこの先生。ひょっとして二日酔いか何かで頭が回っていないのかもしれない。いさ子は真剣にそう疑った。郡場の指示の内容そのものも唐突で不自然だが、副知事が来られなくなったから知事が代わりに、とはどういうことだろう。逆ではないのか。おまけに県民体育大会云々《うんぬん》が何の関係があるのだ。何かをごまかそうとしているとしか思えない。

「判《わか》りました」詮索《せんさく》しても仕方がない。受付へ向かおうとして、ちらりと振り返ると、既に亜月はどこかへ遁走《とんそう》したらしく、いなくなっていた。

受付へ行くと当番の女性教諭が、分厚いメガネの背後で肉に埋まった眼をさらに細めていさ子を睨《にら》んだ。「来賓席数の変更お？」と必要以上に胡散臭げ、かつ厭味《いやみ》に語尾を撥《は》ね上げる。「そんなものお、あーるわけないでしょおおう？」と、まるでいさ子が難癖《なんくせ》をつけにきたとでも言いたげだ。

「失礼しました」まともに取り合うだけばかばかしい。いさ子はさっさと逃げ出した。体育館の横にある保健体育職員室へ報告に行くと、郡場は「あそう」と先刻の狼狽《ろうばい》ぶりとは打って変わった素っ気なさで鼻糞《はなくそ》をほじっている。ご苦労さんのひとこともない。何なんだ、このおっさん。

ばか丸出しの教師のことを忘れて、いさ子はロッカールームへ向かった。他の部員たちは、もうあらかた本番の衣装を身につけている。いさ子も自分のロッカーを開け、着替えようとした。その時。

「え……」衣装を手に取ったいさ子は驚愕《きょうがく》の悲鳴を洩《も》らした。「な、何これっ」

半泣きになっている部長の周りに「ど、どうしたの、いーさん」と部員たちが集まってきた。いさ子の手の中にあるVネックの上着は、まるでむりやり引き裂いたかのように背中の部分が破れていたのである。今朝いさ子が自宅から持ってきた時には、何も異状はなかったはずなのに。

「誰よ、こ、こんなことをしたのはっ」

「あ。あのっ」誰かが叫んだ。「あの、これってひょっとして、ここへ変質者が忍び込んでいたとか、そういうこと？」

「え」

部員たちはいっせいにざわめく。考えたくなかったが、それは起こり得る事態だった。校内へ忍び込みさえすれば、バトン部に限らず、どのクラブの部室にも侵入することは容易である。このロッカーにしても一応暗証番号付きの鍵《かぎ》が付けられてはいるものの、玩具《おもちゃ》みたいな代物《しろもの》で、心得がある者には屁《へ》のつっぱりにもならない。実際、いさ子自身、忘れ物を取ってきてくれと友人に頼まれて他の部員のロッカーの扉を開けたことがあるくらいなのだ。

しかし……いさ子は訝《いぶか》る。それはあくまでも、首尾よく校内に忍び込めれば、の話である。特に今日は文化祭開会式兼創立八十周年記念式典のため部外者の出入りが多い。職員たちは各出入口で普段以上に厳しいチェックの眼を光らせているはずで、不審人物の類《たぐ》いがそうそう簡単に校内へ忍び込めるとも思えないのだが。

いまはそんなことを詮索している余裕はない。いさ子は裁縫道具を取り出した。

「ともかく。なんとか縫わなくちゃ」

「え。間に合うの、いーさん？」

バトン部の出番は式典の開会と閉会時だ。開会まで、あと三十分もない。

「判らないけど。とにかくやってみる。多分閉会には間に合うと思うけど。最悪の場合、開会はわたし抜きでやって」

「うん。頑張ってね」

本番に備えて部員たちが次々にロッカールームを後にする中、薄暗い室内でちくちくと衣装を直し始めたいさ子だったが、すぐに暗澹《あんたん》たる気持ちになった。できる限り糸の色を合わせたつもりだが、微妙にちがうのだ。これでは繕った跡が歴然となってしまう。舞台上での演技なら多少のごまかしはきくが、今日は客席の通路に各部員が散らばるのだ。生徒や来賓の視線が間近にあるわけで、かなりみっともないことになる。これは潔《いさぎよ》く諦《あきら》めたほうがいいかもしれない。

自分以外には誰もいなくなっているロッカールームを見回したいさ子はふと、きぐるみに眼を留めた。コアラの出番は閉会時のみなので、まだ倫代は来ていない。いっそのこと彼女のかわりに自分がこのきぐるみで踊ろうかなあ。いさ子はそんな投げ遣《や》りな気持ちになってきた。針と糸を放り出し、コアラの頭部を手に取る。

「……ん？」

異質な臭《にお》いがいさ子の鼻孔を刺戟《しげき》した。何だろう？　コアラの内部から変な臭気が漂ってくる。もちろん、中古のきぐるみだから汗臭いのは当然だ。おまけにいさ子自身も含めて部員たちが何度も試し着をしている。その時だって汗臭いことは汗臭かったが、ここまで不快な臭いはしなかった。これって何の臭いだろう？どこかで嗅《か》いだことがあるような気もするけれど。

もっとよく確かめようといさ子がきぐるみの頭の内部を覗《のぞ》き込もうとした、その時だった。頭に重い衝撃。

何かで殴られたのだ、と思う暇もない。いさ子の首に何かが巻き付けられ、そして容赦なく絞め上げられる。

（な……なにこれ……殺……される？）

ろくに抵抗もできないまま、いさ子の意識は薄れてゆく。彼女の背後で、男の声が罵《のの》るのが聞こえた。「くそ」と。

「今日晴れてさえいれば……いや……せめて雨さえ降っていなければ」

＊

「で、これは後から——つまり幽霊になってから——知ったことだけど、わたしを殴るのに使われた凶器は、バトン部の備品のラジカセで、それから首を絞めるのに使われたのは部員の誰かが脱ぎ捨てていったタイツだったんだって」

「なるほど。そうか。判った」京介くん、ぽんと手を打った。「怪しいのは、その郡場とかいう体育教師だな」

「なんで？」こちらはぽかんとなる。「なんであの先生が、わたしを殺さなくちゃいけないの？」

「だって、犯人は男なんだろ。それも中年くらいの。いまのきみの話に登場してきた人物の中で当て嵌《は》まりそうなのは、その郡場だけじゃん——というのはまあ冗談にしても、そいつには、きみを殺さなくちゃいけない動機が、ちゃんとあったんだなこれが」

「ほう」自信たっぷりな京介くんに、思わずという感じでアタルくんと正太郎くんも身を乗り出した。

「いいかい。事件のポイントは、そのコアラのきぐるみにある」

「あれが、どんなふうに？」

「きみは殺される直前、きぐるみから何か変な臭いがしていることに気がついた。それこそ犯人にとっては、絶対に知られてはならない重大な秘密だったのさ」

「あの臭いが？」十五年前の記憶を探りながら、わたしは考え込んでしまった。「重大な秘密？　犯人にとって？」

「ずばりそれは、郡場の体臭だった」

「あ」京介くんの指摘にわたしは思わず飛び上がった。文字通り。天井付近まで。「そうか、そういえば……そういえば先生が近くへ来た時、あれと同じ臭いがしてた。タバコと安物のヘアトニックと脂《あぶら》が混ざったような、いやあな臭いが」

「だろ？」京介くん、大得意である。「ではここで問題です。なぜコアラのきぐるみに郡場の臭いが付着していたのでしょう」

「そりゃ、そいつが勝手にきぐるみをかぶったからだろうけど、それはなぜ――あ」

正太郎くんも、そこでぽんと手を打った。「そ、そうか。判ったぞ。保健室から脱出するために必要だったんだな」

「保健室から？　脱出？」

「きみが殺された日の朝のことを、もう一回よく考えてごらん」京介くん、自分のこめかみを指でとんとんと叩《たた》く仕種《しぐさ》。「きみと鳥遊由衣さんが早々とピロティの前で練習を始めてしまった。そのせいで、きみたちよりも朝早く、いや、もしかしたら前夜から保健室へ籠もっていた郡場のやつは出るに出られなくなり、困ってしまったというわけさ」

「保健室に郡場先生が？　でも、あの時、あそこから出てきたのは……」

うっとわたしは呻《うめ》きとともに口籠もった。京介くんが何を言おうとしているか、なんとなく判ったような気がして。

「そうさ。まさしくその通り。あの朝、保健室から出てきたのは楠八重亜月さんという生徒だった。つまり彼女は郡場のやつと一緒にずっと保健室にいたのさ。彼らがなぜそんな時間帯にふたりきりで密室に籠もっていたのか、改めて説明するまでもないだろ」

「つまり、アッちゃんは郡場先生と、そ、そういう関係に……」

「ちなみに郡場って、所帯は？」

「たしか当時、奥さんと小学生くらいの子供がいたはずだけど」

「もちろん、たとえそいつが独身だったとしても、教師と教え子の恋愛が御法度《ごはっと》であることに変わりはない。ましてや妻子持ちときては、生徒との不適切な関係は絶対に知られてはならない秘密だった。なのに、きみと由衣さんが早々と、保健室のドアが丸見えの位置で練習を始めてしまったため、彼らは出るに出られなくなったのさ。時間差で別々に出ていくことも考えただろうが、運悪く両方とも目撃されてしまったら、それまで保健室でふたりきりで籠もっていたことが露見する危険性がある」

「でも、ドアが駄目なら、例えば窓からこっそり出てゆくとかすれば――」

「窓から出たはいいが、そんな不自然な行動を万一他の誰かに見られたりしたら、それこそ言い訳がきかないぜ。かといって、いつまでもぐずぐずしていたら保健教諭が出勤してきてしまう。困ったふたりは苦肉の策を思いつく。それがコアラのきぐるみだった」

「先《ま》ず亜月さんが保健室を出て、バトン部のロッカールームへ行ったのか」正太郎くん、感心したように頷《うなず》く。「そして、きぐるみかぶって保健室へ一旦《いったん》戻る」

「あの時、あれに入っていたのは、羽浦さんじゃなかったんだ」

「きみの説明だと、保健室へ向かったコアラは足元を少し引きずっていたという印象があるよね。つまりその時かぶっている者にとって、きぐるみは少し大きかったわけだ。長身の羽浦さんはサイズがぴったりだったという話だから、明らかに彼女ではない。バトン部では大柄なほうだが、羽浦さんよりも少し背の低い亜月さんが着ていたと解釈するのが自然だよ。そうやって保健室へ戻った亜月さんはきぐるみを脱いで、郡場のやつに渡す。郡場はコアラをかぶって顔を隠し、保健室を脱出すると、体育館へ向かう。そこでやつはきぐるみを脱ぐ。あとからやってきた亜月さんが、コアラを再びバトン部のロッカールームへ戻しておく。そういう段取りさ」

わたしはあの日の情景を思い浮かべた。練習にも参加せず、体育館と保健室のあいだをうろちょろしていた亜月の姿を。

「ここまで説明すれば判るだろ。ホームルームの後、亜月さんにお説教しようとしたきみに、受付へ行ってどうのこうのと郡場がわけの判らない指示をしたのも、実はちゃんとした理由があったんだ」

「もしかしてわたしが、きぐるみのからくりに気づいて、アッちゃんにあれこれ問い質《ただ》そうとしているのかも——と。郡場先生はそう勘違いしたんだ」

「そういうことだ。その場はふたりのあいだに割って入ってことなきを得たが、後でさらに不安になった郡場はバトン部のロッカールームを覗いてみた。すると——」

「ちょっと待った」正太郎くん、手を挙げて京介くんを遮る。「亜月さん自身も、郡場との関係を隠すための工作をしてるだろ。それを先に押さえとかなきゃ」

「え。何の話だ？」

「あれ。京介、気がついていないの？　式典用の衣装だよ。真覚さんの」

「え」亜月がよりによってあの脂ぎとぎとの体育教師とそんな関係に陥っていたと知った時よりも、もっとわたしは驚いた。「背中の部分が裂けていた……あれってアッちゃんがやったことなの？　どうして？」

「正確に言うとね、破れていたほうの衣装は真覚さんのものじゃない。亜月さんの衣装だったんだ」

「え？」

「つまり彼女は、破れてしまった自分の衣装を、真覚さんのものと、こっそりすり替えておいたんだ」

わけが判《わか》らなくなった。「な、なんだってまた、わたしのを……？」

「他にサイズが合うものがなかったからだろうね。ほら、さっき言ってたじゃない、バトン部は総じて小柄な娘《こ》が多かったって。かろうじて真覚さんと亜月さんが長身のほうだったんだよね。だから破れた衣装をなんとかしようと思ったら、真覚さんのものとすり替えておくしか方法がなかったんだ」

「そういう意味じゃなくて。そもそもなんでアッちゃんは、そんなすり替えなんて真《ま》似《ね》をしなくちゃいけなかったの」

「それはもちろん、自分の衣装が破れてしまったからさ。加えて、その破れた経緯が問題だったんだろうね」

「経緯？」

「つまり彼女は、郡場という教師と一緒に保健室へ籠《こ》もっていたわけだけど、その際、バトントワリングの衣装を身につけて、ことに及んでいたんだと思う」

呆気《あっけ》に取られるわたしを尻目《しりめ》に京介くん、なぜか嬉《うれ》しげに「お。なるほど。そういう趣向ですか」と、はしゃぐ。「だから保健室を出てきた時に、彼女は剝《む》き出しのまま衣装を手に持っていたんだな」

「そう。コスプレだよ。もちろん、郡場がそうしろと彼女に命令したんだろう。バニーガールとか看護師の恰好《かっこう》をした女の子としてみたいという心理と同じ」

「保健室をイメクラに変えたわけか。困ったエロ教師だなあ」と慨嘆する京介くん、どことなく羨《うらや》ましげだ。「すると、亜月さんの衣装が裂けてしまったのは——」

「郡場のやつが破ったんだろうね。わざとじゃなくて、プレイに熱心になるあまりつい、ってところじゃないの」

「衣装が破れたままだと式典に参加できないし、へたしたら郡場との関係が露見してしまうかもしれない。困った亜月さんは、同じサイズの真覚さんの衣装とこっそりすり替えておくことで難を逃れた、と」

「そういうこと。仮に亜月さんがこんな工作をしなかったとしたら、あるいは真覚さんは殺されずに済んだかもしれない。さっさと着替えて、他の部員たちと一緒に体育館のほうへ行っていただろうからね。さっき京介が言ったように、不安を払拭《ふっしょく》できない郡場がバトン部のロッカールームを覗いた時、そこに誰もいなければ、彼だって魔がさしたりはしなかったわけで——」

「ちょっと待て」それまで感心したように頷きながら相棒ふたりの話を聞いていたアタルくん、そこで割り込んだ。「すると何か、京介も正太郎も、犯人は郡場であるという見解で一致しているのか？」

「そうさ。さっきから言ってるだろ。怪しいやつはこいつしかいない、って」

「だったら、真覚さんを殺害した直後、犯人が口にしたとされる科白《せりふ》の意味を、おまえたちはどう説明する？」

「それは——ええと」京介くん、腕組みをして考え込んだ。「うーん。今日晴れてさえいれば……か」

「判った」正太郎くん、勢い込んだ。「その日、晴れてさえいれば、郡場と亜月さんは窮地に陥ることもなかっただろうに、という意味の嘆きだよ」

「もっと詳しく説明してくれ」

「つまり晴れていれば、せめて雨さえ降っていなければ、真覚さんと由衣さんはピロティではなく、別の場所で練習を始めていたかもしれない。当然、郡場たちも保健室から出るに出られないなんて羽目に陥ることもなかっただろうし、コアラのきぐるみを無断使用する必要もなかった。結果的に、真覚さんを殺すなんて極端にまで追い詰められることもなかったはずだ、と――」

「それはちがうぞ。さっきの真覚さんの説明によれば、バトン部はいつもピロティで練習していたんだから」

「あ。そうだったっけ？」と舌を出す正太郎くんに、わたしは頷いてみせた。

「亜月と郡場のふたりは、単に保健室を出るタイミングをまちがえただけだと思う。亜月がバトン部の部員だった以上、そこで朝の練習をすることは予測できたはずだからな。しかし真覚さんが予想外に早く始めてしまったことで出るに出られなくなった。そういう経緯だったんだ」

「わたしも多分そうだとは思うけど。だったら、今日晴れてさえいれば、という言葉にはどういう意味があるの？」

「問題は、せめて雨さえ降っていなければ、という部分じゃないかな。おれはそう思う。つまり曇りではなく、雨が降っていたことが犯人の運命を左右した」

「具体的には、どういうふうに？」

「ただでさえ照明の電球が切れたままになっているバトン部のロッカールームが、普段以上に薄暗かったから」

「え。どういうこと」

「薄暗かったせいで、室内を覗いた犯人はミスをした。彼はほんとうは真覚さんを殺すつもりではなかった。誰か別の娘と見まちがえてしまったんじゃないだろうか？」

どう反応したものか、声がなかなか出てこない。京介くんと正太郎くんも困惑したみたいに顔を見合わせている。

「だ……」ようやくそう訊《き》いた。「誰と。誰とまちがえられたの、わたし？」

「他に考えられない。真覚さんはその時、バトントワラーの衣装を着ておらず、体操服のままコアラのきぐるみの中を覗《のぞ》いていた。その姿は犯人の眼に、コアラ役の娘がきぐるみの状態を確かめているようにしか見えなかっただろう。つまり——」

「羽浦さん……？」茫然《ぼうぜん》となる。「犯人はわたしではなくて、ほんとうは羽浦さんを殺すつもりだったというの？」

「犯人は、羽浦さんがバトン部所属ではないが、その日はきぐるみをかぶって踊る予定になっていると知っている程度には親しい間柄だったんだろう」

「犯人は真覚さんを殺してしまった後で、自分がひとちがいをしてしまったことに気がついたのか」京介くん、怖い顔で唸《うな》った。こうして見るとなかなかいい男である。

「そして思わず罵《ののし》ってしまったんだな。今日晴れてさえいれば、つまり室内がこんなに薄暗くなかったら、こんな愚かな勘違いをすることもなかったのに、と。そう悔やんで」

「おそらく、な。ただ、せめて雨が降っていなければ——の部分には、またちがう意味合いがあると、おれは思う」

「え。どういうことだよ」

「だって考えてみろ。仮に雨が降っていなくても曇り空だったら、ロッカールームはその日と同じくらい薄暗かったかもしれない。結果的に犯人は同じまちがいをしてしまっていた可能性はある。そうだろ?」

「そうかなあ」釈然としないのか京介くん、鼻を鳴らした。「そんな極限状況の中、そこまで深く考えて独り言を口走ったりするもんかね。おれには疑問だな」

「深く考えて発した言葉なんかじゃない。心底己れの失敗を悔やんだからこそ、思わず出てきた罵声《ばせい》だったのさ」

「どうもよく判らんが」

「たとえ晴れていなくても、せめて雨さえ降っていなければ——換言すれば、曇り空ならよかった、と。犯人はそういう気持ちだったんだ。つまり雨さえ降っていなければ、彼は殺人犯にならずに済んでいたんだ」

「なんだかますます混乱するな。それってアタル、やっぱり薄暗かったからまちがえたという解釈と、どうちがうわけ」

「じゃ、こう言い換えよう。たとえ晴れていなくても、どんよりした曇り空でも、雨さえ降っていなければ自分は清棲女子学園へ来ることもなかっただろうに——と」

「んあ？」

「犯人は、ほんとうならその日、清棲女子学園の文化祭開会式兼創立八十周年記念式典には出席しないはずだったのさ。招かれていたのは別の人間だったんだから」

「おい。すると何か？　犯人は来賓の中にいた……とでも？」

「そうだったんじゃないかとおれは思う。ただ、犯人は本来ならば別の行事に出席するはずだったんだ」

「別の行事って何だ」

「想像するしかないが、同じ日に市営球場で催されるはずだったという県民体育大会あたりじゃないかな。もともと犯人はそちらの式典へ招待されていたんだろう。しかし雨が降っていたため、県民体育大会のほうは中止、もしくは延期になった。だから彼は代わりに清棲女子学園へ来ることになったんだ」

「ちょい待ち。アタル。それってどういう脈絡があるのかよく判らんぞ。県民体育大会が中止になったら、そっちへは出席しないだけの話じゃないか。なんでわざわざ代わりに清棲のほうへ来る必要が——」

「あったのさ。清棲へ招待されていた者が来られなくなったから、その代理で」

あ。わたしはアタルくんが何を言おうとしているか、判ったような気がした。すると郡場が言っていたことは「逆」なんかではなかったのだ。

「ほんとうは清棲のほうの式典には県の副知事が挨拶《あいさつ》に来るはずだった」アタルくん、わたしを見て頷《うなず》いた。「そして知事は県民体育大会で挨拶する、そういう割り振りだったんだと思う。本来はな。ところが副知事が事故に遭い、式典に出席できる状態ではなくなってしまった。そこで、もしも晴れていたら副知事の代理で県職員が挨拶を述べるとか、そういう措置が取られていただろう。ところがその日は雨が降り、予定されていた県民体育大会が中止になった。時間が空いた知事は自動的に、副知事の代わりに清棲へ来ることになった。そこで、ふと気まぐれを起こした彼は、バトン部のロッカールームを覗く。すると、なんと羽浦さん――と彼が勘違いしてしまったところの女の子――が独りでいるじゃないか。いましか彼女を抹殺するチャンスはないぞ、と。彼は魔がさしてしまったんだ。この犯行が計画的でなかったことは、凶器をロッカールームにあった備品や生徒のタイツで間に合わせている事実からも明らかだ。純然たる衝動殺人だったんだ」

「しかし、動機は？」

「それは想像するしかないが。知事と羽浦さんのあいだには、それこそ親密な男女関係でもあったのかもしれない。その結果、例えば羽浦さんが妊娠して何か補償を求めたりしたのだとしたら、自分の社会的地位を保持するためには彼女の口を塞《ふさ》がなければ、と知事は思い余ったのかもしれない」

「……もしもアタルのその考えが正しいとしたら、知事は正当な罰を受けることなく十五年間、逃げ延びてしまったわけか」

「いや。案外」アタルくん、地元新聞を炬燵《こたつ》の上で拡《ひろ》げた。「余人には窺《うかが》い知れぬ、残酷な罰を受けたんじゃないかな。罪悪感という名の、ね」

覗き込むわたしにつられたように京介くんも正太郎くんも、その記事を見た。そこにはこう報じられていた。

――元県知事が謎《なぞ》の自殺。

十月二十三日、自宅を出たまま行方が判らなくなっていた、元県知事の勢山広海さん（五十八歳）が今月二十三日の昼、自宅から十キロ離れた山林で首を吊《つ》っているのを近くの男性が発見。警察に通報した。

遺書は発見されていないが、勢山氏は十五年前、任期途中で突然、県知事を辞職して以来、ふさぎ込むことが多かったという。失踪《しっそう》前日の十月二十二日には「今日だ、ついに今日だ」と意味不明のことを呟《つぶや》いていたという証言もあり、失踪当日に首を吊ったのではないかと警察は見ている。

アタルくんの推測が当たっているのかどうか、わたしには判《わか》らない。でも仮に当たっているとしても、勢山氏を恨む気持ちは起こらなかった。恨むとすればむしろ、ロッカールームの電球をさっさと交換してくれなかった事務の爺《じい》さん、もしくは郡場、亜月のカップルのほうだろう。しかし十五年も経た現在、憎しみは微塵《みじん》も湧《わ》いてこない。

そんなことよりもアタルくん、京介くん、正太郎くんの三人組に、これからしばらくとり憑《つ》いてみることにしよう。だって、ねえ。おもしろそうじゃない？　巨大怪獣とか改造人間に遭遇してみる、というのも。少なくとも誰かを呪《のろ》い殺したりするよりは気のきいた幽霊生活だとわたしは思うな。うん。

解説

石《いし》持《もち》浅《あさ》海《み》

本書『笑う怪獣　ミステリ劇場』は、西澤保彦さんの数多い著作の中でも、特に異色の作品です。

　こんなことをいうと、西澤ファンの方は首を傾《かし》げるかもしれません。というのも、西澤保彦さんは常に挑戦を続ける作家として有名ですから、その新作は、常に驚きに満ちています。つまり、すべての作品が異色と呼んでもいいのです。それなのに、なぜ本書が「特に」異色なのでしょう。それを理解するには、まず西澤さんがどのように挑戦し続けているのかを考える必要があります。

　西澤さんを語るときに用いられる言葉は、数多くあります。ロジック。非現実的な設定。風変わりな人名。酩酊《めいてい》推理。魅力的な登場人物（中でも女性キャラの可愛《かわい》らしさは特筆もの）。精神的な行き詰まりから犯行に至るリアルな心理描写、等々。これらの中で、どうしても外すことができないのは最初のふたつ、「ロジック」と「非現実的な設定」です。ただしこのふたつは等価ではありません。西澤ミステリにおいては、ロジックは非現実的な設定の上位にあります。これは単に優先順位の問題ではなく、非現実的な設定はロジックの支配下にあるという意味です。主人と奉仕者の関係にあるといってもいいでしょう。

「それならばロジックだけで語れるじゃないか」とお思いの方もおられるでしょうが、残念ながらそれは違います。西澤ミステリの特色は、ロジックが奉仕者として、非現実的な設定を選んだことにあるのですから。

西澤ミステリから、ロジックは決して切り離すことのできない要素です。ロジックとは「論理」とか「理詰め」という意味です。けれどここでは、論理は「論理学的に正しい」ことを意味していません。本格ミステリにおける論理とは「思考や議論を進めていく筋道」(明鏡国語辞典)です。筋道から外れないように思考を進めていけば真犯人に辿《たど》り着ける、それが本格ミステリだということです。

西澤ミステリとロジックが切り離せないというのは、この筋道から外れないように思考を進めていく過程が、丁寧に丁寧に描かれているからです。探偵役は、限られた情報を元に、ひたすら思考を進めていきます。そして枝道に入ってしまったら、いったん戻って、また進んでいく。そのような構成になっていますから、どうしても主人公または語り手が探偵役になることが多くなります。だから読み進めることによって、読者は探偵役と共に推理の道を歩んでいけます。物語への没入度、主人公への感情移入度が極端に高くなるのも、特徴でしょう。打ち上げ花火のような華やかなトリックはなくとも、真相を究明する過程を存分に堪能《たんのう》できる。それが西澤ミステリの魅力です。

ただし闇雲《やみくも》に突っ走っているだけでは、真相に辿り着けません。限られた情報は、それ自体はどちらの方向を指し示すことも可能だからです。探偵役は、そんな情報から真実に向かう、特定の方角を導き出さなければなりません。そのときに方位磁石の役割を果たすのが「ルール」です。

ルールとは、この世界を支配する法則とでもいえばいいでしょうか。現実世界では物理法則がそうですし、法律もルールでしょう。ミステリ業界においては、時刻表だったり館《やかた》の構造だったりもします。西澤作品に限らず、すべての本格ミステリは、得られた情報をルールに則《のっと》って解析することによって、正しい方向に思考を進めることができるのです。

今、西澤作品に限らず、といいました。そのとおり、ルールはどのミステリにも存在します。ですが、西澤ミステリには他にない特徴があります。西澤さんは、この世のどこにもないルールを持ち出してきて、そのフィールドで勝負するのです。ここで登場するのが、西澤ミステリを特徴づける第二のワード「非現実的な設定」です。ただ話を聞くだけで相手の記憶を呼び覚ます探偵。同じ時間を九回繰り返す男。何かに疑問を抱くと時間が停止してしまう男。人格転移装置「入れ替わりの環」。肉体を修復するＳＵＢＲＥと代替記憶装置ＭＥＳＳ。超能力者の犯罪を取り締まる「超能力問題秘密対策委員会」……。

西澤作品に登場する設定の一例です。これらを総称して非現実的な設定と呼びます（「ＳＦ的な設定」という呼び方もありますが、あまりサイエンス的ではないので、本稿では非現実的な設定という呼称に統一します）。このように、現実世界にはあり得ない現象、小道具がこれでもかと出てきます。しかも、なぜそんなものが存在するかという説明は、一切ありません。「だって、存在するんだから仕方がない」というのが登場人物の言い分です。これはいうならば思考停止の状態であり、本格ミステリがもっとも忌避すべき展開のはずです。

それでも西澤ミステリは本格ミステリなのです。その理由は「なぜ」を説明しなくても、「それは世界にどのような影響をもたらすか」については、きちんと説明されていることにあります。それはいったい何を意味するのか。推理の道標となるルールを明確にしているということです。ですから探偵役は思考停止に陥ることなく、「超能力があるのなら、あっていい。それなら超能力の存在を前提に、事件の謎《なぞ》について考えていこう」と前向きな姿勢になれます。非現実的な設定であっても本格ミステリたり得るわけです。いうならば西澤さんは、非現実的な設定によって、現実世界にルールをひとつ追加したのです。

もうおわかりでしょう。西澤ミステリにおいてロジックが主人であり、非現実的な設定が奉仕者であるといった理由が。大切なのはあくまでロジック、思考の過程です。非現実的な設定は、それをより魅力的にするための道具に過ぎません。あえて非現実的にしている訳は、適用するルールが奇妙であればあるほど、それによる思考の過程もまた奇妙になり、一緒に辿る面白みが増すからです。現実世界のルールでも、ロジックはそれだけで十分楽しい。けれどももっともっと楽しくできるはずだ――西澤ミステリは読者にそう語りかけています。「どれほど変わった設定を考えられるか」は「どれほど面白いルールを作れるのか」と同義です。西澤さんが挑戦し続けているのは、このルール作りなのです。

本作『笑う怪獣　ミステリ劇場』に戻りましょう。冒頭に本書は特に異色だといいました。それは西澤さんが、ロジックのためのルール作りに留まらない面白味を、この作品集に与えているからです。

第一話「怪獣は孤島に笑う」。まず最初のページをめくったときに、読者は「おや？」と思います。それは主要登場人物が妙に軽く描かれているからです。西澤ミステリの登場人物は、非現実的な事象に遭遇しても、それをありのまま受け入れて、秘められたルールを見極められる度量の広さが求められます。そのせいか、若いのにやたらと老成して見えるキャラクターが目立ちます。けれど本作ではメインの三人、アタルくん、京介くん、正太郎くんは、いい社会人であるにもかかわらず（京介くんなどは社会的に大きな成功を収めているのに）、学生気分でナンパを繰り返し、しかもことごとく撃沈しているという、世界のルールを看破するには不向きな人材です。なぜ、このような人物が？

そこに違和感を感じながらも、タイトルどおり怪獣が出てくると、読者は少し安心します。例によって、なぜ怪獣が出て来るのか、そんな説明はありません。怪獣はただ出てくるだけです。慣れた西澤読みならば、ここで「この怪獣から、いったいどんなルールが説明されるのだろうか」と期待して読み進めます。怪獣というルールを丁寧に説明してから、探偵役がそれに則って事件の謎を解くというのが、西澤ミステリの定型だからです。

ところが「怪獣は孤島に笑う」では、主人公アタルくんは、怪獣というルールに則って真相を究明することができません。怪獣はただ現れ、登場人物たちは怪獣にひたすら翻弄《ほんろう》されっぱなしになるからです（もちろん読者も一緒に翻弄されます）。ラストシーンでアタルくんは真相に辿り着きますが、そこでようやく怪獣の存在がルールになっていたことがわかる、という仕掛けになっています。ルールが最後までわからない以上、この作品はロジックを楽しむようにはなっていません。むしろロジックは後回しにして、とにかく非現実的な設定を楽しもう、という作品です。

そこに気づくと、メインの三人が軽い人物として描かれている理由が理解できます。作品世界を徹底的に楽しむには、一歩退いて作品世界全体を見渡そうとする人物よりも、彼らのようにフットワークが軽く、勢いで進んでいく人たちの方が向いているのです。

ここに本書の特徴がよく現れています。それは主従関係の変化です。通常はロジックが主、非現実的な設定が従という強い関連性があるのに対し、「怪獣は孤島に笑う」では、両者の関係はごく緩いものになっています。そうすることによって、謎が解かれる快感を残しながら、非現実的な作品世界そのものも楽しむことができる。登場人物の造型がそれを補強する。本作ではそのような工夫がなされているのです。

このようなロジックと設定の関係は、他の作品にも共通しています。第二話「怪獣は高原を転ぶ」、第四話「通りすがりの改造人間」、第五話「怪獣は密室に踊る」は、第一話と比べてぐっと本格ミステリ調になっています。主人公アタルくんも、なかなかどうして優秀な探偵ぶりを発揮しています。かといってこの三作品がオーソドックスな西澤ミステリになっているかというと、実はそうでもありません。事件の真相は怪獣や改造人間のおかげで解明されますが、やはり彼らに翻弄された結果として真実を知ることができた、という構成になっています。ここでもロジックと設定の関係は薄いものになっており、非現実的な設定＝ルールの登場と身構えずに、まずは非現実的な設定を使った物語世界で遊ぼうという意志が感じられます。

第三話「聖夜の宇宙人」と第六話「書店、ときどき怪人」は、それが極端な形で現れています。この二作品ではアタルくんは謎を解きません。「書店、ときどき怪人」では事件が起こり、それが解かれますが、それはアタルくんの推理によってではありません。「聖夜の宇宙人」に至っては、謎らしい謎がない話です（代わりに別のサプライズが用意されていますが）。こうなるともう、ミステリと呼んでいいのかわかりません。

このようにミステリの衣を脱いだのは、やはりロジックと非現実的な設定の関係を見直す作業の一貫でしょう。両者の関係を薄くしつつ、謎の要素を少なくすることでロジックの比重を小さくし、非現実的な設定における「綺《き》譚《たん》的な性格」を浮かび上がらせる――そのような意図があるように思えます。

そう、この作品集に隠されたキーワードは「綺譚」なのです。綺譚とは「巧みに作られた話」という意味ですが、不思議なイメージを併せ持つ美しい言葉です。第一話から第六話までを通して読むと、ロジックによる本格ミステリの楽しみを控えめにして、非現実的な設定による綺譚的な楽しみがクローズアップされていることがわかります。

非現実的な話は、本来綺譚的な性格を持っています。一方ロジックは、理性的な美しさをもって由《よし》とします。西澤ミステリは、その美しさに支えられているといっても過言ではありません。そして西澤ミステリでは、物語が余りにも理性的にすとんと落ちるために、非現実的な設定自体の不思議さが見えにくくなっていたのです。今までロジックと非現実的な設定の融合を武器としてきた西澤さんは、このシリーズによって、今まで見えづらかったものを前面に出して、自作の新しい楽しみ方を読者に提示したといえます。

非現実的な小道具として、過去の作品のようにオリジナリティを追求していないのも、そのためでしょう。説明が必要なオリジナルグッズではなく、怪獣や宇宙人、改造人間に怪人と、テレビ番組や特撮映画などで慣れ親しんだ存在を登場させています。ここにも作品世界に入りやすく、そこで遊んでもらえるようにという、一見安直に見えて実は注意深い作業を看《み》て取ることができます。『ミステリ劇場』というタイトルにも、その意図は感じられます。このシリーズは楽しむべき劇空間だということを、タイトルから明確に示しているのです。

——と、第六話まではこの論法で語れるのですが、第七話「女子高生幽霊綺譚」はちょっと毛色が違います。十五年前に殺害された女子高生の幽霊が出てくる、きちんと非現実的な設定です。そして彼女がルール化されていないところも、前六作と同様。それでも毛色が違って見えるのは、この作品だけがロジックを前面に出して、事件が論理的に解かれる過程を丁寧に描いているからです。

幽霊は、アタルくんたちの前に現れ、自分が殺された事件について彼らに語ります。その話を元に真相究明を行うという、典型的な安楽椅子《いす》探偵形式。事件の話をするのは幽霊である必要すらない。その意味で、やはり本作だけが他の作品と違います。なぜこの作品だけが違うのか。それを解明するためには、この作品が最終話であることに注意しなければなりません。

西澤さんはこのシリーズで、ロジックよりも設定の綺譚的な楽しみを優先させました。おかげで読者は、存分に非現実世界を浮遊する楽しみを味わうことができましたが、やはり読者を元々いた本格ミステリの世界に戻さなければならないと感じたのでしょうか。そこで西澤さんは、最終話だけはロジックと非現実的な設定のバランスを微妙に変えて、ロジックの楽しみを重視する話に仕立てました。幽霊という、ルール化されない非現実的な設定がつながっているおかげで、読者は第六話から最終話へスムーズに入っていけます。そして最終話を読み終えたときには、浮遊していた自分が、見事に本格ミステリの世界に着地していることに気づくのです（最もすっきりまとまった最終話に、あえて『綺譚』と命名したセンスも見事！）。怪獣の不可解な行動から始まった本書は、ロジックの美しい結実によって幕を下ろします。これほど奔放さと緻《ち》密《みつ》さを兼ね備えた短編集は、あまり例がないのではないでしょうか。

そういった意味においても、本書『笑う怪獣　ミステリ劇場』は異色作であると同時に、西澤ミステリの最高傑作のひとつとして挙げられるのです。

（二〇〇六年十一月、作家）

この作品は二〇〇三年六月新潮社より刊行された。

笑《わら》う怪獣《かいじゅう》　ミステリ劇場《げきじょう》

新潮文庫　に－18－1

平成十九年二月一日発行

著者　西《にし》澤《ざわ》保《やす》彦《ひこ》

発行者　佐藤隆信

発行所　株式会社 新潮社

郵便番号　一六二―八七一一
東京都新宿区矢来町七一
電話 編集部(〇三)三二六六―五四四〇
読者係(〇三)三二六六―五一一一
http://www.shinchosha.co.jp

価格はカバーに表示してあります。

乱丁・落丁本は、ご面倒ですが小社読者係宛ご送付ください。送料小社負担にてお取替えいたします。

印刷・大日本印刷株式会社　製本・憲専堂製本株式会社

ISBN978-4-10-130851-7　C0193